로크미디어가
유혹하는
재미있는 세상

우리 교황님 좀
말려 주세요

우리 교황님 좀 말려주세요 2

2022년 10월 5일 초판 1쇄 인쇄
2022년 10월 11일 초판 1쇄 발행

지은이 판미손
발행인 김정수 강준규

기획 이기헌 왕소현 박경무 강민구 조익현
책임편집 주현진
마케팅지원 이원선

발행처 (주)로크미디어
출판등록 2003년 3월 24일
주소 서울시 마포구 성암로 330 DMC첨단산업센터 318호
Tel (02)3273-5135 **편집** (070)7860-2726 **Fax** (02)3273-5134
홈페이지 rokmedia.com **E-mail** rokmedia@empas.com

© 판미손, 2022

값 8,000원

ISBN 979-11-408-0052-0 (2권)
ISBN 979-11-408-0095-7 04810 (세트)

ROK
MEDIA
로크미디어

우리 교황님 좀 말려 주세요

판미손 퓨전 판타지 장편소설 ②

Contents

그라운드 제로 (2)

『김시우』
- ●소속 성좌: 태초의 신 리멘
- ●성향: 혼돈 선
- ●직업: 사도(使徒)
- ●칭호: 검은 교황 외 32개

세부 능력치 일람
◆능력치
〈힘 Lv. ?〉, 〈민첩 Lv. ?〉, 〈체력 Lv.?〉, 〈신앙 Lv. 7〉, 〈마력 Lv. 0〉
◆특수 능력치
〈신성력 Lv.?〉, 〈항마력 Lv.?〉
-보유 스킬 일람-

▲패시브 스킬
〈마수의 천적 Lv. ?〉, 〈리멘의 가호 Lv. ?〉, 〈성화 Lv. ?〉, 〈교리 해석 Lv. 2〉 외 42개
▲액티브 스킬
〈정화의 날개 Lv. ?〉, 〈신성화 Lv. ?〉, 〈멸악의 의지 Lv. ?〉 외 92개
*'?'로 표기된 것은 현재 시스템 기준을 초과함을 의미합니다. 2차 동기화는 차후 시스템 업데이트와 함께 이루어질 예정입니다.
**〈DLC - 교황〉을 이용 중입니다. 해당 인터페이스는 「교단」명령어를 통하여 확인이 가능합니다.

"결과적으론 뭐 바뀐 게 없잖아?"

나는 눈앞에 떠오른 상태 창을 바라보면서 눈살을 찌푸렸다.

귀환 초반에 곳곳에 빈칸이 가득했던 상태 창보다야 뭔가 생기기는 했다.

문제는 그 자리를 대체한 것이 고작 '?'뿐이었다는 것.

그래도 내가 보유한 능력치와 특수 능력치가 뭔지는 대충 표기되는 것 같다.

특히 저기 레벨 7짜리 〈신앙〉과 레벨 2짜리 〈교리 해석〉을 봤을 때 확실히 제대로 동기화된 건 맞는 듯했다.

다만, 에덴에서는 못 봤던 요소가 하나 추가되었다.

〈혼돈 선〉이라고 표기된 〈성향〉 칸인데, 원체 저게 뭔지를 알아야지.

나에게 허용된 인과율 제한을 높여 준 걸 보면 나쁜 건 아

닌 것 같다. 물론 아직까지도 나에게 주어진 인과율이 어디까지인지를 가늠할 수 없지만 말이다.

"어지럽네."

나는 나에게 벌어진 변화를 잠시 확인한 다음, 슬쩍 메시지 창을 닫았다.

눈에 띌 만한 변화는 없었다.

딱 한 가지, 상태 창 하단에 적혀 있던 〈2차 업데이트〉가 신경이 쓰이는 정도.

진득한 구린내가 풍기는 단어임이 틀림없었으나 지금 당장으로서는 알 수 있는 게 없었다.

그러니까 뭐 어쩌겠어? 당장에 충실하는 거지.

그렇게 내가 이런저런 생각을 하고 있을 때쯤, 레오가 본인의 외눈 안경에 손을 가져다 대면서 말했다.

"저들은 어떻게 하실 겁니까?"

"글쎄다."

레오가 지칭한 '저들'은 언제서부턴가 멀리서 우리를 지켜보고 있던 또 다른 플레이어들이었다.

그들은 하나같이 경직된 채로 우리를 바라보고 있었다.

특이 사항으로는 그들이 중앙에 위치한 꽤 큰 폐건물을 기준으로 두 무리로 나뉘어 있다는 점이다.

아무래도 그라운드 제로에서 싸우고 있다는 대형 길드 소속 플레이어들인 것 같다.

나는 그 두 무리를 바라보면서 잠시 고민한 다음, 당장에라도 뛰쳐나가려던 레오를 말렸다.

　"싸울 생각도 없어 보이는데 굳이 무리할 필요 있겠어?"

　"교황 성하의 안전을 위하여 모든 위험 요소를 제거할 필요가 있습니다. 불의를 보았음에도 함께 싸우지 않은 자들입니다. 신용할 수 없다고 생각합니다."

　레오의 성격이 여실히 드러나는 말이었지만, 나는 손을 내저으면서 말했다.

　"성직자가 되어 가지고 주먹부터 나가면 쓰나. 이번에는 네 말대로 대화로 풀어 보자고."

　"괜찮으시겠습니까?"

　"그래. 넌 그냥 여기서 저 쓰레기들이나 잘 간수하고 있어. 누가 훔쳐 갈지도 모르잖아."

　나는 바닥에 널브러져 있는 유세혁과 '인간 종이'들을 턱짓으로 가리키면서 말했다.

　그러자 레오는 왼손으로 품속에서 성서를 꺼내면서 대답했다.

　"성하의 뜻이 그리하다면, 그리하도록 하겠습니다."

　이능관리부에게 선물로 넘길 놈들이다.

　아마 가만히 내버려 두면 전각련 놈들이 흔적을 완전히 지우려고 들 터였다.

　레오 역시 내 뜻을 이해하고 있었기 때문에 별말 없이 고개를 끄덕였고, 나는 그런 레오의 등을 두드려 주고 나서 슬쩍 앞을 향해 걸어갔다.

구태여 마정석 광산이 어디에 있는지 찾을 필요도 없어 보였다.

두 무리의 플레이어들이 자리 잡고 있는 곳 뒤쪽으로부터 꽤 방대한 마력량이 느껴지고 있었기 때문이다.

게다가 그뿐만이 아니었다.

나와 레오가 그라운드 제로에 진입하면서 느꼈던 마기 역시, 그곳으로부터 느껴지는 중이었다.

"예상대로네."

나는 미간을 찌푸리면서 앞으로 걸어갔다.

그리고 마침내 플레이어들이 자리 잡고 있던 폐허에 도착했고, 곧 폐허 사이에서 그들이 모습을 드러냈다.

내가 예상했던 대로 그들은 두 무리로 나뉘어 있었다.

그들은 내가 서 있는 곳을 기준으로 양쪽에 빠르게 진형을 잡았다.

본인들 딴에는 최대한 당당한 모습을 보여 주려는 생각이었을지는 모르지만, 그렇다고 해서 두려움을 숨길 수는 없는 법이다.

게다가 그들 중 몇몇은 다리를 안쓰러울 정도로 심하게 후들거리고 있었다.

꼴에 대형 길드 소속이라고 진형은 유지하는 듯싶었지만,

그들은 싸울 의지조차 없어 보였다.

하긴.

방금 전의 무자비한 폭력의 현장을 보고 나서도 싸울 의지가 남아 있었다면 진작에 달려들었겠지.

나는 그런 그들을 향해 최대한 밝게 미소를 지으면서 말했다.

"누가 보면 제가 나쁜 놈인 줄 알겠습니다. 표정들 펴세요. 안 펴지시면 제가 직접 펴 드릴까요?"

내 말에 그들은 전부 억지로나마 입꼬리를 올렸다. 웃는 것도, 그렇다고 울상도 아닌 기괴한 표정.

보기에 참 즐거운 표정이 아닐 수 없었다.

"다들 그렇게 저를 반겨 주시니 기분이 참 좋네요. 좋습니다, 혹시 책임자분은 없으십니까?"

내 질문에 잠시 후 양쪽에서 한 명씩 앞으로 걸어 나왔다.

경갑으로 보이는 방어구를 입은 연녹색 머리의 여성 한 명과, 중갑을 입고 있는 검은색 머리의 남성 한 명.

성별부터 시작해서 스타일까지 닮은 점이라고는 찾아볼 수 없는 사람들이었지만, 한 가지의 공통점은 보유하고 있었다.

둘 다 얼굴이 새하얗게 질려 있었다는 것.

나는 그 둘을 여유롭게 살핀 다음, 은근한 목소리로 말했다.

"두 분이 책임자 맞습니까?"

"그렇……습니다."

"……예."

"대형 길드 사람들끼리 붙으셨다기에 S급 헌터들도 있나 싶었는데. 막 그 정도까지는 아닌가 봐요?"

유선호 장관의 예상이 맞았다.

이곳에서 대치하고 있던 헌터들은 기껏해야 A급 헌터들.

그건 다르게 말해서 아직까지 길드 간의 분쟁이 전면전까지는 번지지 않았다는 거다.

사실, 그건 당연한 거다.

S급 헌터들이 움직였다면 분명 누군가가 냄새를 맡고 마정석 광산에 달려들었을 가능성이 높으니까.

결국, 채굴량이 줄어듦에 따라 파이를 더 가져가고 싶지만 S급 헌터를 투입할 수는 없었던 것. 그러니까 결국 만만한 A급 헌터들끼리 국지전이 이루어진 거다.

따지고 보면 결국 이 사람들도 위에서 까라는 대로 한 거다.

나와 레오의 전투를 도와주지 않은 건 괘씸하긴 하다만, 그렇다고 해서 저 사람들을 강하게 몰아치고 싶은 생각은 없었다.

나는 고개를 작게 끄덕이면서 그들에게 말했다.

"물론 여러분들이 지금처럼 무기를 내려놓은 상태가 아니었다면 결말이 많이 달랐겠지만요. 좋습니다. 자, 그럼 두 분은 저랑 같이 마정석 광산이나 보러 갈까요?"

"그건…… 저희 권한이……."

"상부의 허가가……."

내 말에 둘은 밍기적거리면서 대답을 회피했는데, 나는 그런 둘을 바라보면서 입꼬리를 비릿하게 올렸다.

그리고 한껏 능글거리는 목소리로 말했다.

"저런. 저는 지금 당장 보러 갈 생각인데. 혹시 불만이 있으시다면 지금 말씀해 주…… 아, 맞다. 그라운드 제로가 치외법권 지역이라죠? 하하! 아, 신경 쓰지 마세요. 이래 보여도 종교인입니다. 그냥 치외법권 지역이라는 게 신기해서, 그냥 신기해서 말한 거예요."

❧

원래 밖에서도 법은 멀고 주먹은 가까운 법이다.

그런데 만약 그 법마저도 없다면?

그 경우에는 그야말로 주먹이 전부라고 보면 된다. 모든 것이 폭력으로 이루어지는, 아주 원시적인 구조.

이 그라운드 제로야말로 그 속담이 참 잘 어울리는 곳이라고 생각한다.

"이곳입니다."

"아, 감사합니다, 오성 씨. 혜림 씨도 고마워요."

"아닙니다."

한때는 '중앙고등학교'라는 학교의 운동장이었던 폐허.

나는 폐허 위에 조악하게 세워진 광산의 입구를 바라보면서 만족스럽게 고개를 끄덕였다.

이곳까지 오는 동안 적지 않은 이야기를 들을 수 있었다.

그라운드 제로에서 충돌했던 대형 길드는 총 두 개의 파벌로 나누어졌다. 한 파벌은 1위 길드인 대호 길드를 중심으로 뭉친 파벌, 다른 한 파벌은 2, 3위 길드인 하이브 길드와 태산 길드를 중심으로 뭉친 파벌이라고 한다.

그리고 그라운드 제로에서 대호 길드 파벌을 대표하는 책임사가 신오성 씨, 하이브, 태산 길드 파벌을 대표하는 책임자가 최혜림 씨.

그 둘은 이곳까지 오는 내내 모든 책임이 서로에게 있다고 주장했는데, 사실 나는 누가 선제공격을 했는지에 대해서는 관심이 없었다.

그저 그들이 내가 이곳에 나타날 것이라는 이야기를 상부로부터 사전에 고지받지 못했다는 것에 주목했을 뿐.

게다가 그들은 앞서 나와 레오가 처리해 버린 범죄자들의 정체에 대해서도 모르고 있었다.

한마디로 이 말은 상부의 독자적인 결정이었다는 것을 의미하는 것이기도 했다.

"윗대가리 새끼들은 지들끼리 짝짜꿍해서 의뢰를 맡기고, 밑에 사람들은 그것도 모르고 서로 계속 피 흘리고 있고……
5년이 지나도 여전한 모습이 참 보기 좋네요."

"무슨 말씀인지 여쭤봐도 되겠습니까?"

"형제자매님 두 분 모두 힘내라는 소리입니다. 신경 쓰지 마세요."

나는 가볍게 손을 내저은 다음, 다시 마정석 광산을 쳐다보았다.

마정석 광산으로 굳이 들어갈 필요까지는 없었다.

느껴지는 마력만으로도 이곳에 마정석이 어느 정도 매장되어 있는지 확인할 수 있었기 때문이다.

"흐음."

최상급 마정석이 채굴된다고 했으니, 이 정도 마력이면 대략 7톤쯤인가?

초기에 마정석이 얼마나 매장되어 있었는지는 잘 모르겠지만, 최상급 마정석이 7톤이나 남아 있다는 건 나에게 아주 희소식이었다.

평범한 광물이었다면 7톤이라는 수치는 진짜 손톱만큼도 안 되겠지만, 최상급 마정석이라면 이야기가 달라진다.

에덴이었다면 아마 대륙에 존재하는 모든 마탑에서 경매에 참여하고도 남았을 상황인 것이다.

중간 규모의 마탑이 한 해에 소비하는 최상급 마정석의 무게가 대략 700kg라고 생각하면 이해하기 편하다.

"매장량은 일단 합격."

마정석은 비단 마법사들에게만 필요한 광석은 아니다.

근본적으로 마력은 가장 순수한 형태의 기운이다.

그리고 그것들이 뭉쳐서 만들어진 것이 마정석인데, 이 녀석은 아주 특이한 성질을 지니게 된다.

신성력에 닿으면 마정석은 〈신성석〉이라는, 신성력이 담긴 광석으로 변화한다.

반대의 경우도 마찬가지다. 마기가 담기게 되면 마정석은 〈마석〉으로 변화한다.

"지금처럼 말이지."

나는 광산 상층부 쪽에서 느껴지는 마기에 표정을 찡그릴 수밖에 없었다.

가까이 접근하니 마기, 그것도 아주 익숙한 마기가 느껴지기 시작했다.

지난번 여주의 도플갱어와 구로구에 나타났던 리치도 지녔던 바로 그 마기.

녀석들로부터 간접적으로 확인했던 마기로는 심증만 있었을 뿐이었지만, 이 정도로 노골적이고 순수한 마기라면 확신할 수 있었다.

"교만의 마왕?"

에덴의 7마왕 중, 가장 먼저 내가 찢어발겼던 놈.

교만의 마왕.

성화를 피워 올려서 마지막 살점 한 조각까지 재로 만들었던 놈이었는데, 이 광산에서 분명 녀석의 마기가 느껴지고 있었다.

아니, 정확하게 표현하자면 교만의 마기가 마정석 광산을 천천히 잠식해 나가는 중이었다.

아까 전에 나와 레오가 그라운드 제로에 들어서면서 느꼈던 마기의 원인도 바로 이것이었던 모양이다.

나는 미간을 잔뜩 찌푸린 채로 오성 씨와 혜림 씨에게 말했다.

"혹시 최근에 광산에 들어갔던 사람 있습니까?"

아직까지 이 정도밖에 잠식이 안 되었다면 비교적 최근에 마기 잠식이 시작되었다는 소리다.

그러나 내 질문에 둘은 동시에 고개를 가로저으면서 대답했다.

"없습니다."

"채굴이 잠정 중단된 상태였습니다."

"저런."

애초에 기대를 안 했기 때문에 실망할 것도 없다.

"안 되겠다."

원래라면 조금 더 주위를 둘러보고 정할 생각이었다만, 교만의 마기로 인해서 계획을 수정해야겠다. 마석으로 변한 마정석은 신성석으로 만들 수 없기 때문이다.

나는 빠르게 결정을 내린 후, 주머니에 넣어 두었던 〈리멘의 증표〉를 꺼내었다.

우우우우우웅!

〈리멘의 증표〉는 교만의 마기에 반응하며 격렬하게 빛을 뿜어내기 시작했고, 그것을 본 오성 씨와 혜림 씨가 어리둥절한 눈빛으로 나에게 물었다.

"무엇을…… 하시려는 겁니까?"

"시우 님?"

이래서 눈치 빠른 것들은 싫다니까.

나는 그들의 질문에 대답하는 것 대신 리멘의 증표를 움켜쥐었다.

그러자 눈앞에 메시지 창 하나가 떠올랐다.

아이템 〈리멘의 증표〉를 사용하여 현 지역에 성역을 선포할 수 있습니다. 성역을 선포하시겠습니까?

"성역을 선포한다."

해당 지역을 성역으로 선포합니다.

〈리멘의 증표〉에서 뿜어져 나온 신성력이 하늘로 쏘아 올라갔고, 마치 눈이 내리듯 하늘에서 신성력이 쏟아지기 시작했다.

눈이 멀 정도로 찬란하고도 아름다운 광경.

허물어진 폐허 위로 신성하다고밖에 표현할 수 없는 빛줄기가 내려앉는다.

오성 씨와 혜림 씨는 넋을 잃은 채로 그 장면을 바라보고 있었고, 나 역시 그 아름다운 장면을 바라보며 기분 좋게 말했다.

"저는 이곳을 리멘께 바치기로 마음먹었습니다."

내 말에 그 둘은 순식간에 현실로 돌아오더니, 곧 눈을 둥그렇게 뜨면서 나를 쳐다보았다.

"⋯⋯예?"

"그게 무슨⋯⋯."

나는 그들의 반응에 은근슬쩍 미소를 지으면서 말을 맺었다.

"리멘께서 이 땅을 원하십니다. 그분을 따르는 저로서는 정말 어쩔 수가 없군요. 허허."

첫 신전

성유물 〈리멘의 증표〉를 중심으로 성역이 선포되었습니다. 〈차원계: 지구〉의 시스템은 관련 협약에 따라 〈차원계: 에덴〉의 성유물이 일으키는 기적을 인정합니다.

성역이 선포됨에 따라 해당 지역에 드리워져 있던 〈마력 오염〉이 일부 해소됩니다.

성유물은 신도들의 신앙심을 바탕으로 힘을 발휘합니다. 현 차원계에는 아직까지 성유물의 힘을 모두 이끌어 낼 만큼의 신도가 존재하지 않습니다. 이에 따라 성역의 범위가 제한됩니다.

첫술에 배부를 수는 없다고, 〈리멘의 증표〉는 그라운드 제로 전체를 커버해 주지는 못했다.

어림잡아 반경 500m 정도의 범위.

마력에 오염되어 있는 지역에 비해서는 손색이 있는 넓이였지만, 나로서는 꽤 만족스러운 성과였다.

신전을 세우기에는 충분하고도 남은 넓이였기 때문이다.

게다가 얼마든지 확장할 수 있는 가능성도 열려 있었으니, 불만을 가질 이유가 없었다.

"후우우우."

나는 크게 숨을 들이마시면서 미소를 지었다.

마력 오염으로 인해서 다소 답답하게 느껴졌던 공기가 한층 편해졌다.

성역이 형성되면서 이곳을 오염시키던 마력들이 전부 사라진 덕분이었다.

물론 그건 어디까지나 나에게만 해당되는 이야기이기는 했다.

"음."

방금 전까지만 해도 입을 벌린 채로 감탄사를 내뱉던 오성 씨와 혜림 씨는 이미 정신을 잃고 기절한 상태였다.

어찌 보면 당연한 현상이라고도 볼 수 있었다.

성유물에 담겨 있던 리멘의 힘은 사실 신성력을 처음 경험해 보는 사람들에게는 버거운 기운이다.

리멘이 직접 불어 넣었던 가장 순수한 형태의 신성력.

지난번에 민수 씨가 기절했던 것과 같은 맥락이기도 했다.

그래도 참 웃긴 게, 바닥에 쓰러진 둘의 얼굴은 내가 여태껏 봤던 그들의 표정들 중에서 가장 편안해 보였다.

내 앞에서 서로를 의식하랴, 내 눈치를 보랴, 고생이 참 많았던 그들이다.

꽤 오랜 시간 동안 서로 대치했다고 들었으니, 지금의 휴식이야말로 그들에게는 그토록 기다렸던 것일 터였다.

"정말 슬픈 땅이야. 지구에도 이런 곳이 있을 줄은 몰랐어. 그렇지, 시우?"

"미안. 원래는 좀 예쁜 곳에다가 지어 주고 싶었는데, 이렇게 되어 버렸네."

"그런 의미로 한 말은 아니었어. 그냥, 유난히 슬픈 땅이다 싶어서 말한 거야."

어느새 내 앞에 나타난 리멘이 애써 미소를 지으며 말했다.

그녀는 하얀색 튜닉 드레스와 보라색의 화관을 머리에 쓰고 있었다.

황폐한 폐허 위에 올라선 그녀의 모습은 이 공간과 절대로 어울리지 않았으나, 그만큼이나 지극히 아름다웠다.

나는 바람에 조금씩 흔들리는 그녀의 은빛 머리카락을 바라보면서 고개를 끄덕였다.

"슬픈 땅이지."

"어렴풋이 보여."

"뭐가?"

"이곳에 묻힌 수많은 꿈이."

리멘은 그렇게 말하며 괴롭다는 듯이 표정을 찡그렸다. 그러나 그녀는 곧 언제 그랬냐는 듯, 내 손을 부드럽게 잡으면서 환하게 웃어 보인다.

"그래도 이렇게 성역을 선포한 걸 보면 내가 레오 그 아이를 통해서 보낸 선물은 잘 받았나 보네?"

"레오를 아이라고 부르는 건 이 세상에 너밖에 없을 거야."

"하지만 나에게는 아이가 맞는걸. 너 레오가 어렸을 때 얼마나 귀여웠는지 잘 모르지? 알면 깜짝 놀란다!"

"……굳이 알고 싶지는 않아."

레오의 어린 시절?

감히 상상조차 할 수 없었다. 아니, 상상하고 싶지도 않았다.

리멘은 내가 빠르게 머리를 흔들자, 마치 내가 귀엽다는 듯이 내 손을 쪼물락거리면서 말했다.

"나는 시우가 더 좋아."

그 말을 가만히 듣고 있자니 부끄러워서 안 되겠다. 나는 슬쩍 다른 곳을 바라보면서 화제를 돌렸다.

"그나저나 말도 없이 웬일이야? 하고 싶은 말 있으면 지난번처럼 신탁을 내려 줘도 되잖아."

내 말에 리멘은 해맑게 미소 지으면서 대답했다.

"교황님께서 이렇게 고생하고 계시는데 내가 가만히 있을 수는 없잖아! 선물이라도 주려고 왔지."

"선물?"

성유물을 주려는 걸까?

하지만 내 고민은 그리 길게 이어지지 않았다. 왜냐하면 리멘이 곧바로 '선물'의 정체를 보여 주었기 때문이다.

우우우웅—!

그것은 단순히 '선물'이라고 치부하기에는 손색이 있을지도 모른다.

리멘의 신성력이 이미 색을 잃어버린 폐허 위에 내려앉더니, 곧 물감처럼 주위를 색칠해 나갔다.

황폐한 대지 위에 푸른 나무와 잔디 들이 자라난다.

마력으로 인해 갈라져 있던 곳 위에는 연못이 생겨났고, 연못 주위에는 꽃들이 핀다.

생명이라고는 찾아볼 수 없던 폐허가, 눈 깜짝할 사이에 생명으로 차오른다.

나는 리멘이 만들어 내는 또 하나의 기적을 바라보면서 아무 말도 할 수 없었다.

내 동의도 없이 나를 에덴으로 끌고 갔음에도 내가 그녀를 미워할 수 없었던 가장 큰 이유.

"조금은 따뜻해진 것 같아. 안 그래, 시우?"

"……그러네."

"이곳에 묻힌 꿈들도 조금은 더 따뜻해졌으면 좋겠다."

그것은 그녀가 살아 있는 존재들에게 베푸는 자애로움 때문이었다.

리멘이 보여 준 기적은 그라운드 제로 전부를 덮지는 못했다.

어디까지나 성유물을 통해 형성한 성역 덕분에 가능했던 기적이다.

지난번에 리멘도 본인 스스로 말했지만, 에덴에서만큼 전능할 수 없다는 증거기도 했다.

하지만 이것으로 충분하다.

"다른 사람들도 엄청 좋아할 거야."

마력 오염으로 불모지가 되어 버린 곳. 5년이나 지났음에도 회복하지 못한 땅. 대한민국의 심장부에 남겨진 재앙의 흉터.

할 수 있는 것이라고는 장벽을 통해 마력을 막는 게 전부였던 이곳에, 이렇게 피어오른 생명들은 이미 그 자체만으로도 기적이었으니까.

그리고 성역의 범위는 시간이 해결해 줄 문제다.

우리 교단이 앞으로 지구에서 세를 늘리면 늘릴수록 성유물에 담기는 신앙심은 늘어날 것이고, 성역 역시 따라서 넓어질 것이다.

"맞다. 깜박할 뻔했네."

"또 뭘를."

"진짜 선물!"

파아아아앗!

다시 한번 빛이 퍼지더니 곧 연못 뒤쪽에 자리 잡았던 푸른 공터 위에 익숙한 건물이 생겨났다.

하얀색 대리석과 유리창으로 지어진 구조물.

그럼에도 리멘 특유의 소박함과 신성함이 느껴지는 그 건물은.

"교황청의 소신전이네."

"아무래도 대신전을 그대로 구현해 내기에는 성역의 크기가 부족해. 미안. "

"아니야, 차라리 이게 낫지."

에덴의 교황청에서 쉽게 찾아볼 수 있던 소신전이었다.

교황청을 찾는 신도들을 위해 기도를 올릴 수 있도록 건축해 두었던 소신전들.

대성당에 비해 크기는 작지만, 대한민국 사람들에게는 오히려 이런 소박함이 더 잘 먹혀들지도 모른다.

그리고 이제 막 시작하는 교단의 이미지에도 더 잘 어울리고 말이다.

신전을 어떻게 지어야 하나 고민했었는데, 그 고민도 말끔하게 해결해 주는 리멘이었다.

"어때, 선물은 마음에 들어?"

나는 리멘의 물음에 고개를 끄덕이면서 대답했다.

"최고야."

내가 그렇게 만족스럽게 우리 리멘 교단의 첫 신전을 바라보고 있을 때쯤이었다.

"시우."

"응?"

"지금부터 내가 하는 이야기 잘 들어. 시우가 지구에서 해줘야 할 일이 하나 있어. 아마 지금쯤이면 시우도 어렴풋이 눈치는 채고 있었을 거야."

그리고 잠시 후.

리멘의 입에서 꽤나 신경 쓰이는 이야기가 흘러나오기 시작했다.

❧

리멘이 해 준 이야기를 세 줄로 요약하자면 다음과 같다.

「1. 내가 마지막으로 죽였던 분노의 마왕은 죽기 직전에 본인과 나머지 마왕들의 영혼 편린을 가장 가까운 차원계로 전이시켰다.

2. 에덴과 가장 가까운 차원계는 지구다.

3. 따라서 지구에 마왕들의 편린이 전이되었을 가능성이

높다.」

　도플갱어, 리치, 거기에 아까 전에 확인했던 마정석 광산의 마기까지 설명이 가능한 이야기였다.
　리멘은 추가로 지구의 시스템이 본인과 내 계약을 허가해 준 것 역시 그것과 연관되어 있을 가능성이 높다고 말했다.

　-이곳이 에덴이 아니라서 내가 해 줄 수 있는 게 아직 많이는 없어. 자세한 건 시우가 이곳에서 직접 알아봐야 할 것 같아.

　에덴에서의 리멘은 주신좌에 오르면서 전지전능에 가까운 힘을 발휘할 수 있게 되었지만, 지구는 그녀가 관장하는 세계가 아니었다.
　결론부터 말하자면 당분간은 내가 직접 움직여야 한다는 소리다.
　에덴에서 이런 일이 발생했다면 교황청 직속 이단심문관들을 통해서 악마의 흔적을 찾으라고 시켰을 것이다.
　하지만 이곳은 지구.
　아직까지 이단심문관들을 양성조차 하지 못했기 때문에 당분간은 내가 직접 움직여야 할 듯싶었다.
　아무튼.

나에게 설명까지 해 준 리멘은 얼마 안 가서 본래 있던 곳으로 돌아갔다.

폐허에 생명을 일으키고, 또 그 위에 신전까지 세우느라고 본인에게 허용된 인과율 기준치를 초과했다던가?

그래도 앞으로는 신전을 통해서 연락을 취할 수는 있게 되었으니 다행이다.

"후우."

나는 신전의 계단에 잠시 걸터앉으면서 크게 숨을 뱉어 냈다.

리멘의 선물은 정말 만족스러웠다.

황폐한 폐허를 아름다운 정원으로 만들어 준 것도 모자라, 그 정원과 어울릴 정도로 소박하면서도 아름다운 신전까지 세워 주다니.

그녀가 지금 내 상황에 얼마나 신경을 써 주고 있는지를 잘 알 수 있는 대목이었다.

일단 급한 목표는 전부 달성했다.

성서를 번역해 줄 레오도 왔지, 그리고 신도들이 모여서 기도할 수 있는 신전도 생겼지.

이 정도면 본격적인 교단 운영을 시작할 준비는 갖춰진 셈이다.

그리고 시스템 역시 내 생각에 동의하는지, 눈앞에 새로운 메시지 창들이 떠올랐다.

메인 퀘스트 〈교세 확장〉을 완료하셨습니다.
완료 보상으로 교단 특성 〈세례〉의 레벨이 1 증가하며, 신성 점수 500점이 지급됩니다.
축하합니다! 당신의 교단은 첫 신전을 마련함으로써 종교로서의 모습에 한 걸음 더 다가섰습니다. 당신은 앞으로 〈신전 관리〉 명령어를 통하여 신전의 시설을 관리할 수 있습니다. 차원 간 협약에 따라 〈신성 점수〉를 통하여 다양한 시설을 구매할 수 있게 되었습니다.
DLC 상점에 〈시설〉 항목이 업데이트됩니다!

에덴에서의 시스템이 RPG 게임에 가까운 모습이었다면, 지구에서의 시스템은 경영 시뮬레이션 게임에 가깝다고 표현해야 할 것 같다.

눈앞을 가득 채우는 인터페이스들.

하지만 새로운 시스템에 대한 확인은 천천히 해도 늦지 않다. 지금은 그것보다 더 먼저인 것들이 있잖아?

나는 고개를 끄덕거린 다음, 이곳에 들어오기 전에 미리 챙겨 온 휴대폰을 주머니에서 꺼냈다.

원래의 그라운드 제로라면 비정상적인 마력 오염으로 인해서 전자 장비의 사용이 불가능했겠지만.

띠리리링-!

휴대폰은 멀쩡하게 켜졌다.

성역 선포를 통해서 마력 오염을 해결했다는 걸 증명하는 부분이기도 했다.

통신 신호가 살짝 약한 편이었지만 그래도 이 정도면 괜찮을 것 같다.

나는 곧바로 핸드폰을 통해서 민수 씨에게 전화를 걸었다.

뚜루루루-.

통화 연결음이 몇 번 울리지도 않았을 때, 민수 씨가 힘찬 목소리로 전화를 받았다.

－전화받았습니다, 교황님! 전화를 하신 것을 보면 모든 것이 원하시는 대로 풀리신 모양입니다! 정말 축하드립니다.

"별말씀을. 민수 형제님 혹시 어디 계세요?"

－혹시 교황님께서 부르실지도 몰라서 팀원들과 함께 경복궁 쪽에서 대기 중이었습니다.

내가 이래서 민수 씨를 마음에 들어 할 수밖에 없다니까.

나는 민수 씨의 힘찬 대답에 피식 웃으면서 말을 이어 갔다.

"생각보다 일이 더 잘 풀렸습니다. 그래서 민수 씨 의견을 한번 물어볼까 하는데."

－편히 말씀하십시오. 경청하겠습니다.

"우리 라이브 방송이나 한번 할까요?"

－라이브 방송 말씀이십니까? 원하신다면 언제든지 세팅이 가능합니다만, 혹시 어디서 하실 생각이신지요.

그 질문에 나는 당연하다는 듯이 대답했다.

"그라운드 제로 미튜브 최초 공개, 어떻습니까. 괜찮을 것 같지 않아요? 난 괜찮을 것 같은데."

우리 교황님 좀
말려 주세요

가장 먼저 움직인 건 이능관리부였다.

유선호 장관은 내가 일부 지역 정화에 성공했다는 소식을 듣고 곧바로 대기하고 있던 팀을 투입시켰다.

그들이 가장 먼저 확보한 것은 유세혁을 포함하여, 전각련 측의 의뢰를 받았던 범죄자들의 신병이었다.

그들 대부분이 지명수배를 받은 흉악범들이었다고 하니, 나름 괜찮은 결말일지도 모른다.

게다가 내가 직접 손 본 유세혁 말고도 나머지 녀석들 역시 정상적인 생활은 불가능할 거라고 한다.

레오의 흉악한 인간 차력쇼의 결과물이라고 할 수 있겠다.

아무튼 거기까지는 내가 예상했던 영역이었는데, 그 이후에 전개된 상황은 나로서는 좀 당황스러울 수밖에 없었다.

아무리 내가 일부 지역의 정화를 완료했다고 한들.

"이 늙은 놈의 몇 안 되는 소원을 이룬 것 같습니다. 정말 감사합니다."

플레이어도 아닌 유선호 장관이 이렇게 그라운드 제로 내로 불쑥 들어올 줄은 꿈에도 몰랐던 것이다.

참 대단한 노인네다.

물론 이건 리멘의 세심함이 반영된 결과다.

리멘은 그라운드 제로로 진입하기 힘든 신도들을 위해서

그라운드 제로의 출입문부터 성역까지 오는 길을 만들어 두었다.

그녀가 직접 신성력을 부여하여 정화시켜 둔 길.

이름도 지어 줄 법하지만, 그녀는 그냥 그곳을 순례길이라고 불러 줬으면 좋겠다고 했다.

그렇게 리멘이 만들어 둔 순례길을 통해서 유선호 장관이 도착한 것이다.

"이 조그마한 비석은 무엇입니까?"

주위를 둘러보면서 여러 생각에 잠긴 듯해 보였던 유선호 장관이 나에게 물었다.

유선호 장관 앞에 자리잡은 비석.

비석에는 '꿈들이 잠시 쉬는 곳'이라는, 아주 단아하고도 부드러운 필체의 한글이 새겨져 있었다.

나는 시선을 그 비석 위에 둔 채로 말했다.

"이곳에 잠든 사람들을 위한 위로라더군요."

"어떤 귀인께서 이런 것을……."

"이곳을 만든 분께서 하신 일 중에 하나입니다. 슬픔을 극복하되, 잊지는 말라는 의미에서 남기신 비석입니다."

푸르른 정원 위에 자리잡은 비석. 그리고 그 비석 너머로 보이는 신전까지.

그 풍경은 누가 와서 보더라도 아름답다고 할 수밖에 없는 풍경이기도 했다.

심지어 저 멀리 보이는, 아직 정화되지 못한 그라운드 제로의 폐허조차도 극명한 대비를 통해 아름다움을 더해 주고 있었다.

유선호 장관은 한참 동안을 말없이 그 풍경을 감상하는 듯했다.

그렇게 얼마나 시간이 지났을까.

마침내 유선호 장관은 나를 돌아보면서 입을 열었다.

"일전에 약속드렸다시피 이곳에서 얻으신 것 모두가 시우님의 것입니다. 땅이든, 그 무엇이든. 저희의 약소한 성의 표시라고 봐 주시면 됩니다."

"재산권 문제나 뭐 그런 문제는 없습니까?"

"그 부분에 대해서는 걱정하실 필요가 없습니다. 그라운드 제로에서 피해를 입은 국민들에게 보상금을 지급할 때, 이곳에 대한 재산권은 정부 측에 귀속된다는 조항이 있었지요. 정부로서는 유명무실한 권리였지만, 이리 사용되니 참 마음이 좋습니다. 허허."

털털한 웃음소리가 듣기에 나쁘지 않았다.

간단하게 말하자면 남의 눈치를 안 봐도 된다는 뜻이기도 했다.

이를테면 이 땅의 원주인이라든가, 건물주라든가, 그런 사람들 말이다. 확실히 연륜이란 게 무시 못 할 것인지, 유선호 장관은 단번에 내가 가려운 곳을 긁어 주었다.

나는 만족스럽게 고개를 끄덕였다.

그리고 저 멀리서 분주히 무언가를 준비하고 있는, 민수 씨의 촬영팀을 가리키면서 말했다.

"미튜브로 라이브 방송을 진행할까 합니다."

"저희가 도와드릴 게 있는 모양이군요."

"라이브 방송에 기자분들도 참여시킬까 하는데, 어떻게 생각하십니까?"

내 제의에 유선호 장관은 미간을 살짝 찌푸리면서 잠시 고민에 빠졌다.

그러나 그의 고민은 그리 길게 이어지지 않았고, 곧 여전히 걸걸한 목소리로 대답했다.

"그것으로 기자회견을 대체하실 계획이시군요."

"굳이 같은 일을 여러 번 할 필요가 있겠습니까?"

"맞는 말씀이십니다. 안 그래도 이곳에 들어오기 전에 기자들에게 연락을 돌려 두긴 했습니다. 30분 내로 도착할 수 있도록 조치하도록 하지요."

유선호 장관은 뒤에 있던 본인의 비서에게 가볍게 손짓을 했고, 그러자 비서가 고개를 끄덕이면서 어디론가로 전화를 걸었다.

실행력 한번 화끈하다.

도저히 70이 넘은 노인이라고는 생각이 안 들 정도의 행동력이었다.

노익장이라는 말이 그 누구보다 어울리는 사람이라고 해야 할까?

그렇게 순식간에 내 고민들을 싸그리 해결해 버린 유선호 장관은 한층 여유로워진 목소리로 나에게 말했다.

"급한 일은 대충 처리한 듯하고, 슬슬 본론으로 들어가면 될 것 같습니다."

잠깐만.

"……본론이요?"

"앞으로 전각련과의 관계는 어떻게 설정하실 것인지, 또 교단을 어떻게 운영하실 것인지. 그리고 언제쯤 그라운드 제로 전역을 정화할 수 있는지 등등, 아직 나눌 이야기가 참 많습니다."

도대체 언제 준비한 건지, 유선호 장관의 수행원들이 간이 탁자와 의자를 우리 앞에 설치해 주었고, 유선호 장관은 나에게 의자를 권하면서 말을 맺었다.

"기자들이 오기까지 꽤 시간이 남았으니 허심탄회하게 이야기를 나눠 보도록 하지요. 시우 님도 이참에 한 번에 처리하는 것이 더 좋지 않겠습니까?"

어째서 이능관리부 직원들이 이 할아버지를 무서워하는지 알 것 같았다.

유선호 장관과의 30분은 정말 짜릿했다.

그가 플레이어가 아닌 몸으로 어떻게 이능관리부를 휘어 잡았는지 알 수 있는 기회였다고 해야 하나?

"부쩍 피곤해 보이십니다. 괜찮으십니까, 교황 성하?"

"안마라도 해 주게?"

"원하신다면."

"……아니다. 나도 접혀 버릴 것 같아서 사양할래."

사제복에 가려진 레오의 근육을 보고 있자니 아까 전에 반으로 접힌 흉악범들이 떠오른다.

나는 손을 가볍게 내저은 다음, 레오의 옆에 서 있던 민수 씨를 향해서 말했다.

"기자들도 도착했답니다. 어때요, 미튜브 반응은 좀 괜찮은 것 같습니까?"

민수 씨의 채널에 그라운드 제로에서 라이브 방송을 진행하겠다는 공지를 남겼었다.

어떻게 되었나 궁금하긴 한데, 사실 민수 씨의 저 멋쩍은 듯한 표정만 봐도 대충 예상할 수 있었다.

"어그로 좀 적당히 끌라고 합니까?"

"그라운드 제로라는 장소의 이미지 때문에 어쩔 수 없는 듯합니다. 죄송합니다, 교황님."

우리 교황님 좀
말려주세요

"민수 형제님이 죄송할 게 뭐가 있어요? 불신이 팽배한 이 사회가 잘못된 거지. 크게 신경 쓰지 마십쇼. 어차피 라이브 방송 켜면 알아서 해소될 겁니다."

유명 언론, 공중파 기자, 외신 등등.

이능관리부의 연락을 받고 벌써 신전 앞에 자리 잡은 기자들만 수십이다.

그들은 내가 라이브 방송을 시작하자마자 전국, 아니 전 세계에서 이곳에 일어난 일에 대한 기사를 쏟아 낼 것이다.

그런 상황에 시청자들이 안 믿고 배겨?

나는 살짝 시무룩해진 민수 씨의 등을 몇 번 두드려 준 다음, 가볍게 기지개를 켜면서 말했다.

"준비 다 끝났으니 슬슬 일 시작합시다. 인터넷 방송은 10년 만이라 좀 떨리네."

지구의 시간으로는 5년 전쯤이었을 거다.

군대 다녀와서 동생들 어떻게든 먹여 살리겠다고 정신 없이 일을 했던 시절.

누군가에게 넋두리라도 하고 싶었는데, 마땅히 이야기할 상대가 없어서 인터넷 방송을 켰던 적이 있다.

내 기분 내킬 때마다 켰던 거라 시청자가 한둘 있을까 말까 한 정도였지.

문득 그 시절이 생각나긴 하지만, 상황은 그때와 비교도 할 수 없이 달라졌다.

"오늘 할 일이 아주 많으니 방송도 빠르게 해치웁시다."

나는 기분 좋게 말한 다음, 그들을 데리고 천천히 신전 현관을 나섰다.

우리가 대리석 기둥을 지나 외부로 나선 순간.

촤르르르륵-!

곳곳에서 대기하고 있던 기자들이 사진기의 셔터를 경쟁적으로 누르기 시작했다.

지난번 기자회견에서는 조금 부담스러웠던 건 사실이지만, 확실히 이것도 내성이라는 게 있는 모양이다.

"반갑습니다, 형제님들. 사진 이쁘게 찍어 주시면 감사하겠습니다."

이제는 기자들을 향해 어느 정도 너스레를 떨 수 있을 정도가 되었다.

나는 그들을 향해서 반갑게 손을 흔들어 준 다음, 민수 씨의 촬영팀이 대기하고 있는 곳으로 향했다.

신전 앞에 위치한 자그마한 정원.

리멘이 좋아하는 리시안셔스라는 꽃들이 잔뜩 심어져 있는 그 동화 같은 정원에서는 이미 촬영 준비가 끝난 상태였다.

적당한 높이의 의자와 내가 직접 시청자의 반응을 살필 수 있는 태블릿 PC가 세팅된 탁자.

거기에 조명 같은 본격적인 촬영 장비들까지.

지난번 여주의 던전에서도 느꼈지만, 인터넷 방송이라고

무시할 수준이 전혀 아니었다.

"이쪽에 앉으시면 되겠습니다."

민수 씨의 안내에 따라 의자에 앉았다.

오늘 방송의 형식은 인터뷰라고 생각하면 편하다. 민수 씨가 묻고, 내가 대답하는 형식.

민수 씨네 회사 작가들이 미리 작성해 온 질문지가 있기는 했지만 지금 와서 크게 중요한 질문들은 아니었다.

"그럼 미리 이야기 나눴던 대로 시청자들의 질문들 위주로 진행해 나가도록 하겠습니다."

"그렇게 합시다. 바로 시작하시죠."

"알겠습니다."

내 말에 민수 씨는 가볍게 고개를 끄덕인 다음, 곧 촬영팀을 향해 신호를 보냈다.

잠시 후.

태블릿 PC 속에 우리들의 모습과 채팅 화면이 떠오르면서, 본격적인 방송이 시작되었다.

－ㅋㅋㅋㅋㅋ그라운드 제로에서 방송 켠다더니만 어디 촬영장 하나 빌렸나 보네

－플케형; 아무리 돈이 급하다고 하더라도 주작할 거면 성심성의를 보여야지

－어휴ㅋㅋ 이럴 줄 알았다

－원래 주작도 잘 안 하던 사람인데……

－사이비 논란 터지고 나서 초심 잃었네 ㅇㅇ

－구독 해지함 ㅅㄱ

눈으로 따라가기 힘들 정도로 채팅창이 빠르게 올라갔는데, 얼핏 보는 것만으로도 상당히 매웠다.

역시, 이게 K-채팅창이지.

"오늘은 그라운드 제로 특집 방송으로 찾아뵙게 되었습니다. 여러분께 세계 최초로 그라운드 제로의 모습을 보여 드릴 수 있어서 영광이라고 생각합니다."

까놓고 말해 채팅창의 민심은 정말 밑바닥이나 다름없었다.

곳곳에서 나타나는 인신공격과 각종 비하 발언, 거기에 혼란을 틈타는 어그로들까지.

540만 미튜버답게 순식간에 시청자 숫자는 1만을 돌파하고 있었고, 그만큼이나 채팅창도 뜨겁게 과열되는 중이었다.

저런 걸 보면 진짜 빠가 까가 되는 건 순식간이라는 말이 와닿는다.

충분히 멘탈이 흔들릴 법한 상황이라고 생각했지만.

"이곳에 나와 계신 분은 여러분들도 잘 알고 계실 겁니다. 대한민국 최초의 이레귤러이자, 리멘 교단을 이끌고 계시는 김시우 님이십니다. 인사 한번 부탁드려도 될까요?"

민수 씨의 멘탈에는 전혀 문제가 없었다.

방송을 통해 굳건하게 단련된 540만 미튜버, 아니 이제는 500만 미튜버에게는 큰 타격을 주지 못한 듯 보였다.

비록 지난번 간증 영상을 올린 탓에 구독자 수가 가파르게 줄었지만 경험은 줄어들지 않는 법이다.

나는 민수 씨의 뻔뻔한 진행에 잠시 감탄한 다음, 카메라를 바라보면서 말했다.

"반갑습니다. 리멘 교단의 김시우라고 합니다. 여러분들에게 저희 교단의 역사적인 첫 신전을 선보일 수 있게 되어 감회가 새롭습니다."

그렇게 내가 인사를 건넸을 때, 시끄러운 효과음과 함께 태블릿 PC 창에 무언가가 떠올랐다.

['미스터쿼카' 님께서 1,000원을 후원하셨습니다!]
[뒤에 계신 분은 누구신가요? 혹시 용역 깡패는 아니죠? 플케형······ 사이비 집단에 납치당해서 강제로 영상 찍고 계시는 중이면 꼭 당근을 흔들어 주세요ㅠㅠ]

"흠흠."

웃을 뻔했다.

용역 깡패라고 하면 아마 레오를 두고 하는 말인 것 같은데, 솔직히 어느 정도는 동감한다.

사제의 비주얼이라기에는 확실히 뭔가 이상한 비주얼이긴

하지.

나는 빠르게 평정심을 되찾으며 말을 이어 나갔다.

"여러분들의 적극적인 참여 덕분에 이렇게 그라운드 제로에 저희들의 첫 신전을 세울 수 있게 되었습니다. 정말 감사합니다."

내가 이런저런 멘트를 치자마자 또다시 채팅창이 불타오른다.

그중 몇 개 눈에 띄는 채팅들을 뽑아 보자면 다음과 같다.

—이 ㅅㄲ 국가가 인정한 이레귤러 아님? 이레귤러가 이렇게 방송 나와서 시청자 기만해도 되는 거냐?ㅋㅋ

—그냥 번복이나 하지 추하게 무리수 던지네

—여기 근데 어디 세트장임? 이쁘긴 하네

—전문가입니다. 그라운드 제로는 마력 오염으로 인하여 생명이 자라날 수 없는 지역입니다. 그러나 이곳에는 꽃과 풀들이 자리 잡고 있네요. 따라서 이곳이 그라운드 제로가 아니다에 제 얼마 남지 않은 머리카락을 걸도록 하겠습니다.

대강 예상했던 반응이라 크게 놀랍지 않다.

이때다 싶어서 채팅창에 본인들의 음습한 욕망들을 분출하기 시작하는 수많은 시청자들.

이런 상황에서 시간을 끌어 봤자 좋은 말이 나올 리가 없을 것 같다.

나는 한국인들을 대표하는 그 매콤함을 잠시 감상한 다음, 슬쩍 미소를 지으면서 말을 이어 갔다.

"여러분들도 이런저런 설명을 듣는 건 싫으실 테니 핵심만 정리해서 말씀드리도록 하겠습니다."

기자회견도 겸한 라이브 방송이었지만, 원래 이런 건 구구절절 설명해 봤자 멋없게만 느껴질 뿐이다.

따라서 그냥 핵심적인 내용만 전달하면 된다.

간단하고 명확하게.

"현 시간부터 그 누구든지 신청을 통하여 서울 그라운드 제로에 출입할 수 있게 되었습니다. 자세한 사항은 추후 이능관리부 홈페이지와 저희의 미튜브 채널을 통해 공지하도록 하겠습니다."

내가 말하자마자 카메라의 시점이 바뀐다.

방금 전까지만 해도 우리를 찍고 있던 카메라들이 서서히 움직이면서 주위의 풍경을 담기 시작했다.

너나 할 것 없이 경쟁적으로 사진을 찍고 있는 기자들.

정원과 자연스럽게 어우러지는 대리석 신전.

그리고 성역의 경계 너머로 어렴풋이 보이는 그라운드 제로의 폐허와 그라운드 제로를 봉인하던 장벽, 아크까지.

-?

-저기 멀리 저거 창덕궁 아니냐??????

-저건 그라운드 제로 장벽 맞지 않음?

-이왜진?

-님들. 지금 이거 KBC에서도 생방송 중인데요?

-속보) 이능관리부 유선호 장관, 김시우 각성자가 세계 최초로 서울 그라운드 제로 일부를 정화하는 것에 성공했다 공식 발표. 〈해당 기사 링크〉

-진짜네????

-?

-?

-아니;;; 진짜 여기 그라운드 제로라고? 그게 말이 돼?

빠가 까가 되는 건 순식간이지만, 까가 빠가 되는 것 역시 순식간인 모양이다.

분명 몇 분 전까지만 하더라도 각종 비난 글로 가득했던 채팅창이.

-성지 순례하러 왔습니다.

-진짜 성지 순례하려면 그라운드 제로 신청하면 되나요?

-수능 대박나게 해 주세요 제발 ㅠㅠ

-여자친구 생기게 해 주세요!

-헌터 아카데미 시험 합격하게 해 주세요! 헌터 아카데미

우리 교황님 좀
말려 주세요

시험 합격하게 해 주세요!

　─면접 잘 보게 해 주세요!

아까와는 전혀 다른 이유로 불타오르기 시작했다.

⚜

　내 공식적인 미튜브 첫 라이브 방송은 그리 길게 이어지지
는 않았다.

　더도 말고 덜도 말고 딱 30분.

　하지만 그 30분은 내가 생각했던 것보다 훨씬 큰 반향을
일으켰다.

　[제목: 나는 죄인입니다]

　[내용: 저같이 미천한 놈이 진정으로 귀한 분들은 몰라뵙고 그동안 함
부로 비방하고 다녔습니다. 함부로 의심해서 죄송합니다. 함부로 욕해서
죄송합니다. 앞으로 그 누구보다 열심히 리멘님의 이름을 퍼뜨리고 다니
겠습니다.]

　─ㅋㅋㅋㅋㅋ이 새끼 그 새끼 아님?

　─ㅇㅇㅇ맞음. 평소에 리멘 교단 같은 거 누가 믿겠냐고
욕하고 다니던 새끼임. 고정 닉네임인데 그동안 올렸던 게시

첫 신전 47

글 싹 지웠네?

　－걱정ㄴ 이미 제가 박제해서 리멘 교단 메일로 보내 뒀음

　－리멘께서 보고 계십니다. 다들 아름다운 언어 사용해 주
시면 감사하겠습니다.

　－리멘 갤러리를 새롭게 만들었습니다! 들어와서 좋은 말
씀 나누실 형제님들은 언제든지 와 주시면 감사하겠습니다.

　－지랄. 니들 정부랑 김시우인가 뭔가. 하는 놈이 짜고 치
는 판에 말려드는. 거임. 이거. 그냥 정부에서. 전각련 견제
하려고. 일부러 밀어주는. 거라고. 또 속냐. 병신들아?

　－할배ㅋㅋ 페이크 뉴스 좀 그만 보이소ㅋㅋ 외신들조차
도 일제히 보도하고 있는데 음모론 좀 적당히 퍼뜨리십쇼

　－ㅋㅋ제발. 좀 그만 쓰세요ㅋㅋ 할배 몸에 있는 점 싸그
리 뽑아 버리기 전에ㅋㅋㅋㅋㅋ

　어느 인터넷 사이트에 올라온 위의 게시글이야말로 현 상
황을 아주 절묘하게 요약한 게시글이라고 할 수 있겠다.

　인터넷에서 그저 마음에 들지 않는다는 이유로 나와 리멘
을 비방하고 다녔던 악질들은 이제 찾아보기가 힘들어졌다.

　몇 시간 전까지만 하더라도 활발하게 리멘 교단을 까 댔던
인원들은 사라졌거나, 아니면 우리 교단의 극성 지지자가 되
었거나, 둘 중 하나의 길을 택했다.

　"정말 답답합니다."

그라운드 제로의 신전에서 나와 함께 인터넷의 반응을 살피고 있던 민수 씨가 속상하다는 듯 한숨을 내쉬면서 말했다.

"무엇이 그렇게 답답하십니까, 형제님?"

"충분히 보여 줬음에도 여전히 음모론을 주장하는 저들이요. 얼마나 더 보여 줘야 믿어 주려는지……."

게시글에서 볼 수 있듯이 여전히 우리를 음모론이라고 주장하는 이들도 남아 있기는 했다.

하지만 민수 씨와는 다르게 나는 크게 불만은 없었다.

"그것도 저들의 자유니까요."

"하지만……."

"인간이란 본디 의심의 생물이기도 합니다. 그리고 워낙 종교에 대한 이미지가 부정적으로 바뀐 나라이기도 해서, 리멘께서도 이해해 주실 겁니다."

오히려 의심을 안 하는 게 더 이상하지.

저런 사람들은 우리가 아무리 보여 준다고 하더라도 믿지 않을 사람들이다.

그리고 그런 사람들에게 구태여 신앙을 강요하고 싶지도 않았다.

신앙이 자유인 만큼 불신 역시 자유일 테니까.

물론.

"개인적으로는 그 사람들 다 나가 뒈졌으면 좋겠습니다."

"……예?"

"이건 어디까지나 개인적인 생각이니 오해는 하지 말아 주셨으면 감사하겠습니다. 하하!"

이해는 할 수 있다는 거지, 그렇다고 그들을 존중해 주고 싶다는 의미는 아니었다.

우리보고 거짓이라고 주장하는 놈들인데, 그런 놈들까지 존중해 줘야 할 이유는 없잖아?

하지만 내 옆에 있던 레오의 생각은 좀 다른 모양이었다.

내 말에 레오가 읽고 있던 성서를 덮으면서 말했다.

"누누이 말씀드리지만, 그들도 껴안을 수 있으신 분이 바로 리멘님이십니다. 리멘님의 자애로움은 상대를 가리지 않습니다. 다만."

"다만?"

"불신자들을 직접 만나서 어째서 우리들을 불신하는지 들어 볼 필요는 있겠군요."

나는 레오의 말에 잠시 생각을 한 다음, 미간을 살짝 찌푸리면서 물었다.

"너 여차하면 회개시킬 생각이지."

그러자 레오가 당연하다는 듯이 고개를 끄덕였다.

"리멘님께 불경을 범하면 어쩔 수 없지 않겠습니까? 회개를 시키는 수밖에요."

"나 역시 누누이 말하지만 사람은 반으로 접히면 죽어. 그건 범죄라고. 대한민국이 이래 보여도 법치국가라니까?"

"곤란하군요."

이단심문관 출신들이 이래서 문제다.

원칙주의자인 척하는 과격주의자들.

레오 같은 경우에는 대주교 자리에 오르면서 어느 정도 과격한 면이 줄어들긴 했다만, 원래 오랜 시간 동안 몸에 익은 습관은 쉽게 사라지지 않는 법이다.

"앞으로 지구에서 독단적으로 누군가를 회개시키거나 그러면 안 된다. 앞으로 나한테 무조건 허락받고 움직여."

"교황 성하의 명을 받들겠습니다."

레오가 지구에 완벽하게 적응할 때까지는 당분간 주시해야겠다.

아직 혼자 두기에는 너무 위험한 녀석이다.

S급 헌터들도 가볍게 반으로 접어 버리는 놈인데, 마음먹고 사고 치면 어느 정도 스케일일지 가늠이 안 간다.

난 한숨을 푹 내쉰 후, 다시 민수 씨를 바라보면서 말했다.

"맞다, 민수 형제님."

"예, 교황님."

"듣자 하니 생산직 플레이어들이 따로 모인 길드 같은 게 있다던데, 혹시 아는 곳 있습니까? 광석에 조예가 깊은 플레이어들이 있는 곳이면 좋을 것 같습니다."

내 질문에 민수 씨는 조심스럽게 나에게 되물었다.

"음, 마이스터 길드를 말씀하시는 거라면 아는 곳이 몇 곳

있기는 합니다. 아마 광석을 다루는 플레이어들도 찾을 수는 있을 겁니다."

아직 민수 씨에게는 정원 건너편에 숨겨져 있는 마정석, 아니 신성석 광산에 대해서는 설명해 주지 않았다.

애초에 마정석 광산의 존재조차 모르고 있던 사람이니 모르는 게 당연하다.

"채굴에 능한 플레이어들이 필요합니다. 정부 쪽에 문의하기에는 그림이 별로 안 예뻐서요. 혹시 알아봐 주실 수 있겠습니까?"

"어렵지는 않습니다. 안 그래도 예전에 미튜브 컨텐츠를 기획하면서 연이 닿았던 생산직 플레이어들이 몇 있으니, 최대한 빠르게 알아봐 드리도록 하겠습니다. 그런데 혹시 무엇을 하시려는 건지……."

"조금 색다른 포교 활동?"

나는 입꼬리를 올리면서 눈앞에 떠오른 메시지 창을 확인했다.

DLC 상점을 통해 시설 〈축성소〉를 구매할 수 있습니다.
축성소 Lv. 1
● 종류: DLC - 시설
● 설명: 신성석을 이용하여 성물(아이템)을 제작할 수 있게 된다. 축성소에서 제작된 성물에는 축복이 내려지게 되며, 축성소의 시설 레벨이 높아질수록 다양한 축복을 부여할 수 있다.
● 구매 비용: 신성 점수 5,000점

에덴에서 교황청 재정의 절반 이상을 거뜬히 책임져 주던 시설.

거기에 자본주의라는 요소가 결합되면 도대체 어느 정도의 시너지를 보여 줄지 기대되는 바로 그 시설.

축성소.

나는 눈앞의 메시지 창을 다시 한번 살핀 다음, 자신감 넘치는 목소리로 말했다.

"기대하셔도 좋습니다."

앞으로 우리 교단을 먹여 살리는 최고의 히트 상품이 되어 줄 예정이거든.

⚜

"다녀왔습니다."

정말 기나긴 하루였다.

나는 해가 저문 지 한참이 되고 나서야 집에 올 수 있었다.

진짜 정신없이 바쁜 하루였다.

하루가 끝나지 않는 것만 같은 기분이었달까.

"큰오빠아!"

"우리 시연이 시간이 몇 신데 아직도 안 자? 그러다가 키 안 큰다?"

"나 아까 TV에서 오빠 나오는 거 봤다? 그래서 작은오빠한테 물어봤는데, 큰오빠한테 직접 물어보래!"

시연이는 하고 싶었던 말이 많았는지 나를 보자마자 열심히 재잘거리기 시작한다.

그러나 시연이는 곧 내 뒤를 슬쩍 쳐다보더니, 미간을 살짝 찌푸리며 물었다.

"레오 아저씨는?"

"레오 아저씨는 당분간 일이 있어서 못 와. 안 그래도 레오 아저씨가 같이 놀러 못 가게 되어서 미안하다고 전해 달래."

레오는 자발적으로 신전에 남기로 했다.

그 과정에서 단 1의 강압도 들어가지 않았다. 본인이 먼저 신전에 남겠다고 해서 그냥 허락을 해 줬을 뿐이다.

신전을 수호하는 성기사단도 없는 마당에, 레오가 신전을 지켜 준다면 그것보다 든든할 수가 없다.

게다가 민수 씨네 인원 몇몇도 자발적으로 남기도 했고, 이능관리부에서 혹시 모를 사고를 위해 인원을 많이 배치해 뒀으니 걱정할 필요는 없을 것이다.

"그러면 레오 아저씨는 그 예쁜 곳에 있는 거야?"

"응. 앞으로 그곳이 오빠 직장이야."

"나중에 작은오빠랑 같이 놀러 가도 돼?"

"당연하지. 여유가 생기면 오빠가 바로 데려가 줄게. 시연이 마음에 쏙 들 거야."

솔직히 시연이는 그라운드 제로의 마력 오염을 완전히 제거한 다음에 데려가고 싶은 마음이다.

큰 문제가 없을 거란 건 잘 알지만, 보호자로서의 마음은 어쩔 수 없는 것 같았다.

"좋아!"

시연이는 내 대답에 만족스럽게 고개를 끄덕였다.

그렇게 내가 신발을 벗고 시연이랑 두런두런 이야기를 나누고 있을 때쯤.

"……형 왔어?"

안방에서 좀비 한 마리가 걸어 나왔다.

다크서클이 눈 밑까지 드리워진 몰골.

인욱이는 그 어느 때보다 피곤해 보이는 표정으로 나에게 인사를 건넸다.

"형 때문에 고생이 참 많다. 보약이라도 지어 줄까?"

인욱이에게는 따로 부탁을 해 뒀다.

내일부터 공개로 돌릴 우리 리멘 교단 미튜브 채널.

미튜브 운영에는 나보다는 인욱이가 더 적합할 것 같아서 맡겼는데, 아마 그것 때문에 하루종일 시달린 모양이다.

"보약은 무슨…… 아까 방송 보니까 일은 잘 풀린 것 같은데, 괜찮았어?"

"나쁘진 않았어."

당장에라도 피곤해서 죽을 것 같은 인욱이한테 '유세혁이라는 놈 사지를 분질러서 식물인간으로 만들어 줬고, 레오는 인간으로 종이접기를 했어' 같은 흉악한 이야기를 굳이 해 줄 필요는 없지.

나는 대충 고개를 끄덕였고, 우리 둘의 대화를 들은 시연이가 눈을 비비적거리면서 말했다.

"큰오빠 왔으니까 나는 이제 자러 가야겠다."

"시연이가 형 올 때까지 안 잔다 그러더라고."

시간을 보니 벌써 11시다.

평소에 시연이가 잠드는 시간이 10시였던 걸 생각해 보면 졸린데도 상당히 오래 버틴 셈이다.

"시연이 오빠한테 궁금한 거 많다면서?"

"으음, 오빠가 리멘 교단을 이끄는 교황이고…… 그라운드 제로를 정화했고…… 여기까지는 아니까 그냥 나중에 물어볼래. 나 자러 갈게! 안녕히 주무세요."

시연이는 그렇게 본인의 방으로 들어갔고, 나는 그런 시연이의 뒷모습을 멍하니 쳐다보았다.

"다 아네? 네가 얘기해 줬어?"

"아니?"

"그런데 시연이가 어떻게 다 알아."

내 말에 인욱이는 당연하다는 듯이 대답했다.

"시연이가 우리보다 스마트폰 더 잘 쓸걸? 요새 미튜브건 뉴스건, 틀기만 하면 다 형 이야기만 나오는데 시연이가 어떻게 모르겠어. 그냥 우리 앞에서는 애교 부리려고 모르는 척하는 거지."

그런 거였군.

시연이가 나랑 놀아 주는 거였어.

"다 컸네. 초등학교 3학년짜리가 오빠랑 일부러 놀아 주기도 하고."

"빨리 클 수밖에 없는 상황이었지. 형도 잘 알잖아."

"형 할 말 없게 만드는 거, 그거 진짜 못된 버릇이야."

"내가 진짜 못된 동생이었다면 이렇게 잠도 제대로 안 자면서 일을 도와줬을까?"

누가 내 동생 아니랄까 봐 한마디 한마디 묵직하게 꽂는 것 좀 봐. 이쯤 되면 유전이 아닌가 싶다.

그렇게 연속으로 팩트를 꽂아 넣은 인욱이는 컵에 따른 물을 들이켠 후, 식탁 위에 있던 비타민 통에서 비타민 한 알을 꺼내면서 말했다.

"할머니한테 전화 왔었는데, 2주 뒤 비행기로 오신대. 이능관리부에서 전세기까지 띄운다던데…… 아, 그리고 형한테 말 좀 전해 달라시더라."

"무슨 말?"

"손주 놈 때문에 이제 여행도 마음대로 못 하게 생겼다고. 한국 도착하면 등짝 아작 날 준비하고 있으래."

"……큰 거 온다."

내가 전화 걸 때는 그렇게 안 받으시더니, 일부러 나 무서워하라고 그러시는 것 같다.

자세한 이야기는 들어 봐야 알겠지만, 정말 나 때문에 귀국하시는 게 맞을 거다.

오늘부로 나는 세계 최초로 그라운드 제로 정화에 성공한 각성자가 되어 버렸다.

한마디로 대한민국의 요인이 된 셈이다. 그리고 요인의 가족 역시 요인이 되는 건 당연한 것이기도 하고.

그나마 미국이 여전히 대한민국이랑 동맹 관계를 맺고 있어서 다행이지, 중국이나 일본에 있었으면 당장 데려오지 않았을까?

"아, 몰라."

복잡한 생각은 나중으로 미루자.

나는 고개를 가로저은 다음, 인욱이를 바라보면서 말했다.

"일단 오늘은 빨리 자자. 내일부터 할 거 엄청 많다. 미튜브도 운영해야지, 광산 업체도 알아봐야지, 전각련 놈들도 해결해야지…… 할 일이 태산이다, 태산이야."

"나 오늘 밤새웠는데?"

"우린 형제잖아? 그래도 형은 네가 있어서 참 국밥처럼 든든해. 당분간 조금만 더 고생하자. 알겠지?"

내 기나긴 하루는 그렇게 인욱이를 가스라이팅하는 것으로 마무리되어 가고 있었다.

블랙 기업 리멘

당장 급했던 문제들을 해결했던 덕분일까?

잠을 아주 푹 잤다.

신성력을 몸에 축적한 이후로 큰 전투가 아니면 신체적인 피로감을 잘 느끼진 못하지만, 정신적인 피로감은 별개의 문제였다.

아무튼 아주 만족스러운 수면이었다는 뜻이다.

그렇게 푹 잠을 자고 거실로 나서자, 그곳에서는 웬일로 인욱이가 TV를 틀고 무언가를 보고 있었다.

나는 인욱이가 본인 앞에 놓아둔 샌드위치를 하나 집어 들면서 소파에 앉았다.

"아침부터 웬 뉴스?"

"요새 뉴스가 어지간한 미튜브보다 재밌더라. 저러니까 개그 프로들이 망했지."

TV에서는 뉴스가 나오고 있었다.

처음에는 그냥 심드렁하게 봤는데, 가만히 듣고 있자니 어디선가 들어 본 이야기들이 흘러나오기 시작한다.

[전국 각성자 연합에서는 민관 합동 조사팀을 구성하여 그라운드 제로를 검증할 것을 공식적으로 요청하였습니다. 이에 대해 이능관리부에서는 '논할 가치도 없는 요청'이라며 강력하게 반발하고 있습니다.]

[한편, 그라운드 제로를 정화한 김시우 각성자가 이끄는 리멘 교단에 대한 전 세계적인 관심이 집중되고 있는 가운데, 주사랑제일교회의 전광후 목사는 드디어 마귀들을 이끄는 사탄이 지상에 도래했다고 주장하며……]

"도대체 왜들 저러는 걸까?"

아침부터 아주 흥미로운 뉴스를 감상한 인욱이가 넌지시 나에게 질문했다.

그리고 나는 그 질문에 샌드위치를 한 입 먹은 다음, 당연하다는 듯이 말했다.

"한 놈은 도둑이 제 발 저리는 거고, 한 놈은 이때다 싶어서 한 숟가락 올리는 거고. 뭐 별 이유 있겠냐? 그나저나 저 목사 양반은 참 오래 산다. 나이도 지긋하신 양반이 여전히 힘이 넘치네."

내 대답에 인욱이는 먹고 있던 샌드위치를 내려놓더니, 눈을 둥그렇게 뜨면서 물었다.

"형 전각련이랑 무슨 일 있었어?"

"별거 없었어. 그냥 그라운드 제로에서 걔네가 보낸 히트맨들 싸그리 분리수거 한 정도?"

"……보통은 그걸 보고 '별거'라고 말하지 않지 않아?"

"나한테는 별거 아니니까 별거 아닌 거로 하자."

사실상 반박이 불가능한 논리였다.

내 완벽한 논리에 밀린 인욱이는 한숨을 푹 내쉬더니, 샌드위치를 마저 먹으면서 말을 이어 갔다.

"오늘 오후 6시에 첫 영상이랑 같이 미튜브 채널 공개로 돌릴 거야. 알고 있지? 그런데 미튜브 채널명은 그대로 해도 괜찮겠어?"

민수 씨 미튜브의 메일을 통해서 여러 가지 채널명들을 공모받기는 했는데, 최종적으로 결정된 채널명은 아주 무난하다고 봐도 무방했다.

〈오피셜 리멘〉.

교단이라는 느낌은 전혀 나지 않는, 평범하다면 평범하다고 할 수 있는 채널명.

'리멘께서 보고 계셔', '리멘과 성스러운 아이들' 등등의 아이디어도 수도 없이 들어왔지만, 결국 내가 선택한 채널명이 바로 저 '오피셜 리멘'이었다.

수많은 채널명을 놔두고 저 무색무취의 이름을 선택한 이유는 아주 간단했다.

"그래도 명색이 교단 공식 미튜브인데, 묵직한 맛이 좀 있어야지."

"그래도 뭔가 좀 아쉬운 느낌이긴 해."

"어차피 유입이 보장된 상황에서, 굳이 무리할 필요가 있겠냐?"

보다시피 상황이 이렇다.

공중파를 비롯한 TV 채널들에서조차 내 이야기가 계속 흘러나오고 있었고, 인터넷은 사실상 나와 리멘 교단에 대한 떡밥으로 점령된 상태라고 보면 된다.

떡락을 거듭하고 있던 민수 씨의 구독자 숫자도 어제 방송을 기점으로 기적처럼 떡상하고 있을 정도였다.

그런 상황에서 우리 교단의 공식적인 행보는 당연히 주목받을 수밖에 없다.

게다가 이미 어제 민수 씨와의 인터뷰에서 미튜브를 주된 소통 창구로 선언했으니, 유입에 대한 걱정은 내려놔도 된다는 거지.

인욱이는 이런 내 유창한 설명에 살짝 머리를 기울이더니, 곧 의심스럽다는 듯한 목소리로 물었다.

"형 아이디어 맞아? 너무 베테랑 같은데?"

나는 그 말에 당연하다는 듯이 대답했다.

"당연히 민수 형제님의 작품이지."

"……왜, 아예 그냥 민수 형 미튜브를 꿀꺽하지 그래."

"누가 보면 형이 생양아치인 줄 알겠다?"

"아니었어?"

형한테 아주 그냥 못 하는 말이 없다.

이래서 남동생이랑 평화롭게 지낼 수가 없다니까?

아무튼.

그렇게 나는 인욱이와 이야기를 나누며 샌드위치로 대강 아침을 때웠고, 인욱이는 그릇을 정리한 다음 나에게 조심스럽게 말했다.

"맞다, 형. 형한테 진지하게 물어볼 게 하나 있어."

"말해."

"우리 집 생활비도 그렇고, 교단 운영할 거면 돈이 좀 필요하지 않아? 미튜브가 돈이 될 수는 있다지만……."

"미튜브로 수익 창출 안 할 건데?"

"아, 그러면 다른 종교들처럼 기부금을 통해서 운영하는……."

"초반에는 헌금도 받을 생각 없어. 이미 이야기 다 끝난 사항이야."

인욱이는 내 단호한 대답에 한동안 입을 다물더니, 나를 어이없다는 듯한 표정으로 바라보았다.

그러더니 곧 한숨을 내쉬면서 말했다.

"막 신앙심으로 다 해결할 수 있다, 이런 헛소리하려는 건 아니지? 형 시연이 학원비가 얼마인지 알아?"

"흐음. 원래는 이야기 안 해 주려고 했는데, 특별히 너니까 이야기 해 준다."

"뭔데."

나는 곧 인욱이에게 앞으로의 계획에 대해서 이야기해 주었고.

"……그게 돼? 아니, 진짜 그래도 돼?"

인욱이는 눈을 둥그렇게 뜨며 반문했다.

그리고 나는 인욱이의 질문에 씨익 미소를 지으면서 고개를 끄덕였다.

"당연히 문제없지. 이래 보여도 형이 교황이야. 그리고 이미 리멘이랑도 이야기 다 해 뒀어."

"그건 형 포교 활동이 아니라 그냥 장사꾼…….."

"어허. 지금 너 신성모독 하는 거야? 너 그러다가 레오한테 반으로 접힌다. 조심해라."

❧

늦게 오른 출근길은 굉장히 쾌적했다.

그라운드 제로의 신전으로 향하는 길을 출근길 말고는 딱히 표현할 수 있는 단어가 없는 것 같다.

"교황님, 내리시면 될 것 같습니다."

"고맙습니다, 민수 형제님."

"저야말로 항상 영광일 따름입니다. 아, 그리고 마이스터 길드의 대표도 이미 신전에 도착했다고 합니다."

"약속 시간 30분이나 남았는데 벌써요?"

"원체 성실하신 분들이시거든요."

면허가 없던 탓에 민수 씨의 차를 얻어 타기는 했다.

어차피 민수 씨도 당분간은 그라운드 제로에서 컨텐츠를 진행할 생각이었다고 하니, 겸사겸사 얻어 탄 셈이다.

우리가 도착한 곳은 그라운드 제로로 들어가는 정문은 아니었다.

정문은 현재 그라운드 제로를 구경하고 싶어 하는 시민들과 취재를 나온 기자들로 인해서 사실상 막힌 상황.

원래는 그쪽을 통해서만 입장이 가능했던 상황이지만.

"그라운드 제로에 이런 출입구가 있을 줄은 상상도 못 했습니다. 정부에서 만들어 둔 출입구입니까?"

"그럴 리가요. 이런 건 원래 뒤가 구린 놈들이 만들어 두지 않습니까? 여기는 발견된 지 얼마 안 된 따끈따끈한 출입구입니다. 원래는 즉시 폐쇄시키려고 했는데, 당분간 저희보고 사용하라더군요."

"그라운드 제로에 무엇인가 있던 모양입니다."

"안 그래도 오늘 민수 형제님께 보여 드릴 생각입니다. 조언을 구할 일도 있구요."

전각련 놈들이 만들어 둔 비밀 출입구를 이용하게 되었다.

내가 어제 이능관리부 측에 넘긴 범죄자들이 이용했던 통로라고 하는데, 당연히 이능관리부의 조사 과정에서 밝혀진 출입구다.

아마 이곳 말고도 몇 군데 더 있을 가능성은 있다.

다만 이곳이 우리 신전과 가까운 출입구라 이용하고 있는 거지.

나는 희미한 조명이 빛나는 통로를 걸어가면서 민수 씨를 향해 넌지시 물었다.

"혹시 민수 씨도 굿즈 같은 거 판매해 본 적이 있습니까?"

"굿즈라기보다는 뉴비 플레이어들을 위한 장비들을 판매한 적은 많습니다. 실력은 좋지만 명성이 떨어지는 마이스터 길드들과 협력하여 장비를 저렴한 가격에 판매한다든가, 유용한 소모품을 공동 구매 하는 식입니다."

"오히려 좋습니다."

경험자가 있다면 여러모로 편할 것 같다.

이능관리부와 협력할 수는 있겠지만, 아무래도 교단의 예산과 관련된 부분이라 논란이 될 가능성이 높다.

굳이 긁어 부스럼을 만들 필요는 없지.

우리 교황님좀
말려 주세요

한 3분 정도 더 걸었을까?

어느덧 통로는 끝이 났고, 문을 열고 나가니 성역의 아름다운 풍경이 눈에 들어오기 시작했다.

폐허들 사이로 피어오른 꽃들과 그 풍경에 스며드는 햇빛이 참 아름다웠다.

어제만큼이나 아름다운 풍경이었지만, 어제와는 명확히 다른 부분도 있었다.

"이제야 이곳이 정말로 정화되었다는 게 실감이 나는 것 같습니다."

나는 민수 씨의 말에 흐릿하게 웃으면서 말했다.

"그런가요?"

플레이어만 활동하고 있던 어제와는 달리, 오늘은 일반인들이 성역 곳곳을 돌아다니고 있었다.

그들은 전부 다 이능관리부에 출입을 허가받은 사람들이었다.

김 팀장에게 듣기로는 당분간 하루에 최대 1,000명의 인원만 출입하도록 할 계획이라고 했다.

그라운드 제로 전부가 정화되지도 않았을뿐더러, 아직까지 곳곳에 위험 요소들이 잔재했기 때문이다.

우리가 이 구역 전체를 정화하고 재건 작업까지 완료되면 벽을 허물고 완전 개방을 할 계획이라던가.

한때 이능관리부의 홈페이지가 마비될 정도로 신청이 몰

려들었다고 하는데, 나는 미리 이능관리부 측에 우선순위로 신청받았으면 하는 인원들에 대해서도 이야기했다.

이 지역에 처음으로 재앙이 도래한 날부터 게이트가 토벌될 때까지, 이곳에서 총 14만명에 가까운 인원이 희생되었다고 들었다.

"저분들이 조금이라도 위로받았으면 합니다."

나는 저마다의 방식으로 희생자들을 기리는 유가족들을 바라보면서 조용히 말했다.

누군가는 바닥에 술을 뿌렸고, 또 누군가는 두 손을 모아 기도한다.

누군가는 소리 내어 울었고, 또 누군가는 그들을 위로하면서 조용히 흐느낀다.

이곳은 애초에 그런 땅이었다.

리멘이 비석에 남긴 글귀대로, 꿈이 잠시 쉬고 있는 땅.

그리고 나는 내가 모시는 신의 뜻에 따라, 희생자들의 유가족들에게 우선순위를 주고 싶었을 뿐이다.

"저분들도 분명히 교황님과 리멘님께 진심으로 감사하고 있을 겁니다."

나는 민수 씨의 말에 가만히 고개를 끄덕였고, 조용히 유가족들을 지나 신전으로 향했다.

비밀 출입구가 워낙 신전에서 가까웠던 탓에 신전까지는 그리 오래 걸리지 않았다.

"오셨습니까, 교황 성하."

내가 신전 앞에 도착하자마자 레오가 기다렸다는 듯이 안쪽에서 걸어 나왔다.

레오 특유의 무뚝뚝한 표정이긴 했으나 입꼬리가 살짝 올라가 있는 걸 보면 기분이 좋은 모양이다.

"좋은 일이라도 있었나 봐?"

내 말에 레오가 공손하게 고개를 숙이면서 대답했다.

"아침부터 많은 분이 신전에 들어오셔서 리멘께 기도를 드리고 가셨습니다. 지구에 형제들이 생겼다는 것이 기쁠 따름입니다."

"내가 말했던 대로 헌금 같은 건 안 받았지?"

"성하께서 예상하신 대로 많은 분이 리멘께 예물을 드리고 가겠다고 하였으나, 겨우 달래어 돌려보냈습니다."

"잘했어."

"하지만 신도들의 예물을 거절하는 건 그들의 진심을 무시하는 처사일지도 모릅니다."

레오가 살짝 아쉽다는 투로 나에게 말했다.

나는 레오의 말에 나지막하게 대답했다.

"끝까지 신자들의 예물을 받지 않겠다는 건 아니야. 순서가 있다는 거지. 레오 너도 잘 알잖아?"

"……리멘께서는 언제나 저희가 스스로 서 있기를 원하시는 분이시지요."

"바로 그거야."

에덴에서의 리멘 교단은 꽤 특이한 교리를 지닌 교단이기도 했다.

한 명이 1년에 낼 수 있는 헌금의 총액을 제한하는 교리가 있었기 때문이다.

그것은 리멘의 앞에서는 부자든 가난한 자든 모두 같은 대우를 받는다는 것을 상징하는 부분이기도 했다.

얼핏 보면 교단의 재정이 굉장히 빠듯할 것처럼 여겨지는 교리기는 했지만, 대신 리멘은 우리에게 아주 많은 것을 허락했다.

성물을 제작하여 판매할 수 있는 축성소 역시 그녀가 허락해 준 것들의 일부고.

레오는 내 뜻을 이해했는지 곧 묵묵히 고개를 끄덕였다.

"손님께서는 접견실에서 대기 중이십니다."

"빨리 들어가자. 손님만 두는 건 예의가 아니지."

"교황 성하께서 말씀하셨던 신성석을 두고 왔으니, 아마 지금쯤이면 신성석을 관찰 중일 듯합니다."

"그래? 잘했네."

나는 서둘러서 신전 현관 우측에 자리 잡은 접견실로 향했다.

아니, 정확히는 '향하려고' 했다.

우리 뒤쪽에서 걸어 나온 세 남자가 우리의 앞을 막기 전까지 말이다.

"반갑습니다, 김시우 님. 전국 각성자 연합의 상무이사직을 맡고 있는 강병수라고 합니다. 이렇게 만나 뵙게 되어 영광입니다."

올백으로 넘긴 머리와 검은색 정장.

거기에 화룡정점으로 안경 너머로 자리 잡은 실눈까지.

솔직히 좀 감탄했다. 어떻게 하면 저렇게 빌런처럼 생길 수 있는지 궁금할 지경이다.

나는 당장에라도 힘을 쓰려던 레오를 제지하면서 비릿하게 미소를 지었다.

그리고 내 앞에서 한껏 여유를 부리고 있던 강병수라는 놈에게 말했다.

"이곳이 신성한 신전 앞이라는 것에 감사하십시오, 형제님."

"이야기가 끝나면 저도 신전에서 리멘이라는 분께 기도를 드려 볼까 합니다."

"거참 재밌는 형제님이시군요."

가까운 시일 내로 접촉할 거라는 생각은 했는데, 그게 바로 오늘일 줄은 몰랐네?

"레오야."

"예, 성하."

"민수 형제님 모시고 접견실에 들어가 있으려무나. 손님께는 좀 늦는다고 전해 드려."

"……알겠습니다."

레오는 군말 없이 민수 씨와 함께 안으로 들어섰고, 신전 앞에는 결국 나와 전각련 놈들만이 남게 되었다.

강병수는 접견실로 들어서는 레오의 뒷모습을 바라보며 말했다.

"인간으로 종이를 접었다는 분이 바로 저분이십니까?"

"우리 대주교가 재능이 참 많은 사람입니다."

"기회가 되면 한번 견식해 보고 싶습니다."

"여차하면 제가 대신 보여 드릴 수도 있는데, 어떠십니까, 형제님?"

"하하! 그건 사양하겠습니다. 종이가 되는 취미는 없습니다."

전각련의 상무이사쯤 되는 놈이라서 그런가, 확실히 쉽게 페이스가 무너지지 않는군.

대충 왜 왔는지는 알 것 같다.

전후 협상 같은 걸 하려고 온 모양인데, 저렇게 유들거리는 면상은 워낙 꼴 보기 싫어서 말이지.

나는 강병수의 실눈을 보면서 실실 쪼개 준 다음, 녀석의 귓가에 조용히 속삭였다.

"맞다. 니네 광산 달더라?"

니네 광산 달더라.

일명 '니광달'은 내가 생각했던 것보다 효과가 굉장히 좋았다.

말끝마다 형제님을 붙여 주다가 던진 변화구라서 그런지, 방금 전까지만 하더라도 여유롭게 웃고 있던 강병수의 표정에 균열이 갔다.

그러나 녀석은 확실히 프로는 프로였다.

일순간 찡그러지던 표정을 눈 깜짝할 사이에 수습하더니, 오히려 본인의 안경을 고쳐 쓰면서 말했다.

"저희 측에서는 시우 님이 처음부터 마정석 광산을 노리고 그라운드 제로에 진입했다고 판단하고 있습니다. 그에 대한 정보는 당연히 이능관리부 측에서 제공받으셨겠지요."

순서가 잘못되어 있는 걸 보니 아주 큰 오해가 있는 모양이다.

보아하니 내가 이능관리부랑 이야기를 한 후에 결정을 내린 걸로 생각하는데, 굳이 그 오해를 풀어 줄 생각은 없었다.

어차피 이미 대립각을 세운 놈들이다.

그리고 오해를 풀고 관계를 개선할 필요도 없는 새끼들이고.

첫인사부터 사람을 고용해서 이빨을 드러낸 놈들인데, 그딴 놈들이랑 굳이 오해를 풀 이유가 있겠냐고.

게다가 교만의 마기의 원인이 저쪽에 있을 가능성이 높은 상황이기도 하다.

그렇기 때문에 나는 강병수의 개소리에 아무런 대답도 하지 않았다.

그리고 그걸 긍정의 표시로 여겼는지, 강병수는 여전히 개소리를 이어 갔다.

"대형 길드들이 적법하게 점유하고 있던 마정석 광산을 강제로 강탈하신 부분에 대하여, 저희 전국 각성자 연합에서는 유감을 표합니다."

"오, 계속해 봐요."

"이곳의 마정석 광산은 현재 대한민국을 이끌어 가는 대형 길드들의 아주 소중한 성장 동력원이기도 했습니다. 대형 길드들은 대한민국의 성장이라는 의미 있는 가치 앞에서 다들 욕심을 접어 두고 서로 균등하게 마정석을 채굴해 왔습니다."

이야기만 들어 보면 본인들이 아주 대한민국을 수호하는 히어로들이다.

나는 그 뻔뻔한 개소리를 지껄이는 강병수의 얼굴을 가만히 바라보았다.

이 정도 되는 개소리를 지껄이면 양심의 가책이라는 걸 느낄 법도 한데, 강병수의 표정은 전혀 흔들리지 않는다.

"욕심을 접어 두셨다는 분들이 영역 다툼하는 개새끼들처럼 싸워 대시던데?"

"그건 어디까지나 실무자들 간의 충돌이 있었을 뿐이지요. 안 그래도 연합 측에서 중재에 나설 예정이었습니다."

"그러니까…… 모두가 대의를 위해서 서로 양보하면서 마정석을 캐고 있었는데, 내가 욕심쟁이처럼 혼자서 다 처먹어 버렸다, 이건가?"

내 말에 강병수는 여전히 부드러운 목소리로 대답했다.

"꼭 그런 뜻은 아닙니다. 다만, 실질적인 점유를 하고 있던 저희와 미리 이야기를 나눴으면 하는 아쉬움이 들었을 뿐입니다."

"아, 아쉬운 마음에 그 쓰레기들을 시켜 우리를 병신 만들려고 했다?"

"음, 저희는 잘 모르는 이야기입니다. 불미스러운 사고가 있으셨던 모양이군요."

"인정할 거라는 생각은 애초에 안 했으니 넘어가죠. 좋아요, 고작 그딴 소리를 하려고 온 건 아니실 테고. 본론이나 꺼내십쇼, 형제님."

저 말들은 어디까지나 뒤에 나올 희대의 개소리를 위한 떡밥이었을 뿐이다.

나는 곧바로 본론을 요구했고, 강병수는 고개를 끄덕이며 입을 열었다.

"리멘 교단에 마정석 광산 채굴량의 50프로를 보장해 드리겠습니다. 거기에 채굴부터 가공, 판매까지, 저희가 구축한 인프라를 이용하실 수 있는 권리를 드릴 것이며, 또한 교단 운영이 수월하실 수 있도록 적지 않은 기부금을 약속드리겠습니다. 아마 만족스러운 액수일 겁니다."

그건 분명한 회유였다.

불과 어제까지만 해도 나를 반병신 만들 생각이었던 이 녀석들이 이렇게 바뀐 이유는 딱 하나뿐이다.

신도의 숫자가 급격하게 증가하고 있습니다!
이에 따라 새로운 메인 퀘스트를 업데이트 중입니다.
예상 소요 시간: 7시간 32분

내가 지닌 파급력이 이전과는 비교도 할 수 없이 거대해졌기 때문이다.

게다가 나는 이미 그 질문에 대한 대답도 미리 생각해 뒀었다.

그렇기 때문에 강병수의 제의에 그리 오래 걸리지 않아 대답해 줄 수 있었다.

"평화 협상 정도로 생각하시고 온 모양인데, 병수 형제님. 생각해 봐요. 먼저 칼을 쑤시려다가 실패하니까, 와! 대단해! 앞으로 잘 지내자? 아무리 생각해도 웃기네."

하여간 처음부터 마음에 안 들던 새끼들이었다.

양심마저도 없는 저 당당한 꼬라지를 봐라.

나는 슬슬 표정에 금이 가기 시작한 강병수의 어깨에 내 오른팔을 둘렀다.

그러자 드디어 강병수의 표정이 크게 일그러졌고, 강병수의 뒤에 있던 자들이 당장에라도 전투를 벌일 듯 마력을 끌어올렸다.

하지만 그들의 반항은 그리 오래 이어지지 못했다.

우우우웅-!

어느새 내 몸에서 뻗어 나간 신성력들이 그들의 몸을 옭아맸기 때문이다.

"나와 이야기를 더 나누고 싶으면, 칼을 쑤시라고 명령을 내린 놈들이 직접 찾아와서 무릎 꿇고 사죄하는 게 먼저야."

"……저희는 기회를 드렸습니다."

"이야, 정.말. 무.섭.다."

"분명 오늘의 선택을 후회하실 겁니다."

나는 나를 노려보기 시작한 강병수의 턱을 오른손으로 움켜쥐면서 입꼬리를 슬쩍 올렸다.

그리고 한껏 나른해진 목소리로 말을 맺었다.

"돌아가서 전해. 사과하러 안 오면 내가 직접 찾아가겠다고. 혹시 심방이라고 아냐?"

전각련 친구들은 조용히 물러났다.

녀석들로서도 별다른 방도가 없었기 때문이다.

먼저 우리를 향해 이빨을 대놓고 드러낸 놈들을 봐줄 정도로 내가 성격이 유순한 편은 아니다.

처음이 어렵지, 두 번은 쉬운 법이거든.

내 의지를 확실히 전달해 두었으니 조만간 다시 부딪치게 될 것이다.

아무튼.

그 이후부터는 일이 아주 무난하게 잘 풀렸다.

민수 씨의 소개로 온 〈아나키〉라는 마이스터 길드의 대표와 신성석 광산에 대한 채굴 계약도 성공적으로 맺을 수 있었다.

강호 대표.

내가 지구에 와서 처음 보는 생산 계열 플레이어여서 그런지는 몰라도, 꽤 재미있는 사람이었다.

ㅡ안 그래도 요새 대형 길드 놈들이 마정석 광산을 통제해서 우리 애들도 미칠 지경이었는데, 믿어 주신 만큼 화끈하게 성과를 보여 드리겠습니다. 흐하하하!

에덴의 이종족 중 하나였던 드워프들을 연상시키는 호쾌함.

그는 신성석 광산을 보자마자 새로운 광석에 도전 의식이 불탄다면서 흔쾌히 우리와 계약을 맺었고, 그렇게 나는 고민 중 하나를 말끔하게 해결할 수 있었다.

민수 씨가 그들의 실력에 대해서는 보증할 정도였으니 실력만큼은 의심의 여지가 없을 것이다.

게다가 채굴 과정에서 마력 폭발이 빈번히 일어나는 마정석과는 달리, 신성석은 전혀 사고가 발생하지 않는다.

오히려 신성석은 신성석을 채굴하는 자들에게 축복을 내려 준다.

피로를 풀어 준다든가, 상처를 회복시켜 준다든가 하는 축복.

그리고 신성력 감응도가 높았던 광부들 중에는 진짜 기적을 경험한 사람도 심심치 않게 있다고 들었다.

이를테면 탈모를 극복했다든가, 그런 것들 말이다.

"그런데 교황님, 아까 강 대표께 하셨던 말씀들이 사실입니까?"

계약을 체결한 후, 새롭게 건설된 축성소로 향하는 길.

민수 씨가 나에게 조심스럽게 물었다.

"어떤 거요?"

"그…… 탈모…….."

"아아, 물론이죠. 에덴에서 저희 리멘 교단은 풍성한 머리숱으로 유명했답니다. 그런데 그건 갑자기 왜…… 설마, 민수 형제님?"

"아, 아닙니다. 그냥…… 아는 사람이…….

그렇군.

겉으로는 머리가 되게 풍성해 보이는데, 그런 고충을 지니고 있을 줄이야.

나는 민수 씨의 등을 가볍게 두드려 주면서 고개를 끄덕였다.

"좋은 일이 있을 겁니다."

기본적으로 민수 씨의 신성력 감응도는 상당히 높은 편이다. 신성력을 각성하기만 한다면 민수 씨가 원하는 결과를 얻게 될 가능성이 농후하긴 하다.

하지만 그건 어디까지나 추후의 일.

아직 확실한 건 아니었기 때문에 일부러 말을 아꼈다.

그렇게 이런저런 이야기를 나누다 보니, 어느새 우리는 신전 뒤편에 건설된 축성소에 도착할 수 있었다.

내가 지난밤에 무려 5,000의 신성 점수를 지불하여 건설한 시설.

레오에게도 익숙한 시설이었기 때문에 레오가 작게 고개를 끄덕이며 말했다.

"지구에서 보니 더 반가운 기분입니다. 다만 에덴에 비하여 상당히 작은 느낌이군요."

확실히 레오의 말대로 교황청의 축성소에 비해서 아주 작은 편이기는 했다.

뭐, 사실 처음부터 교황청에 있던 메머드급 축성소를 지을 수 있을 거라 생각하진 않았다.

"아직은 레벨 1이라서 그런가? 생각보다 작긴 하네."

"추후에 증축이 가능한 것입니까?"

"아마 그렇겠지."

"리멘의 자애로움은 정말 그 끝을 알 수가 없는 것 같습니다."

정확히는 지구의 시스템과 협력을 통해 가능한 기적이긴 하지만, 굳이 레오에게 말해 줄 필요는 없으니 그렇다고 쳐두자.

나는 가볍게 고개를 끄덕인 다음, 그들과 함께 축성소 내부로 들어갔다.

축성소.

어떠한 것에 축복을 내리는 장소라는 의미를 지닌 곳이기도 하다.

쉽게 말하자면.

"마치 공방…… 같군요."

"정확한 비유입니다, 민수 형제님."

민수 씨의 저 찰떡 같은 표현대로, 신전에 딸린 공방이라고 보면 되시겠다.

크기는 그리 크지 않은 작은 공방.

30평 남짓한 크기의 공방이었지만, 내부에 있을 만한 시설은 다 있었다.

가장 먼저 성수가 조금씩 솟아오르는 간이 분수대부터 시작하여, 다섯 개의 작업대까지.

확실히 민수 씨의 말대로, 이곳은 누가 봐도 공방이기는 했다.

그리고 나 역시 그 표현을 굳이 정정하고 싶은 마음도 없었다.

공방에서 물건을 만들어 내는 것처럼 축성소에서는 성물을 만들어 낸다.

에덴에서는 리멘을 섬기는 드워프들을 중심으로 운영되었던 덕에 양질의 성물들이 제작되고는 했는데, 지구에서는 어쩔는지는 잘 모르겠다.

신성력이 깃든 방어구라든지, 아니면 드워프들이 성심성의를 다해 만들고 리멘이 직접 축복을 내려 준 성검이라든지…….

그런 기적에 닿은 성물을 만들어 낼 수 있을 리는 없고.

상황이 얼추 어떻게 흘러가는지 파악하고자 들어온 셈인데, 다행스럽게도 시스템은 여전히 친절했다.

당신의 신전에 귀속된 〈축성소 Lv. 1〉에 입장하였습니다.
현재 당신의 축성소에서 제작할 수 있는 성물의 목록을 표시합니다.
1. 보급형 성수: 신성력이 극소량 함류된 성수입니다. 신체의 회복력을 증가
시켜 주며, 마기를 지닌 대상에게 효과적인 무기가 될 수 있습니다.
2. 신성석 팔찌: 신성석 일부가 홈에 끼워진 팔찌입니다. 제작에 사용된 신성
석의 등급에 따라 효능이 결정되며, 착용자의 자연 회복력에 도움을 줍니다.
*축성소에서 제작할 수 있는 성물의 가짓수는 축성소의 레벨을 올리거나,
DLC 상점을 통해서 구매할 수 있습니다.

"이 정도면 교황 DLC가 아니라 그냥 종교 경영 DLC 아니냐?"

"무슨 말씀이십니까, 성하?"

"아무것도 아니야. 뭐 그게 그거긴 하지."

다시 한번 말하지만 자본 없이 돌아갈 수 있는 종교 단체란 없다.

에덴의 교황청에서 가장 최악의 근무 조건을 자랑했던 부서가 재정부였을 정도로, 거대한 교단으로 커 나가기 위해서는 당연히 충분한 예산이 뒷받침되어야만 한다.

게다가 이곳은 자본주의가 에덴과 비교도 할 수 없이 발달된 지구였다.

그렇기 때문에 이 축성소야말로 앞으로 내가 심혈을 기울여서 관리해야 할, 그야말로 핵심 시설이라고 할 수 있었다.

그래도 한 가지 다행인 점은.

"신성석 팔찌라."

리멘 교단이 자랑하는 최고의 히트 상품.

신성석 팔찌가 제작 가능한 성물 목록에 있었다는 점이다.

팔찌 형태로 제작되어, 착용자의 건강에 이로운 효과를 끼치는 팔찌.

흡사 예전에 지구에서 유행했던 유사 과학인 게르마늄 팔찌, 일명 건강 팔찌를 연상시키는 그것은 저렴한 가격 덕택에 아주 많은 사랑을 받았던 성물이었다.

지구의 건강 팔찌와 다른 점이라고 한다면 신성석 팔찌는 실제로 몸에 좋은 영향을 끼친다는 것이다.

곧 채굴될 최상급의 신성석을 사용한다면, 눈에 띌 만한 효능을 발휘할 것임이 틀림없었다.

"건강 팔찌…… 신흥 종교…… 이거 누가 봐도 그림이 좀 그렇긴 하네. 진짜 사이비 종교 같기는 해."

"교황 성하. 아뢰옵기 송구하오나, 축성소를 제대로 운영하기 위해서는 축성 사제가 필요한 것으로 압니다."

"그렇지. 물건은 장인들이 만들 수 있지만, 그 물건에 신성석을 통해 축성 작업을 하는 건 사제가 해야 하니까."

마무리 작업을 반드시 사제가 담당했던 이유도 바로 거기에 있었다.

그래서 축성 사제라는 전문적인 직분도 만들어 뒀던 것인데, 레오의 말대로 지구에는 전문적인 축성 사제가 없었다.

리멘한테 데려와 달라고 부탁하기에도, 인과율이라는 놈

우리 교황님 좀
말려 주세요

이 자꾸만 신경이 쓰인다.

"걱정하지 마."

이가 없으면 잇몸이라고, 방법이야 만들어 내면 되지.

축성 사제가 당장 없다면, 축성 사제를 임시로 임명하면 되는 법이다. 나는 고개를 끄덕이면서 레오에게 말했다.

"레오 루멘."

"예, 교황 성하."

"너를 임시로 축성소를 관리하는 축성 사제로 임명한다. 앞으로도 리멘님을 위하여 더욱 더 봉사해 주도록."

"성하. 성서를 번역하는 것만으로도 시간이 부족한……."

"내가 곧 인력 보충해 줄 테니까, 당분간만 고생하자. 조만간 리멘한테 말해서 꼭 축성 사제 데려와 줄게. 나 믿지?"

"하지만 그건……."

안 되겠다.

뜸을 들이는 걸 보니 비장의 무기를 쓰는 수밖에 없겠다.

나는 머뭇거리는 레오의 얼굴을 바라본 다음, 아주 단호한 목소리로 말했다.

"해 줘."

❧

레오에게 모든 일을 떠넘겨 버린 이유는, 내가 정말로 레오의 인력을 착취하는 무자비한 블랙 기업주라서가 아니었다.

따지자면 나도 억울하다.

나 역시 이 인력난의 피해자인 건 마찬가지다.

리멘이 레오를 데려올 때, 추가적으로 몇 명 더 데려와 줬으면 훨씬 수월하지 않았겠어?

물론 나도 축성 사제의 역할을 수행할 수야 있긴 하지만, 나 역시 내가 해야만 하는 일이 산더미처럼 쌓여 있는 사람이었다.

이를테면.

"이쯤 되면 그냥 저희 교단에 들어오시는 게 어떻겠어요. 저도 김 팀장님이 저 대신 정부 측과 교섭해 주면 엄청 편할 것 같은데."

"하하……."

정부 측과의 유기적인 소통 같은 일들 말이다.

레오에게 레오만의 일이 있듯이, 나에게도 나만의 일이 있는 법이다.

"이직 제안은 감사합니다만, 아무래도 저희가 공무원이다 보니 이직이 그렇게 자유롭지 못합니다."

"제가 유선호 장관님께 한번 말씀드려 볼까요?"

"유선호 장관님보다 제 안사람한테 맞아 죽지 않겠습니까?"

"아쉽군요."

마음만 같아서는 당장에라도 공개 채용을 통해서 인력을

충당하고 싶었지만, 마냥 그럴 수만은 없었다.

리멘 교단에서 일하기 위해서는 당연히 리멘의 신도여야만 했기 때문이다.

시스템상으로 신도의 숫자가 잡히기는 하다만, 아직까지 체계적인 교리도 확립하지 못한 상황이다.

그런 상황에서 무리해서 인력을 확충하다가는 문제가 생길 수밖에 없다.

그렇기 때문에 레오를 갈아 넣고 있는 거고.

나는 한숨을 작게 내쉬면서 물을 한 모금 넘긴 다음, 내 앞에 앉아 있던 이능관리부의 김 팀장을 향해 말했다.

"신전에 찾아오는 손님이 이리 많으니 리멘께서 정말 기뻐하실 겁니다. 그나저나 오늘은 어쩐 일로?"

혹시 아까 전에 전각련 놈들을 손봐 준 것 때문에 찾아온 걸까?

"아, 최근에 발생하는 이상 현상에 대해, 이능관리부 차원에서 질문을 드릴까 해서 이렇게 왔습니다."

"이상 현상이요? 게이트나 던전인가요?"

"새로운 각성자들에 관한 내용입니다. 조사 과정에서 특이점이 발견되어, 확인차 이렇게 결례를 범하게 되었습니다."

"저한테요?"

지구에 돌아온 지 한 달쯤 되어 가는 마당에, 내가 각성자에 대해서 아는 게 뭐가 있다고 찾아온 거지.

당혹스러워지려던 찰나, 김 팀장은 빠르게 태블릿 PC에 화면을 띄운 채로 나에게 건네주었다.

"시우 님께서도 알고 계시다시피 새로운 각성자들을 파악하여 분류하는 것은 저희 이능관리부의 주된 업무 중 하나입니다. 현재 시우 님께서 보고 계시는 자료도 그 과정 속에서 작성된 문서 중 하나입니다."

"새로운 각성자들을 정리한 자료란 말이죠?"

"그렇습니다."

김 팀장의 설명대로 태블릿 PC에는 족히 100개는 넘어 보이는 듯한 이름이 적혀 있었다.

대충 무슨 자료인지는 이해했다.

그런데 이 이름들을 나에게 보여 주는 이유가 쉽게 짐작이 가지를 않았다.

하지만 김 팀장은 내 반응을 예상했다는 듯, 곧바로 설명을 이어 갔다.

"화면에 표시된 이름들은 모두 본인들이 백명교의 신도이며, 본인들이 모시는 신으로부터 축복을 받아 플레이어로 각성했다고 주장하는 자들입니다."

"각성한 건 확실하답니까?"

"마력 검출기를 통해서 검사를 진행하였고, 명단에 있는 인원 모두가 마력을 보유했음을 확인하였습니다."

"흐음."

근래에 전각련 놈들에게 신경이 집중되어 있던 탓에 백명교 놈들에 대해 약간 신경을 못 쓰고 있던 건 사실이다.

지난번 구로구 게이트에서 백명교 놈들을 조우한 것 이후로, 딱히 녀석들과 조우한 적도 없고 말이다.

녀석들은 최근에 들어 양지로 나오려는 시도를 했었지만, 내가 대차게 어그로를 끌어 버리는 바람에 별 관심도 못 받았다.

미튜브에서 화제를 끌어 보려던 찰나에 나와 리멘 교단이 모든 관심을 스펀지처럼 흡수해 버렸으니, 녀석들 딴에도 억울할 만하다.

"원래 백명교에 속한 각성자들은 마력 검출기를 통한 검사를 거부해 왔습니다."

"원래 각성자는 검사에 응하는 게 의무 아니었습니까?"

"양심적 검사 거부라는 명목이었지요. 본인들에게 일어난 기적은 감히 인간 따위가 평가할 수 있는 것이 아니다……라는 이유였습니다."

"……여태까지 그랬던 놈들이 갑자기 이렇게 검사에 응한다?"

이유는 그리 먼 곳에 있지 않았다.

나는 인상을 찡그리면서 말을 이어 갔다.

"우리 때문이군요."

"이미 정재계 쪽에서는 형평성을 주장하며 백명교 역시 인정해 줘야 한다는 주장이 힘을 얻고 있습니다. 더 나아가 국방부에서는 그들과 손잡고 플레이어들을 늘려야만 한다는, 극단적인 주장까지 나오고 있는 상태입니다."

일종의 나비효과라고 할 수 있겠다.

우리 교단이 그라운드 제로를 정화하는 기적을 선보이자, 본인들은 플레이어들을 각성시키는 기적을 선보이는 것이다.

인욱이에게 듣기로는 플레이어를 만들어 내는 것은 미국이나 중국조차도 불가능한 일이라고 했다.

그런 세상에서 플레이어로 각성시켜 줄 수 있는 힘이라면, 누구나 침을 질질 흘리면서 달려들 것이 뻔했다.

"현재로서는 그들이 어떤 식으로 일반인들을 각성시키는지는 밝혀지지 않고 있습니다. 그들은 오로지 신실한 믿음만이 인간을 나약함에서 구원해 준다더군요."

"믿어야 각성을 할 수 있다?"

"그렇습니다."

지난번 구로구 게이트에서 조우했던 백명교도들에게서는 마기가 느껴지지는 않았다.

다만 무언가를 발견했던 건 사실이다. 마기는 아니지만, 그렇다고 마력도 아닌, 아주 애매모호한 에너지.

이 때문에 그들이 다른 세계의 신을 모시는 교단일 가능성은 완전히 배제할 수는 없었다.

내가 따르는 리멘만 하더라도 지구와 아예 다른 세계의 신이지 않은가.

하지만 지난번부터 느껴지는 이 꺼림칙함은 도저히 떨치려야 떨칠 수가 없었다.

나는 컵에 남아 있던 물을 마저 목으로 넘긴 다음, 한숨을 내쉬면서 질문했다.

"경쟁 업체는 우리가 알아서 정리해라, 그런 뜻입니까?"

"……경쟁 업체라는 표현은…… 부적합하지 않나……."

"그렇다고 협력 업체는 또 아니잖습니까? 아, 그리고 미리 말씀드리지만 저희도 가능은 합니다."

"어떤……."

"일반인들 각성시키는 거, 저희도 가능하다는 뜻입니다. 뭐…… 우리도 밀리지 않는다는 뜻으로 한 말은 아니고, 그냥 미리 알려 드리는 겁니다."

나중에 포교가 정 안 되면 비장의 무기로 사용하려고 아껴 뒀던 수였는데 그걸 저놈들이 먼저 채 가다니.

한 방 먹었다.

그라운드 제로의 신전을 통해서 날로 먹나 싶었는데, 이 결정적인 순간에 경쟁자가 뛰어들 줄이야.

"대해적시대가 아니라 대교주시대, 뭐 그런 건가."

"예?"

"혼잣말입니다. 아무튼 이렇게 이능관리부에서 저희에게 이런 이야기를 해 준다는 건…… 저희를 지지해 준다고 생각하면 되겠습니까?"

내 질문에 김 팀장은 긴장했는지 침을 꿀꺽 삼켰다. 그리고 천천히 고개를 끄덕이며 말했다.

"그렇습니다. 유선호 장관님께서는 지금까지 이능관리부와 리멘 교단이 쌓은 신뢰와, 앞으로 쌓아 가게 될 신뢰를 믿는다고 전해 달라 하셨습니다."

저렇게 말하면 거절하기도 어렵다.

그 노인네, 아무리 생각해도 보통내기가 아니라니까?

복마전이나 다름없는 정치판에서 오래 버텼다는 이야기를 들었을 때 알아차렸어야 했는데 말이지.

거절할 이유도 명분도 없었으니 답은 이미 정해져 있던 셈.

나는 고개를 끄덕이며 대답했다.

"알겠다고 전해 주세요."

"앞으로도 잘 부탁드리겠습니다, 시우 님."

백명교라는 문제가 본격적으로 우리 교단의 앞길에 떠오른 순간이었다.

아, 오늘따라 그 칙칙하던 이단심문관들이 왜 이렇게 보고 싶어지는지 몰라.

꽃

백명교 친구들이 각성자를 만들어 내든 말든, 오후 6시에

예정되어 있던 우리 교단의 미튜브 공개는 아주 성공적으로
이루어졌다.

[오피셜 리멘(Official limen) – 구독자 4.3만 명]

미튜브 채널이 공개로 바뀌고 불과 1시간 만에 기록한 구
독자 수.
새로고침 할 때마다 구독자 수는 가파르게 증가하고 있었
다.
영상이 그렇게 많이 올라와 있는 채널도 아니었고, 나와
레오가 우리 교단을 소개하는 영상 단 한 개만 올라와 있을
뿐이었다.
영상의 내용도 그리 특별하지도 않았다.
앞으로 어떤 식으로 미튜브를 운영할 것이며, 또 어떤 식
으로 우리와 소통할 수 있는지에 대해서 정도.
하지만 그 간단한 소개 영상에 달리고 있는 덧글만 보더라
도 민심을 대강 파악할 수 있었다.

–이곳이 소원 맛집이라고 들었습니다.
–성지순례 하러 왔습니다.
–수능 제발 잘 보게 해 주세요.
–이번에 고시 합격하게 해 주세요!

-ㅠㅠ리멘 신전 직접 가 보고 이야기도 나눠 보고 싶은데 도대체 언제 들어갈 수 있나요?

　-와;; 사이비 새끼들한테 아직도 속는 놈들이 있었네…… 님들 정신 차리셈. 저러다가 갑자기 님들한테 금전 요구 시작하고, 결국엔 가정까지 파탄 내는 놈들임.

　-리멘 교단이랑 백명교 중에 누가 더 낳음?

　조회수 대 덧글 비율이 아주 미쳐 날뛰고 있다. 조회수가 20만을 돌파했는데, 덧글 수는 7만을 훌쩍 넘기고 있었다.

　물론 달리는 덧글들의 90프로 이상이 본인들의 소원을 적어 둔 것이긴 했지만 말이다.

　"신앙 상담이 아니라 본인들의 소원만 적는군요. 아쉽습니다. 이러라고 만든 미튜브는 아니실 텐데……."

　내 옆에서 반응을 함께 보고 있던 민수 씨가 아쉽다는 목소리로 말했다.

　"괜찮습니다, 형제님. 이러라고 만든 미튜브가 맞습니다. 다들 몰려와서 소원 비는 거, 보기 좋잖아요?"

　"하지만……."

　"리멘께서도 굉장히 기뻐하실 겁니다. 그렇지, 레오야?"

　"그렇습니다. 리멘께서는 간절히 소망하는 자들을 아끼시는 분입니다."

　처음은 다 이렇게 시작하는 거다.

처음부터 독실한 신도가 되는 경우는 거의 없다.

"더욱더 많은 사람이 리멘님의 기적과 자애로움을 칭송하는 모습을 보고 싶습니다."

단, 민수 씨처럼 직접 리멘의 권능을 목도하는 경우를 제외하고서는 말이다.

나는 아쉬워하는 민수 씨를 바라보면서 미소를 지었다.

"곧 그렇게 될 겁니다."

지금까지 정신없이 달려오긴 했지만, 꽤 유의미한 수확을 거두었다.

비록 문제가 있던 땅이라고 하더라도, 대한민국 위에 신전을 지었고, 또 성공적으로 미튜브 채널도 열었다.

진짜 막 지구에 돌아왔을 때까지만 하더라도 눈앞이 캄캄했었는데, 그래도 어떻게든 차근차근 앞으로 나아가고 있다.

그래, 이게 어디야.

그렇게 동료들과 미튜브의 반응을 만족스럽게 살피고 있을 때쯤이었다.

퀘스트 업데이트가 완료되었습니다.

오랜만에 퀘스트 메시지 창이 눈앞에 떠올랐다.

신도가 폭발적으로 늘기 시작했던 어제부터 나타나기 시작했던 알림 창.

나는 태블릿 PC를 내려놓은 다음, 심드렁한 표정으로 메시지를 확인했다.

퀘스트가 발생합니다.

[교세 확장 – 대비]

● 종류: 메인 – DLC

● 설명: 당신은 신전 건설을 통하여 소중한 믿음의 보금자리를 마련하였습니다. 신전은 앞으로 당신의 교단에 있어서 훌륭한 구심점으로 작용해 줄 것입니다. 따라서 시스템은 당신의 교단이 기본적인 준비를 끝마쳤다고 판단하였습니다.

교황이시여. 지구는 현재 수많은 위협에 노출되어 있는 상황입니다.

어디서 닥쳐올지 모를 위협에 대비하여, 본격적으로 교단의 힘을 키워야 할 때입니다.

● 완료 조건

1. 정식 신도 50,000명(정식 신도는 입교 신청서를 제출한 신도를 의미합니다)

2. 〈리멘〉을 신앙으로 선택한 신성 계열 플레이어 500명.

3. 교단 보유 특성과 시설의 레벨 총합 15 달성

● 보상: 신성 점수 1만 점, 〈성유물 선택권〉

*3가지 조건을 전부 완수하여야 퀘스트가 완료됩니다.

지금까지 보아 왔던 퀘스트 창인 건 틀림없다.

그러나, 퀘스트 창에서 묘한 위화감이 느껴지고 있었다.

정식 신도? 저 부분은 이해한다고 치고 넘어갈 수야 있다.

신도의 범위를 다시 한번 규정하리라는 건 대충 짐작은 하고 있었다. 하지만 두 번째 조건은 잘 이해가 가지를 않았다.

"신성 계열 플레이어?"

우리 교황님 좀
말려 주세요

지구로 돌아온 뒤로 몇 번이고 확인했지만, 내가 돌아오기 전까지 지구에는 신성력이라는 개념 자체가 없었다.

그런데 저 이상한 완료 조건은 도대체 뭐냐고.

"민수 형제님. 혹시나 해서 다시 물어보는 건데, 저 말고 신성력을 사용하는 사람을 본 적이 있었습니까?"

내 질문에 민수 씨는 잠시 생각하더니, 곧 고개를 가로저었다.

"······음, 없습니다."

"그러면 이 말도 안 되는 완료 조건은 도대체······."

그때였다.

본 메시지는 〈차원계: 지구〉에 속한 모든 플레이어들에게 발송되는 메시지입니다.
특정 조건이 만족됨에 따라, 〈차원계: 지구〉에 걸려 있던 〈에너지: 신성력〉의 제한을 해금합니다.
〈차원계: 지구〉의 시스템이 〈격(格)의 시대〉 업데이트를 준비하기 시작합니다. 지구의 플레이어 여러분. 다가올 격변에 대비하십시오.

"그럼 그렇지."

그래, 시스템 네놈이 나를 가만히 둘 리가 없지.

몬스터 웨이브

신성력이란 무엇인가.

말 그대로 신의 성스러운 힘이자 기적을 일구어 내는 힘이다.

얼핏 들으면 신이 내려 주는 축복 같은 느낌이긴 하지만(실제로 내 경우에는 리멘으로부터 직접 부여받았다), 리멘의 설명에 따르면 신성력은 신이 아닌 신도들에게 근원을 둔다고 하였다.

―정확히는 생명에 근원을 두는 힘이라고 생각하면 돼. 생명이란 무척이나 경이롭고 존귀한 것이라서, 셀 수 없이 많은 가능성을 지니고 있거든. 마력이 생명의 〈의지〉라는 가능성에 맞닿아 있다면, 신성력은 생명의 〈믿음〉이라는 가능성

에 맞닿아 있는 힘이야.

처음 리멘으로부터 그 이야기를 들었을 때는 잘 이해가 가지 않았지만, 시간이 지나감에 따라 결국 그것이 무슨 뜻이었는지 깨달을 수 있었다.

언젠가 수행 사제들의 인도에 따라 교황청에 도착한 청년을 본 적이 있다.

북방 야만 부족 출신의 24살 청년.

사제들로부터 세례를 받은 적도 없고, 그렇다고 어려서부터 신앙 교육을 받은 적이 없던 청년이었다.

리멘이 어떤 신인지, 리멘이 추구하는 가치가 무엇인지, 또 교단의 교리가 어떤 것인지, 청년은 아무것도 알지 못했었다.

그러나 청년에게는 나조차도 감탄사를 내뱉을 정도의 순수한 신성력이 자리 잡고 있었다.

청년이 소년이었던 시절, 그는 리멘 교단의 수행 사제의 희생 덕으로 살아남을 수 있었다고 한다.

그리고 청년은 부족과 아무런 인연도 없던 이방인이 리멘에게 기도를 드리며 기꺼이 희생하는 모습을 본 순간부터 리멘이라는, 이름밖에 모르는 신을 가슴에 품었다고 한다.

살아남은 부족민들과 함께 북부를 떠도는 와중에도 청년은 그저 그 리멘이라는 신에게 부족의 안녕과 행복을 빌었다던가.

그것이 기도라는 것인지도 모르고 말이다.

그렇게 청년은 부족민들과 함께 북방을 유랑하다가, 또 다른 리멘 교단 수행 사제의 눈에 발견되어 교황청에 도착하게 되었던 것이다.

그것은 북방의 성인(聖人)이라고 불렸던 '레오 루멘'의 이야기기도 했다.

물론 그랬던 레오조차 지금은 본인의 방에서 정신없이 성서를 번역하는 신세지만 말이다.

"레오, 그 아이가 아주 특별한 경우였기도 해. 신성력의 가능성을 아주 강하게 타고난 아이였거든."

"다시 한번 말하지만, 레오한테 '아이'라는 지칭은 나에게 너무 버거워."

"시우, 지금 질투하는 거야?"

"그럴 리가."

나는 내 앞 책상에 가볍게 걸터앉은 리멘을 바라보면서 한숨을 내쉬었다.

이곳은 리멘의 신전이기도 했고, 지난밤 사이에 리멘의 신도가 빠르게 증가해 준 덕분에 그녀가 다시 한번 현신할 수 있었다.

내가 급히 그녀에게 대화를 요청한 까닭은 당연히 어젯밤에 있었던 거대한 사건 때문이었다.

지구의 플레이어들에게 신성력이 해금된 사건.

현재 전 세계가 그것 때문에 시끄러운 상황이었다. 기독교, 이슬람교 등을 포함한 기존의 종교부터 시작해서, 생전 처음 듣는 이상한 신흥 종교 집단들까지.

곳곳에서 신성력을 개화했다는 플레이어들이 나오고 있는 상황이었다. 물론 그들이 정말로 신성력을 개화했는지는 모르겠지만.

리멘은 내 머리에 손을 부드럽게 올리면서 말했다.

"북방 민족의 주술사들이 신성력을 사용했다는 것 정도는 시우도 알고 있었잖아?"

"그래서 이해하기 힘들었던 거야."

"믿음의 대상이 중요한 게 아니라, 대상을 믿는 그 믿음이 중요하다는 뜻이지. 시우는 잘 모르겠지만, 믿음을 얻지 못해서 소멸된 신격들도 꽤 많았다?"

"그 신격이라는 게 도대체 뭔데?"

"이미 시우가 두 눈으로 보고 있잖아!"

"그게 아니라……."

"신격의 기원에 대해서는 말해 줄 수 없어."

리멘이 저렇게 말한다는 것은 정말로 대답해 줄 수 없음을 의미한다.

어쩔 수 없지만 다음으로 넘어가야 할 듯싶다.

나는 한숨을 내쉬며 고개를 끄덕인 다음, 다시 리멘을 바

우리 교황님 좀
말려 주세요

라보면서 물었다.

"그럼 여태까지 지구에 신성력이 없었던 이유는 뭐야?"

"그동안 지구의 인간들에게 마력이 허락되지 않았던 이유
와 같아. 차원계가 생명이 지닌 가능성들 중 일부를 제한하
고 있었으니까."

"그럴 거면 5년 전에 마력이 나타나면서 같이 나타났어야
되는 거 아니야?"

내 질문에 리멘은 시무룩한 표정으로 미간을 곱게 찌푸리
며 대답했다.

"그걸 알았으면 내가 진작에 시우한테 알려 주지 않았을
까. 지구에서는 무능력한 신이라 미안."

"······아니, 그렇게 말하면 내가 뭐가 돼."

"그래도 어느 정도 예상은 할 수 있어. 원래 이렇게 되도
록 예정되어 있었다거나, 아니면······."

"아니면?"

"나와 시우 때문이거나."

나는 리멘의 말에 다시 한번 크게 한숨을 뱉으며 말했다.

"또 인과율?"

"나는 시우에게 아낌없이 다 주고 싶지만······ 차원을 관장
하는 인과율은 아무래도 그런 걸 싫어할 수밖에 없지?"

또 저 단어가 나올 줄은 예상은 했다만, 직접 그 가능성에
대해 이야기를 들으니 짜증이 치밀어 오르는 건 어쩔 수 없

었다.

하지만 리멘은 그런 나를 가볍게 껴안아 주면서 말했다.

"그래도 이제 이 정도는 해 줄 수 있어."

당신의 여신이 축복을 내려 줍니다.
90일 동안 교단이 보유한 모든 특성 레벨이 1레벨 증가합니다.

"꼭 이렇게 껴안으면서 축복해야 해?"

"나는 이게 좋아. 시우는 싫어?"

리멘의 질문에 대답 대신 그냥 가만히 있었다.

그렇게 꽤 한참 동안 날 끌어안은 리멘은 곧 책상에서 내려오면서 미소를 지었다.

그리고 나를 바라보면서 장난스럽게 물었다.

"이제 우리 교황님께서는 무엇을 하실 계획이신가요?"

"어쩌긴. 플레이어들 상대로도 열심히 전도해야지. 가만히 있다가는 인재들 다 뺏기게 생겼어. 안 그래도 지금 인력난이야."

원래는 신성력이랑 세례 같은 것들을 통해서 여러 분야의 인재들을 끌어들여 볼 생각이었지만, 지금 그렇게 했다가는 늦는다.

이능관리부나 민수 씨를 통해서 들리는 소식에 의하면 이미 대형 길드 측에서 신성력에 잠재성을 지닌 플레이어들을 선점할 수 있는 방법을 구색 중이라고 한다.

그들이 신성력에 대한 정보를 가지고 있을 리가 없겠지만, 방심했다가는 다 빼앗길지도 모른다.

"맞다."

안 그래도 리멘한테 요청하고 싶었던 게 있었는데, 이참에 해결해야겠다.

"혹시 에덴에서 추가로 인력을 충원할 수는 없을까?"

"음, 아직은?"

"그렇다면 어쩔 수 없지. 레오를 조금 더 갈아 넣으면 되니까, 뭐."

"……시우?"

"괜찮아. 사람은 잠 좀 덜 잔다고 안 죽어."

❧

효과적인 영업, 아니 포교의 기회는 사실 그리 멀리 있지는 않았다.

신성력의 등장은 하룻밤 사이에 일어난 사건의 일부분에 불과했다.

〈속보〉

〈평양시 부근을 점령 중이던 오크 부족 중 일부가 남하하기 시작. 구

휴전선 일대에 몬스터 웨이브 경보 2단계 발령.〉

〈부산광역시 사하구 일대에 초대형 게이트 감지. 예상 게이트 등급은 A급.〉

〈광주광역시 서구에서 비이상적인 마력 활동······〉

전 세계가 신성력이라는 새로운 에너지에 당황하고 있던 것도 잠시, 전 세계 곳곳에서 동시다발적으로 이상 현상이 발생하기 시작한 것이다.

그리고 한국 역시 그 이상 현상들로부터 자유롭지는 못했다.

전국적으로 보고된 이상 현상은 9개.

그중 가만히 두었다가는 국가에 심각한 타격을 입힐 수 있는 수준의 이상 현상만 하더라도 3개였다.

상황이 거기까지 이르니 당연히 대한민국 전체에 비상이 걸렸다.

1년에 한 번 있을까 말까 하다는 각성자 소집령이 내려졌다는 것만으로도 현 사태의 위중함을 알아차릴 수 있는 부분이었다.

물론 정부의 소집 대상에는 나도 포함되어 있었다.

"그 돼지 새끼들이 구제역이라도 걸린 건가, 갑자기 내려오는 게 참 웃기지 않습니까? 김 교황님, 아무리 생각해도 이해가 안 간단 말이지. 여태 그곳에 처박혀 있던 놈들이, 하필이면 이런 시기에 내려온다는 게 참 공교롭습니다."

"최 대표님도 나름 대형 길드 대표신데, 저희 쪽이 아니라 저쪽에 붙어 있는 게 그림이 예쁘지 않습니까?"

"허허. 양아치 새끼들이랑 붙어먹는 건 자존심이 상해서 말입니다. 그때 말씀 안 드렸나? 저희 길드는 전각련 소속 길드가 아닙니다."

"그렇군요."

나는 내 옆에서 신나게 이야기를 늘어놓는 도깨비 길드의 최서진 대표를 바라보면서 한숨을 내쉬었다.

이곳은 지난번에 한 번 온 적이 있던 이능관리부의 최상층 회의실.

회의실에는 나를 포함하여 총 11명의 인원들이 자리에 앉아 있었다.

도깨비 길드의 최 대표 역시 그 11명 중에 한 명.

최 대표는 날씨가 추워졌음에도 불구하고 하와이안 반팔 티셔츠를 입고 있었는데, 그는 본인의 역동적인 근육을 꿈틀거리면서 나에게 말했다.

"회의 끝나면 저랑 커피라도 한잔하시겠습니까? 따로 물어볼 것도 있고, 겸사겸사해서."

"따로 물어볼 거?"

"제가 개인적으로 신성력에 대해 궁금한 것들이 많이 생겨서요."

최 대표는 잠시 후, 내 귀에 입을 가져다 대고 조용히 속삭였다.

"지난번에 저를 제압하셨던 그 힘도 신성력 아니었습니까? 구로구 게이트에서 보여 주셨던 힘도 신성력인 듯한데, 아무래도 신성력은 김 교황님이 1타 강사인 듯하여……."

"최 대표님."

"예."

"다음부터는 귓가에 대고 속삭이는 것 좀 자제해 주십쇼. 또 그러시면 땅속 구경 한 번 더 시켜 드리는 수가 있습니다."

"이런, 부끄러우셨습니까? 의외로 취향이…… 하하, 얼굴 힘 푸시지요, 김 교황님."

최 대표는 그때 이후로 처음 만나는 건데 사람 참 이상하다.

누가 보면 함께 수많은 전장을 헤쳐 나간 전우인 줄 알겠다.

"최 대표. 회의실에 둘만 있나? 목소리 좀 낮추지?"

이런 우리 둘의 커뮤니케이션이 꽤 불만스러웠던 건지, 콧수염을 기른 한 중년 남성이 우리를 향해서 말했다.

그 남성의 지적에 최 대표는 새끼손가락으로 귀를 후비면서 답했다.

"새로 사귄 친우와 즐겁게 이야기 좀 나누겠다는데, 혹시 불만이라도? 절이 싫으면 중이 떠나는 거지."

"당신은 그게 문제야. 남을 배려하는 마음이라고는 눈곱만큼도 없어. 그러니까 사사건건 다른 길드랑 충돌하지."

"이 대표님 요새 콧수염 트리트먼트라도 받으십니까? 묘하게 콧수염 결이 좋아지셨네."

"크흡."

나는 최 대표의 멘트에 도저히 웃음을 참을 수가 없었다.

확실히 미친 사람이다.

나 같은 경우에는 이레귤러로서 이능관리부의 소집 요청을 받고 온 건데, 다른 10명은 전부 서울에 연고를 둔 대형 길드의 대표들이다.

힘의 균형이 길드 쪽으로 상당히 넘어간 상황에서 저 사람들이야말로 핵심적인 권력층이라는 소린데, 그런 그들에게 대놓고 시비를 걸 수 있는 사람이 몇이나 될까?

본인이 전각련 소속 길드들이랑 사이가 안 좋다는 건 사실인 듯하다.

그렇지 않고서야.

"그나저나 이 대표님은 포경수술을 입에다가 하셨나 봅니다? 어째 하는 말마다 다 X까는 소리실까."

저렇게 말할 리가 없지.

"너, 너 이 새끼!"

"지난번에 현장에서 그쪽 길드원들이 담당하던 부분 뚫려서 내 새끼들이 고생했다던데, 거기에 대한 사과가 먼저 아닌가? X까는 소리 할 시간에 새끼 관리나 잘하십쇼."

"오."

할 말은 한다, 최카콜라, 뭐 그런 건가?

정정한다.

미친 사람이 아니라 제대로 미친 사람인 것 같다.

최 대표의 폭언에 이 대표라는 사람은 당장에라도 날뛸 기세였지만, 그는 아무것도 할 수 없었다.

왜냐하면 그가 화를 내려던 때에 딱 맞춰서 회의실의 문이 열리며 누군가 들어왔기 때문이다.

"우리 공사다망하신 대표님들께서 즐겁게 이야기를 나누고 계시는 중이셨나 봅니다. 이 늙은이가 혹시 방해라도 한 겁니까?"

이능관리부의 수장인 유선호 장관.

인자한 미소를 지닌 노인의 등장에 이 대표는 그저 인상을 가득 찌푸릴 뿐, 조용히 자리에 앉았다.

최 대표는 그런 이 대표를 향해 씨익 웃더니, 유선호 장관을 향해 말했다.

"못 뵌 사이에 기력이 더 좋아지신 것 같습니다, 장관님."

"근래에 지어 먹은 보약이 효과가 좀 있나 봅니다. 최 대표님이 원하신다면 회의 끝나고 보약 지은 곳을 알려 드리도록 하겠습니다. 허허."

"좋지요."

최 대표도 유선호 장관에게만큼은 호의적인 스탠스였다.

그렇게 파국으로 치닫던 회의실 분위기를 빠르게 정리한 유 장관은 여전히 인자하게 웃으면서 자리에 앉았다.

그리고 곧 본인의 비서에게 가볍게 손짓을 하며 말했다.

"시간이 금이신 분들이니 빠르게 본론으로 들어가도록 하겠습니다."

잠시 후, 회의실 한쪽에 마련되어 있던 스크린에 대한민국의 지도가 떠올랐다.

눈에 익은 한반도.

그러나 그 한반도의 허리 부근에는 거대한 붉은 점이 자리잡고 있었는데, 유선호 장관은 나지막한 목소리로 말했다.

"정찰조의 보고에 따르면 남하 중인 오크의 숫자는 최소 10만. 이에 따라 몬스터 웨이브 경계 태세를 2단계에서 1단계로 격상하였습니다."

⋯⋯뭐?

10만?

⚜

10만.

그 숫자가 회의실 내에 공개되자 각 길드의 대표는 저마다 침음을 내뱉었다.

그들의 반응이 얼추 이해가 가는 게, 10만이라는 숫자는 에덴에서 이미 수도 없는 오크들을 처리했던 나에게도 꽤 신경 쓰이는 숫자였기 때문이다.

10만이라는 숫자는 절대로 무시할 만한 숫자가 아니다.

특히, 오크의 경우에는 더더욱.

"아시다시피 오크들은 팔에 부족의 문신을 새깁니다. 그런데 저희 정보원들이 이번에 확인한 오크들의 문신 종류만 하더라도 7개를 넘어가고 있습니다."

화면에는 고성능의 카메라로 꽤 멀리서 촬영한 듯한 사진들이 띄워져 있었는데, 유선호 장관의 말대로 분명히 다른 7개의 문신이 정리되어 있었다.

내 기억에 없는 걸 봐서는 내가 에덴에서 알던 오크 부족들은 아닌 듯했다.

하지만 저 오크들 역시 에덴의 오크들과 그다지 습성이 다른 것 같지는 않아 보였다.

"오크들은 기본적으로 부족 생활을 하는 아인종으로 분류됩니다. 같은 동족이라 할지라도 부족이 다르면 철저하게 적대하는 습성을 지니고 있습니다. 디멘션 오프닝 이후, 꽤 일관된 모습을 보여 주었던 아인종입니다. 하지만 어떤 이유에서인지 이번에는 7부족이 결집하였습니다. 극히 이례적인 일이지요."

유선호 장관의 말대로 오크는 극단적인 배타성과 호전성을 보유한 아인종이다.

그래서 쉽사리 뭉치지 못하는 아인종이었지만, 그런 오크들이 하나로 뭉치는 경우가 딱 한 가지 존재했다.

"확인된 정보에 따르면 오크들을 이끄는 것으로 보이는 특수 개체가 등장했다고 합니다."

"특수 개체 말입니까?"

"허."

대표들의 반응을 보아하니 아직까지 지구에는 등장한 적이 없던 모양인데, 나는 그 특수 개체가 무엇인지에 대해서 알고 있었다.

에덴에서 몇 번 상대한 적이 있다.

태어나면서부터 오크들을 지배할 힘을 지닌 존재.

오크들의 무분별한 투쟁심을 끌어모아, 전란이라는 비극을 만들어 내는 괴물.

"제가 왔던 세계에서는 그 개체를 대군주라고 불렀었습니다."

대군주.

나는 미간을 찌푸리면서 말했고, 그러자 스크린에 집중되어 있던 시선들이 모두 나에게로 향했다.

"다른 오크들과는 모든 부분에서 압도적인 차이를 보이며, 부족이란 구분을 무너뜨리는 놈입니다. 대군주가 나타난 순간, 오크들은 본능적으로 그 개체에게 충성을 맹세합니다."

지구에서 대군주를 다시 조우하게 될 줄은 몰랐다.

그때 당시에만 총 네 마리의 오크 대군주가 등장했던 것에 비해 지구는 한 마리인 듯하니, 그나마 다행인 것 같기는 하다.

"시우 님, 혹시 그것에 대하여 간략하게나마 설명을 해 주실 수 있겠습니까?"

나는 유선호 장관의 요청에 어깨를 살짝 으쓱이면서 말을 이어 갔다.

"뭐, 크게 특이한 건 없습니다. 다른 오크들에 비해서 압도적으로 뛰어난 힘을 지녔고, 존재만으로도 오크들을 집결시키는 능력을 지녔다, 이 정도?"

유선호 장관은 이런 내 대답에 귀를 기울이려 했지만, 일전의 최 대표와 싸웠던 이 대표란 사람이 마이크를 켜면서 말했다.

"이곳은 지구입니다. 김시우 각성자가 왔던 세계에도 오크란 놈들이 있을 수야 있겠지만, 지구의 오크들과 전혀 별개의 종일 수도 있지 않습니까?"

그냥 대놓고 나에게 시비를 걸겠다는 뉘앙스다.

나는 그런 그를 바라보면서 피식 웃은 다음, 가볍게 손을 모으면서 답했다.

"그럴 수야 있겠죠. 하지만 저들이 보여 주고 있는 습성 자체는 크게 달라 보이지 않았기에 드렸던 말씀입니다."

"이런 상황에 대비하여 대형 길드들에서는 각자 연구소를 설립하여 몬스터들에 대한 연구를 지원해 왔습니다. 지구에 귀환하게 되신 지 얼마 안 되신 걸로 아는데, 원래 이런 일은 전문가에 맡기는 것이 좋습니다."

한마디로 이쪽은 본인들이 자신 있는 분야니 귀환자 주제에 깝치지 말고 빠져라, 이 소리다.

꽤 재밌는 소리였기 때문에 나도 그 장단에 맞춰서 놀아 주기로 했다.

"전문가에 맡기는 걸 좋아하셔서 그라운드 제로에서도 전문가들에게 맡기셨던 모양입니다? 그런데 전문가들 솜씨가 영 형편없던데."

"……지금 무슨 소리를 하시는 겁니까?"

"주제를 알면 좀 닥치고 계시라는 말을 빙빙 돌려서 전해 드리는 중인데, 이해가 잘 안 가십니까?"

이곳이 이능관리부가 아니고, 유선호 장관만 없었다면 진작에 파투를 냈을 것이다.

"개인적인 말씀들을 나누시는 건 좋으나, 우선적으로 몬스터 웨이브에 집중해 주십사 합니다."

유선호 장관의 제지에 순순히 고개를 끄덕였다.

이래 보여도 나는 공과 사를 구분할 줄 아는 사람이다. 저

들과 악연을 이어 나갈 시간은 차고도 넘치니, 잠시 접어 두
도록 하자.

"시우 님께서 저 특이 개체에 대해 잘 알고 계시는 듯한
데, 그렇다면 혹시 해결법도 알고 계시는지요."

"간단합니다. 저 대군주라는 개체만 죽이면 됩니다."

구심점이 되는 대군주만 죽이게 되면, 대군주 휘하의 병력
은 알아서 분열한다.

오크 대군을 상대하는 건 꽤 껄끄러운 일이다. 다른 종족
들에 비해 압도적인 힘과 전투력을 자랑하는 놈들이라, 정면
으로 맞부딪치게 되면 고전할 수밖에 없다.

에덴에서는 한 명의 병사도 아쉬운 상황이었기 때문에
택했던 전략이었기도 했고, 생각했던 것 이상으로 효과적
이었다.

대군주의 대가리를 박살 내는 순간, 오크들이 미쳐 날뛰며
서로를 죽이기 시작하더라.

"흐으음."

유선호 장관은 내 말에 침음을 삼켰다.

"그 특이 개체는 10만 오크의 중심에 자리 잡고 있습니다.
그 특이 개체를 죽이면 몬스터 웨이브가 끝난다고 쳐도, 중
심에 도달하기 위해서는 돌파하는 수밖에 없지 않습니까?"

"육로를 통해 접근하면 그렇지만, 꼭 육로로 접근할 필요
는 없죠."

오크들을 곤죽으로 만들면서 전진하는 건 나에게도 꽤 피로한 일이었다.

"하늘을 이용하면 됩니다. 마침 지구에는 헬기라는 아주 좋은 수단도 있구요."

"특임대를 구성하여 헬기를 통한 공중 강습 작전을 펼치시겠다는 말씀이신지요?"

"정확합니다."

그 말에 여태껏 잠자코 있었던 한 남성이 나를 바라보면서 물었다.

"특이 개체를 죽인다고 해서 몬스터 웨이브가 멈출 거란 확신도 없는데, 확신할 수 없는 가능성에 저희 쪽 헌터들을 투입하란 뜻으로 받아들여도 됩니까?"

남자의 말에 술렁거리던 회의실 내부가 숙연해진 걸 봐서는 이 자리에서 발언권이 가장 강한 사람인 모양이다.

기껏해야 30대 초반으로 보이는 남자.

그러나 그의 양복에 달려 있는 호랑이 모양의 배지만 보더라도 그의 정체를 대충 짐작할 수 있었다.

대한민국 길드 서열 1위인 대호 길드의 대표.

나는 앞으로 아주 오랫동안 보게 될 것 같은 그 남자의 얼굴을 눈에 담으며 단호하게 대답했다.

"제가 언제 그쪽 헌터들을 투입하겠다고 했습니까?"

"동시다발적으로 일어난 돌발 상황들 때문에 정부 측에 여력이 없을 겁니다. 그래서 유 장관님께서 이 자리를 마련……."

"저만 갑니다."

예상하지 못했던 전개였던 걸까.

회의실에는 다시 한번 침묵이 내려앉았고, 나는 똥 씹은 표정의 길드 대표들을 향해 웃으면서 말을 맺었다.

"제 힘을 일부러 과장했다거나 조작을 했다는 소리가 들려서요. 이번 기회에 확실히 증명해 둘 생각입니다. 혹시 불만 있으신 분들은 지금 말씀해 주시면 감사하겠습니다."

넝쿨째 들어온 영업 기회를 놓칠 수야 없지.

※

회의를 통해 총 두 가지의 플랜이 세워졌다.

「플랜 A. 각성자 김시우의 주도하에 공중 강습 작전을 실시하여, 특이 개체 대군주를 제거하여 몬스터 웨이브를 파훼한다.」

「플랜 B. 플랜 A가 실패할 경우에 대비하여 대호 길드를 위시한 대형 길드들이 구 휴전선 일대에서 방어선을 형성, 재편된 30기계화보병사단과 협력하여 몬스터 웨이브를 막아낸다.」

내가 없었다면 상황은 아마 플랜 B대로 흘러갔을 거다.

옛날이었다면 저 기계화보병사단만으로도 든든했겠다만, 대한민국이 지녔던 현대식 무기 대부분이 〈디멘션 오프닝〉 때 파괴되었다던가.

게다가 상성도 별로 좋지 않았다고 했다.

게이트를 통해서 등장했던 몬스터들이 지구의 현대식 화기에 알 수 없는 저항력을 지니고 있었다는 것이 그 이유였다.

그 정도면 차원의 시스템이 어떤 식으로든 관여했을 가능성이 높았다.

그렇지 않고서야 그런 일이 벌어질 리가 없지.

아무튼.

상황이 워낙 급박했던 탓에 나는 회의가 끝나자마자 곧바로 파주에 위치한 어느 항공 대대로 향했다.

현장은 이미 모든 준비가 끝난 상태였다.

내가 타고 갈 헬리콥터의 급유도 끝나 있었고, 잔뜩 긴장한 표정의 조종수들도 준비되어 있었다.

"정말 혼자서 괜찮으시겠습니까?"

"걱정하실 거 없습니다. 오래간만에 높은 공기 쐴 생각에 기분이 좋네요."

참고로 에덴에서는 헬기 대신 드워프들이 조련한 그리폰을 타고 날아갔다.

상당히 거친 놈이라서 탑승감이 좋지 못했는데, 그에 비해 헬기는 감지덕지.

나는 고개를 가볍게 끄덕이면서 헬기의 차체에 손을 가져다 댔다.

그러자 내 손에서 피어오른 새하얀 불꽃이 순식간에 차체를 뒤덮더니.

우우우웅-!

액티브 스킬 〈축성 Lv. ???〉을 사용합니다.
해당 물체에 일정 시간 동안 강력한 축복이 깃듭니다.

"정말 그것만으로도 비행 몬스터들을 쫓아낼 수 있는 겁니까?"

"효과가 꽤 좋을 겁니다. 아무리 굶주린 괴수라고 하더라도 죽을 자리를 찾아 들어오진 않거든요."

조종사들이 저렇게 긴장하는 이유는 의외로 단순했다.

구 휴전선 너머, 즉 잃어버린 땅에는 와이번을 비롯한 다양한 비행 몬스터들이 활개를 치고 있었기 때문이다.

"시우 님. 이 늙은 놈이 염치 불고하고 또 부탁을 드립니다. 부디 꼭 몬스터 웨이브를 막아 주십시오."

전국에서 이상 현상들이 발생하고 있지만, 이능관리부에서는 그중에서도 몬스터 웨이브를 1순위 위협으로 보고 있었다.

내가 이곳을 빠르게 정리해야 뒤에서 대기하고 있는 대형 길드들도 다른 지역으로 분배를 할 수 있다는 뜻이었다.

내 어깨에 꽤 많은 짐이 올려진 기분이긴 한데, 이 정도의 중압감은 괜찮다.

"금방 돌아오겠습니다."

적어도 한 차원계의 운명을 짊어지는 것보다야 가볍지.

나는 유선호 장관한테 가볍게 말해 준 다음, 내 뒤에서 붉게 상기된 얼굴로 대기하고 있던 오늘의 카메라맨을 바라보았다.

"세명 형제님. 준비되셨습니까?"

"예, 예! 교황님! 제가 반드시 카메라에 담아내도록 하겠습니다!"

민수 씨네 촬영팀에 속한 설세명 씨.

예전 여주 어비스 던전에서 처음으로 조우했던, 선천적으로 마기에 저항력을 지니고 있던 그 운 좋은 일반인 되시겠다.

〈그라운드 제로〉의 경우에는 마력 오염으로 인해 촬영을 제대로 못 했지만, 휴전선 북쪽 지역인 〈잃어버린 땅〉은 촬영이 가능하다고 한다.

게이트의 마력에 의해 불모지가 된 게 아니라, 게이트에서 흘러나온 몬스터들에 의해 불모지가 된 지역이라서 그렇다던가?

그래서 그냥 세명 씨를 데려왔다.

촬영이 가능하다는데 그걸 굳이 포기할 필요는 없지.

경쟁이 시작되려는 시기에 홍보는 아주 중요한 일이다.

〈혼자서 오크 10만 마리를 상대했습니다〉, 〈헬리콥터를 타고 잃어버린 땅에 들어가 봤습니다〉 같은 자극적인 타이틀을 어떻게 참아?

나는 몸을 부르르 떨고 있는 세명 씨를 향해서 슬쩍 말을 건넸다.

"크게 걱정하실 거 없습니다."

"교황님의 옆이 가장 안전하다는 건 알고 있습니다!"

"그런데 왜 그렇게 몸을 떠시는지."

"그건 이 영광스러운 사역에 함께하게 되어서 그렇습니다! 흥분을 주체할 수가 없군요. 이런 기회를 주셔서 정말, 정말 감사합니다! 리멘께 이 한 몸 다 바치는 한이 있더라도……."

……좀 다른 의미로 몸을 떨고 있는 거였나?

여주 어비스 던전부터 살짝 맛이 간 민수 씨조차도 '세명이가 지금 제정신은 아닙니다'라고 표현한 이유가 있긴 한가 보다.

"리멘께서도 세명 형제님의 자발적인 봉사에 크게 기뻐하실 겁니다. 자, 그럼 가 봅시다."

"예!"

그렇게 나는 세명 씨와 함께 헬리콥터에 올라탔다.

내가 옛날에 보았던 영화나 드라마에서 몇 번 나온 적이 있던 헬리콥터.

아까 전에 이곳 대대장이 UH-60인가 뭔가 하는 명칭을 말해 주긴 했지만, 나에게는 〈블랙호크〉라는 이름으로 더 익숙한 헬리콥터였다.

헬리콥터 내부는 내가 생각했던 것보다 훨씬 여유가 있었다.

조종석에만 달랑 두 명이 앉아 있어서 그럴지도 모르겠다.

가만 보자, 아까 저 조종사들이랑 통성명을 했었는데……
이름이 뭐였더라?

아, 맞다.

"한승우 준위님? 신경석 준위님?"

"……예."

"예."

어째 분위기가 스스로 사지에 걸어 들어가는 사람의 분위기 같다.

적당한 긴장은 괜찮지만, 과한 긴장은 언제나 화를 불러온다. 그래서 나는 그들의 긴장을 풀어 주기 위하여 넌지시 질문을 던졌다.

"혹시 두 분 모두 자제분들이 있으신가요?"

그러자 곧 둘은 동시에 고개를 끄덕였다.

"저는 초등학교를 다니는 아들이 하나 있습니다."

"저는 이제 막 유치원에 입학한 딸이……."

군인들이 빨리 결혼한다는 이야기가 사실인 모양이다.

나는 둘의 대답에 천천히 고개를 끄덕인 다음, 슬며시 입꼬리를 올리면서 말했다.

"오늘 아빠 일찍 퇴근한다고 미리 연락해 두세요. 가는 데 20분, 처리하는 데 3분, 돌아오는 데 20분. 넉넉잡아 1시간이면 충분하니까. 나라를 위해서 고생하시는 분들인데, 가끔은 편한 일도 있어야죠."

⚜

"작전 지역에 돌입하기 5분 전!"

"김시우 각성자가 말했던 대로 비행 몬스터들이 달려들지 않고 있습니다!"

항공 대대의 작전통제실.

유선호는 곳곳에서 이어지는 보고를 들으며 작게 고개를 끄덕였다.

"보고 있네."

잃어버린 땅의 공중을 지배하는 비행 몬스터들은 온데간데없었다.

심지어 오크들 사이에서 틈틈이 화살과 마법 같은 것들이 날아왔지만, 그 공격들은 결코 헬기에 도달할 수 없었다.

우리 교황님 좀
말려 주세요

헬기에 근접하기만 하면 모든 공격이 형체도 없이 사라졌기 때문이다.

지상을 빼곡하게 채우는 오크들의 거대한 군세 위를 날아가는 헬기는, 영상만으로도 아찔한 스릴감을 전해 주는 중이었다.

"공중 강습 작전을 미튜브로 생중계라니…… 이거, 나도 시말서를 써야 될지도 모르겠구먼."

유선호의 말대로 작전 진행 상황은 미튜브를 통해 고스란히 민간에 공개되고 있는 중이었다.

"장관님. 걱정스러우시면 지금 당장 방송을 중단시킬 수 있습니다."

"아닐세. 김시우 각성자가 그렇게나 강력히 요청했는데, 어찌 말을 바꾸겠나? 그랬다가는 기껏 구축한 신뢰만 깰 뿐, 전혀 득이 없지. 그리고 나도 이미 동의한 상황이잖나."

김시우는 본인을 증명하겠다는 명분으로 생방송을 주장했고, 유선호는 그런 그를 말릴 수가 없었다.

여태까지 이능관리부에 무리한 부탁을 단 한 번도 하지 않았던 사람이다.

이레귤러라는 지위를 통해서 무리한 부탁도 관철시킬 수 있는 입장이었으나, 그는 그렇게 하지 않았다.

그뿐만 아니라 지난번에는 선물이라며 이능관리부가 추적하던 빌런들도 인도해 줬다.

안 그래도 그간의 일로 부채 의식을 느끼고 있던 차였다.

게다가 유선호 역시 김시우가 대중들에게 증명할 필요성이 있다고 생각했기에, 그의 부탁을 거절할 명분이라곤 없었다.

"하지만 장관님. 김시우 각성자가 실패할 경우, 저희는 실패한 작전을 생중계했다는 부담까지 떠안게 됩니다. 그렇게 된다면 이능관리부 무용론이 더 심각하게……."

유선호는 김동식의 말에 씁쓸하게 웃으면서 고개를 끄덕였다.

"어차피 김시우 각성자가 막지 못한다면 똑같은 결말이지 않겠나? 몬스터 웨이브라는 심각한 상황조차도 우리 스스로 해결하지 못하는 마당에, 무용론이 뭐 대수라고."

"이건 어디까지나 전국에서 동시다발적으로 사건들이 발생하는 바람에……."

"허허, 그럼 이 노인네보고 국민 앞으로 나서서 '죄송합니다, 일이 많은 탓에 제대로 대응하지 못했습니다', 이렇게 말하라는 겐가? 자네도 참 고약하구먼."

"장관님."

"생중계를 하고 있든, 하지 않고 있든. 김시우 각성자가 실패하면 결과는 같네. 그럴 바에야 판돈을 더 높이는 게 이치에 맞지 않겠나?"

대형 길드를 비롯한 민간 세력들이 보유한 각성자 전력이,

국가에 소속된 각성자 전력을 뛰어넘은 지 꽤 오래된 상황이었다.

유선호가 보기에는 이런 불균형은 전혀 좋지 못했다.

지금만 하더라도 벌써 전각련을 중심으로 이능관리부가 무용하다는 주장이 나오고 있었으니까.

견제받지 않는 권력은 절대로 부패한다.

실제로 벌써 몇몇 대형 길드들은 불법적인 영역으로 뻗어나간 정황까지 보이고 있었다.

"김시우 각성자는 저희 이능관리부 소속이 아닙니다."

"그렇다고 전각련 소속도 아니지. 이미 그 둘은 돌아가기에는 너무 멀리 와 버렸어."

유선호는 본인의 앞에 놓여 있던 믹스커피를 한 모금 목으로 넘겼다.

그리고 김동식을 향해 말을 이어 갔다.

"자네는 왜 각 국가가 굳이 귀환자들, 특히 디재스터 등급에 대해서 따로 분류하는지 알고 있나? 헌터들처럼 S급 이렇게 분류해도 되는데 말이야."

"……잘 모르겠습니다."

"디재스터급 귀환자들은 개개인이 각자의 세계에서 놀라운 족적을 남기고 돌아온 존재들일세. 그들이 선하든, 악하든. 한 세계의 질서에 영향력을 행사한 존재들이란 말일세. 그런 그들이 고향인 지구로 돌아온다고 해서, 그들이 과연 기존의 질서에 순응할 가능성이 몇이나 될까? 물론 개개인마다 정도 차이는 있겠지만, 그들은 필연적으로 충돌을 일으키는 존재들이야. 그렇기 때문에 그들을 재앙이라고 부르는 거지."

실제로 세계의 몇몇 국가들은 통제되지 않는 디재스터급 귀환자에 의해 큰 타격을 입기도 했었다.

귀환 과정에서 보유한 힘에 대한 측정이 가능했던 디재스터급조차 그 정도인데, 하물며 그 상위 등급이라고 볼 수 있는 이레귤러 등급은 어떻겠는가.

"충돌은 필연일세. 우리가 할 일은 그 충돌의 방향을 최대한 우리가 원하는 쪽으로 돌리는 것이고."

"김시우 각성자를 이용해서 전각련을 견제하시겠다는 말씀이십니까."

"이용이라니. 내 별명 잊었는가? 나는 그저 거래를 했을 뿐이라네."

유선호는 부드럽게 미소 지으며 말을 맺은 다음, 미튜브 생중계가 송출되고 있던 자신의 모니터에 시선을 두었다.

화면 속에서는 어느새 거대한 오크들의 군세가 모습을 드러내고 있는 중이었다.

공중에서 찍고 있음에도 불구하고 눈에 들어오는 녹색 피부의 괴물들.

화면만으로도 오크들의 투기가 전달되는 듯한 기분이었다.

그러다가 문득 화면 옆에 떠올라 있던 채팅 창이 그의 눈에 들어왔다.

–이거 진짜 라이브예요?

–와…… 이게 몬스터 웨이브야????

–저대로 휴전선 밀고 내려오면 어떻게 함?

–파주 쪽은 이미 최악의 상황에 대비해서 피난 작업 이루어지고 있다던데.

–걱정ㄴ 전각련 형님들이 싹다 막아 줄 거임.

–믿으십시오. 리멘께서 여러분들을 구하실 겁니다!

–이런 사이비들의 현혹에 넘어가시면 안 됩니다. 여러분. 주님께서는 아직도 여러분들을 사랑하십니다.

–지금 여기만 난리가 아님. 근데 여기가 제일 심각해 보이긴 하네ㅇㅇ

–X됐다 X됐다 X됐다 X됐다 X됐다 X됐다

"허허, 김 팀장. 보이는가? X됐다는군."

"……장관님."

"세상 참 좋아졌어. 핸드폰으로 공중 강습도 실시간으로 볼 수 있고…… 안 그런가?"

유선호는 털털하게 웃으면서 고개를 끄덕였다.

이럴 때일수록 심각할 필요가 없었다.

이미 주사위는 던졌고, 겸허히 그 결과를 받아들이기만 하면 되는 것이다.

그렇게 그가 모니터를 들여다보고 있을 때쯤이었다.

"헬기가 작전 지역 상공에 도착하였습니다!"

"대군주라고 명명된 특이 개체가 포착되고 있습니다!"

작전 통제실에 울려 퍼지는 군인들의 목소리에 이어, 곧 화면 속에서 김시우의 목소리가 흘러나왔다.

[저기 큰 놈이 대군주라는 녀석입니다. 아주 위험한 녀석이지요. 금방 내려갔다 오겠습니다. 아, 그리고 본 채널은 리멘 교단의 공식 미튜브이오니 좋아요와 구독, 알림 설정 해 주시면 감사하겠습니다. 그럼.]

[교, 교황님! 낙하산! 낙하산……]

잠시 후.

"……유성?"

화면 속에 난데없이 하얗게 불타오르는 유성이 모습을 드러냈다.

그리고 그 유성은 곧.

콰아아아아아아아앙!

거대한 굉음과 함께 오크들의 한가운데로 꽂혔다.

아무래도 내가 나이가 좀 든 모양이다.

"어우, 무릎이 시큰하네."

한창때는 더 높은 곳에서 뛰어내려도 아무렇지도 않았는데 말이야. 이래서 사람이 노화가 무서운 거다.

그래도 뭐, 원했던 곳에 떨어진 것 같으니 불만은 없다.

나는 손으로 무릎을 몇 번 툭툭 친 다음, 슬쩍 고개를 들면서 앞을 바라보았다.

그곳에는 3미터는 훌쩍 넘어 보이는 한 초록색의 괴물이 팔을 X자로 교차한 채로 나를 바라보고 있었다.

녀석의 주위에는 '한때 오크였던 것'들이 조각이 난 채로 흩뿌려져 있었는데, 방금 전에 내가 내려앉은 충격 때문에 저렇게 되어 버린 듯했다.

"반가워. 우리 초면이지? 그런데 어디서 좀 본 듯한 기분이네."

원래라면 인간과 오크는 대화를 나누지 못한다.

사용하는 언어 체계가 애초에 다르기 때문이다. 하지만 나에게는 리멘이 에덴에서의 적응을 돕기 위해 내려 줬던 축복이 존재한다.

패시브 스킬 〈언어의 축복〉이 적용됩니다.

이 축복은 인간을 상대로만 적용되는 게 아니다.

축복의 범위는 〈언어 능력을 지닌 모든 것〉.

따라서 언어 체계가 다른 오크와도 충분히 소통이 가능했고.

이해할 수가 없다. 그분이 보여 준 미래에는 너 같은 인간 전사는 없었다. 그런데 어째서?

당연히 저 녀석의 말도 알아들을 수 있었다.

나는 주먹을 가볍게 쥐었다 펴면서 천천히 앞으로 걸어갔다.

코끝으로 옛날에 지긋지긋하게 맡아 왔던 오크들 특유의 피 비린내가 느껴지기 시작했다.

"너희의 피부가 초록색인 이유는 악마의 피가 섞여 있기 때문이라지?"

오크란 놈들이 광적인 분노에 사로잡힐 수밖에 없는 것도 녀석들이 악마의 피를 이어받았기 때문이라고 들었다.

녀석들이 분노의 마왕의 편에 서서 싸웠던 기억이 어렴풋이 떠오른다.

오크들이 광적인 분노에 사로잡히는 것도 아마 거기에 원인이 있을 것이다.

대군주는 누런 이빨을 드러내면서 거칠게 말을 내뱉었다.

네놈의 말, 이해할 수 있다. 마법인가? 그렇다기에는…… 네놈에게서 기분 나쁜 힘이 느껴진다.

우리 교황님 좀
말려 주세요

"내가 예전에 들었는데 말이야, 너 같은 대군주들은 자연스럽게 발생하는 건 아니라더라? 악마들의 마기로 잉태되는 놈들이라던가."

지난번의 와이번도 그렇고, 도플갱어와 리치도 그렇고.

이쯤 되니 확신이 든다.

"그거, 에덴에서부터 넘어온 마기네. 지난번에는 교만의 마기더니, 이번에는 분노의 흔적인가."

내가 에덴에서 가장 마지막에 소멸시켰던 분노의 마왕.

눈앞의 오크 대군주 놈의 몸에서 흐르는 마기는 분명히 그 녀석의 마기였다.

사아아아아−

운명은 이루어져야만 한다. 이 자리에서 널 죽인다.

녀석의 손에서 검은색의 거대한 양날 도끼가 모습을 드러냈다.

내 몸집의 2배는 되어 보이는 엄청난 크기.

대군주들은 선천적으로 지배력을 타고나지만, 혼자서 성기사단 하나를 전멸시킬 수 있을 정도의 전투력도 보유한 개체였다.

확실히 이대로 내려보냈으면 최 대표 수준의 S급 헌터 넷은 거뜬하게 죽였을 놈이다.

"헬기 타고 오기를 잘했다."

오크란 놈들은 타고난 전투 종족이라서 전투를 거듭하면

거듭할수록 끔찍한 놈들이 되어 간다.

거기에 저 정도 수준의 대군주가 포함되어 있다면, 예상했던 것보다 훨씬 심각한 피해를 입혔을 것이다.

차라리 잘된 일이다.

위험한 싹은 미리 밟아 죽이는 게 상책이니까.

나는 가볍게 고개를 끄덕거리며 대군주를 향해 손을 까딱였다.

"와라. 아빠가 악마인 놈아."

내가 손가락을 가볍게 까딱인 순간이었다.

콰아아아아아아앙!

오크 대군주는 3미터에 걸맞지 않은 스피드로 나에게 쇄도하며 도끼를 휘둘렀다.

마기로 번들거리기 시작한 녀석의 거대한 도끼가, 방금 전까지 내가 있던 자리에 거대한 크레이터를 남긴다.

파스스스스슥!

재빠르게 도끼의 공격 범위에서 벗어났음에도 불구하고 어마어마한 충격파가 내 전신을 휩쓸었다.

극도로 응축된 마기가 만들어 낸 순수한 물리력.

강철조차도 찢어발겼을 정도로 끔찍한 수준의 충격파였지만.

크르르르르륵!

"생각보다 매콤하네."

물론 내 몸에는 단 하나의 생채기조차 낼 수 없었다.

나는 녀석의 도끼를 주먹으로 후려치면서 밀어 냈고, 가볍게 바닥에 착지하면서 미간을 살짝 찌푸렸다.

아무래도 저 녀석이 보유한 위험도를 정정할 필요가 있을 것 같다.

S급 헌터 넷이 아니라 최소 여섯.

에덴에서 상대했던 다른 오크 대군주들과 비교하더라도 훨씬 위험한 축에 속했다.

저 녀석을 잉태시킨 놈이 각별히 신경 써서 만든 것이 분명한 듯 보였다.

대업은 시작되었다. 우리는 효시를 당기는 존재들. 인간 전사 따위가 우리의 운명을 거스를 순 없다.

녀석의 녹색 피부에는 검붉은색 오오라가 넘실거렸고, 눈구덩이에서는 분노와 광기에 물든 시뻘건 안광이 형형했다.

까드드드득―.

대군주의 몸에서 흘러나온 마기들이 빠른 속도로 대지를 잠식해 들어간다.

마기는 생명의 〈욕망〉이란 가능성에 맞닿은 기운이라고 했던가.

거구의 몸에서 타오르기 시작한 마기는, 녀석의 분노와 광기를 연료 삼아 더더욱 거세게 불타오른다.

나는 그 모습을 바라보면서 가볍게 고개를 끄덕였다.

그리고 하늘에 떠 있던 헬기를 슬쩍 살핀 다음, 천천히 손을 들어 올리며 말했다.

"이 정도면 치고받는 장면은 대충 잘 찍혔을 것 같고…… 내가 조종사분들한테 빨리 끝내겠다고 약속했거든? 그러니까 슬슬 끝내자."

오거라. 이름 모를 인간 전사여. 내 앞을 가로막은 네 용기를 가상히 여겨, 오크들을 이끄는 군주로서 직접 상대해 주마! 영광스러운 결투를……

"저런. 난 그럴 생각 없는데."

……뭐라?

"내가 지금 촬영 중이라서 말이야. 화려한 액션신도 좋겠지만, 오늘은 썩 안 내키더라. 아, 그리고."

액티브 스킬 〈성창의 무덤 Lv. ?〉을 시전합니다.
해당 스킬은 인과율을 초과하는 스킬입니다. 따라서 당신에게 허용된 인과율에 맞춰, 스킬의 위력이 조정됩니다.

"난 전사가 아니라서 좀 비겁해도 돼."

콰콰콰아아아아아아앙-!

드높은 하늘에서부터 지상으로, 셀 수 없이 많은 하얀색 창들이 꽂히기 시작했다.

우리 교황님 좀
말려 주세요

"미친."

김인욱은 모니터에서 흘러나오는 장면을 바라보면서 경악할 수밖에 없었다.

그리고 경악한 사람은 비단 김인욱뿐만은 아니었다.

- ?
- ?
- 와 씨입…….
- 저거 마법이야??
- 미친
- 아…….

채팅 창의 리젠률이 순간적으로 정지했다.

방금 전까지만 해도 눈으로 좇아갈 수 없을 수준으로 채팅을 치던 시청자들 모두가 일순간 감전이라도 된 듯이 채팅을 멈췄다.

아니, 정확하게 표현하자면 '멈출 수밖에 없었다'가 맞으리라.

화면 속에서 자행된 무자비하고도 압도적인 폭력 앞에서는 그 누구나 평등했을 테니까.

그 광경은 현실이 아니라 차라리 영화나 드라마에 맞닿아 있었다.

저것을 당당히 현실이라고 말할 수 있는 사람이 과연 몇이나 될까.

─이것도 주작임?

─저게 주작이겠냐? 애초에 저런 상황을 만들어 낼 수 있는 헌터가 대한민국에 있기는 있었냐고ㅋㅋ

─와…… 씨발.

─이게 이레귤러?

─이 정도면 그냥 전술핵 수준 아니냐???

드넓은 들판 위에 셀 수 없이 많은 거대한 창들이 꽂혀 있었다.

대지 위에 깊숙하게 박힌 창들은 하나하나가 성스러운 빛을 품은 채로 사방에 빛을 뿜어내는 중이었다.

그것은 성스럽다고 부르기에는 지극히 공포스러웠으며, 공포스럽다고 부르기에는 지극히 성스러웠다.

그리고 무엇보다 그 장면은 김인욱, 본인의 형이 만들어 냈기 때문에 더더욱 충격적일 수밖에 없었다.

'……진짜 이레귤러.'

오늘 아침까지만 해도 저녁에 된장찌개나 끓여 먹자며 그의 뒤통수를 후려쳤던 형이었다.

5년 만에 돌아온 형이 본인 스스로 이레귤러라고 말했을 때, 믿기 힘들었지만 믿었다.

형이 그런 거짓말을 할 이유가 없으니까.

세간에서는 정부에서 형의 이레귤러 등급을 조작했다는 이야기도 있었지만, 그딴 음모론을 믿지는 않았다.

하지만 믿음과는 별개로, 형이 이레귤러인 것을 '실감'하는 것은 아무래도 다른 차원의 문제였던 것 같다.

소문으로만 전해지던 이레귤러급 귀환자의 힘은, 나름 플레이어들에게 적응되어 있던 김인욱에게도 버거운 수준이었다.

'비교조차 할 수 없어.'

대한민국 최상위 헌터들을 데려오더라도 감히 형과 비교할 수 있을까?

김인욱은 빠르게 머리를 굴려 봤지만, 도저히 비교를 할 엄두를 내지 못했다.

그 정도로 형의 힘은 압도적일 뿐만 아니라 심지어 전율과 공포까지 불러일으킬 정도였다.

대한민국 최고의 마법 계열 플레이어라고 불리는 이세희조차도 방금 전 형이 보여 준 힘에 닿지 못할 것이다.

'기적.'

문득 머릿속에 그 단어가 스쳐 지나가는 것은 왜일까.

그리고 그 기적은 지금 이 순간에도 수많은 것을 바꿔 나가고 있었다.

―이걸 보고도 주작이라고 하는 새끼들은 진짜 지능에 문제가 있는 거다
―진짜 우리도 이제 이레귤러 보유국이냐?
―중국은 4명인데 고작 1명 가졌다고 좋아하는 꼬라지는 ㅉㅉ
―느그 나라로 꺼지세요 제발
―제대로 측정조차 안 받는 이레귤러가 도대체 뭔 소용임?
―리멘 교단 입교 신청하러 갑니다.
―그런데 나만 무섭냐……? 저런 각성자가 과연 통제가 될까?

상상을 아득히 뛰어넘는 힘은 부정조차 할 수 없다.
채팅 창만 보아도 알 수 있듯이 더 이상 의문부호를 제기하는 사람들은 찾아볼 수 없었다.
명실상부한 이레귤러.
어쩌면 형이 굳이 라이브 방송을 주장한 것도 이런 반응 때문이 아니었을까?
'……다 떠나서.'
한 가지 확실한 건, 이 라이브 방송이 끝나고 정말 많은 것

이 바뀔 것이라는 점이었다.

그리고 그 변화의 중심에 서 있는 건 바로 그의 형인 김시우일 테고.

지금 당장은 전국적인 재난 상황으로 인해서 관심이 집중되지는 않고 있지만, 결국 이 상황이 정리된다면 당연히 모두의 관심이 집중될 것이 분명했다.

그렇게 김인욱이 화면을 바라보면서 수많은 감정에 사로잡힐 때쯤.

─어?

─방금 저쪽에서 뭐 움직이지 않았냐?

─오크 살아 있는데???

─저런 걸 맞고도 산다고?

채팅이 빠르게 내려가기 시작했고, 김인욱은 서둘러서 화면을 살폈다.

시청자들의 말대로 그곳에서는 분명히 죽었을 것이라 생각했던 거대한 오크가 몸을 일으키고 있었다.

그러나 잠시 후.

콰아아아아아아앙─!

어디선가 날아든 창이 오크의 넓은 가슴팍을 꿰뚫었고, 오크는 본인의 몸을 꿰뚫은 하얀색 창의 창대를 잡은 채로 고개를 떨구었다.

그 후 이어지는 적막.

카메라는 숨통이 확실히 끊어진 오크를 잠시 비춘 다음, 다시 김시우의 모습을 담았다.

'그럼 그렇지.'

김시우가 손을 털면서 짜증을 내고 있는 모습에, 김인욱은 본인도 모르게 피식 웃음을 지을 수밖에 없었다.

솔직히 대군주 놈이 한 방에 안 죽을 거라고는 생각 못 했다.

인과율 제한으로 인해 〈성창의 무덤〉의 강도가 약해지긴 했어도, 그걸 한 번 견뎌 낼 줄은 몰랐다.

녀석이 견뎌 낸 걸 확인하자마자 주위에 박혀 있던 성창 하나를 투창해서 죽이긴 했다만, 그 과정 자체가 마냥 만족스럽지 못했다.

처음부터 압도적인 힘으로 한 번에 찍어 누를 생각이었다.

"아무리 생각해도 마무리가 아쉽네."

"그렇지 않습니다, 교황님. 교황님은 정말 위대한 모습을 보여 주셨습니다. 거기에 인간적인 면모까지 보여 주셨으니, 이보다 완벽한 결과는 없을 듯합니다."

"그건 그렇지만, 이건 자존심의 문제입니다. 아니 진짜 좀 억울하네? 한 방에 보내고 딱 무게 잡으려고 그랬는데, 와 그걸 버티냐고."

결론부터 말하자면 작전은 아주 성공적이었다.

대군주가 내 손에 의해 죽은 이후의 일들은 전부 내 예상대로 흘러갔다.

대군주가 억제하고 있던 본성을 깨친 오크들이 다시 부족끼리 싸우기 시작하면서 자연스레 몬스터 웨이브가 와해된 것이다.

전각련이 주축이 된 대형 길드 쪽에서는 그 틈을 타서 잃어버린 땅 일부를 수복하는 게 좋지 않냐는 의견을 제시했지만, 곧 그 의견은 빠르게 사그라들었다.

왜냐하면 그딴 급하지도 않은 목표보다는, 눈앞에 심각한 위협들이 번져 가고 있었기 때문이다.

〈속보〉

〈부산 지역에 형성된 초대형 카오스 게이트! 위험도 B+급에서 A+급으로 상향 조정, 경남 지방의 모든 플레이어들에게 동원령 선포!〉

〈파주시 문산읍에 집결 중이었던 대형 길드 소속의 플레이어, 긴급하게 이동 시작〉

〈대한민국 최초의 이레귤러 김시우, 그는 어찌하여 이 위기의 상황에서 움직이지 않는가?〉

〈위기의 대한민국, 위기의 리더십은 어디에 있는가?〉

"나라고 도와주러 가기가 싫겠냐고."
나도 마음만 같아서는 지원을 가 주고 싶었다.
하지만.

당신에게 할당된 인과율이 한계에 다다름에 따라, 지구의 시간으로 24시간
동안 신성력의 사용이 일부 제한됩니다.

'현자타임'이라는 단어로밖에 설명되지 않는 이 시스템의
패악질 때문에 지원은 일찌감치 포기했다.
　시스템이 자중하라는 뉘앙스를 진득하게 풍기는 판국에,
일부러 시스템을 시험해 보고 싶은 생각은 없었거든.
　"그런데 개인적으로 궁금한 것을 여쭈어도 되겠습니까?"
　나는 민수 씨의 질문에 책상 위에 놓여 있던 물을 한 모금
마시면서 고개를 끄덕였다.
　"물어보세요."
　"교황님께서 보여 주신 힘이라면 오크들의 개체수를 충분
히 줄일 수 있을 듯했는데, 일부러 오크들을 놓아주신 것처
럼 보였습니다. 혹시 제가 잘못 본 건 아닌지요."
　"확실히 민수 형제님이 디테일이 있으시네. 정확히 보셨
어요."

아무리 인과율이 한계에 다다랐다고 한들, 민수 씨의 말대로 오크들의 개체수를 줄일 시간은 충분히 있었다.

떼거지로 모여 있는 오크들을 향해 성창들을 몇 개 던지기만 했어도 개체수는 확실히 줄었을 테니까.

그럼에도 내가 오크들의 개체수를 줄이지 않은 이유는 아주 단순했다.

"오크들은 부족사회를 이룰 정도로 굉장히 지능적인 마물입니다. 극단적인 호전성을 타고나는 놈들이지만 적어도 학습 능력이란 걸 탑재한 놈들이죠. 게다가 마물 주제에 다른 마물들도 가차 없이 사냥하는, 아주 무자비한 놈들입니다."

그건 녀석들이 아인종에 속하는 마물들이기 때문에 보유한 특이한 습성이기도 하다.

실제로 에덴에서의 조사 결과에 따르면, 오크 부락이 있는 곳 주위에는 오크들을 제외한 다른 마물들의 숫자가 극히 적었다고 한다.

즉, 녀석들은 적당히 살려 두기만 하면 훌륭한 마물 억제제가 될 수 있다는 뜻이기도 했다.

지구의 경우 몬스터라고 표현하는 게 더 정확할 것이고.

"어차피 당장 잃어버린 땅 전체를 수복할 계획도 없을 텐데, 굳이 훌륭한 억제 자원들을 줄일 필요는 없는 거죠. 아마 오늘 제 매운맛을 직접 봤으니, 당분간 녀석들은 이쪽은 보지도 않을 겁니다."

오크들도 두려움을 느끼는 놈들이다.

선택적 분노조절장애라고 해야 하나, 본능적인 생존 욕구라고 해야 하나.

대군주라는 특이 개체가 또 나타나지 않는 이상, 녀석들은 다시 원래의 서식지로 돌아갈 것이다. 그리고 지금까지 그래 왔던 것처럼 주변의 마물들을 사냥하면서 세를 불리겠지.

"임시방편이기는 하지만 말이죠."

지금까지 잃어버린 땅 쪽에서 마물들의 대대적인 준동이 없었던 이유도 아마 마물들 간의 먹이사슬에 있다고 생각하는 중이다.

북한이 이렇다 할 저항도 없이 무너진 탓에, 아이러니하게도 마물들 간의 먹이사슬이 꽤 그럴듯하게 완성된 셈이다.

적어도 내가 유선호 장관과 김 팀장으로부터 들었던 정보를 취합해 보면 그랬다.

그렇기 때문에 당장 그 균형을 무너뜨릴 생각도 없었고.

"과연, 교황님이십니다. 그렇게 깊은 생각을 하고 계실 줄은 몰랐습니다."

"저희 교단도 그렇잖아요? 잃어버린 땅을 수복하는 것도 좋겠지만, 당장 신경 써야 하는 일들도 많으니까…… 뭐, 그런 거죠."

예를 들면 이 사태 이후에 본격적으로 시작될 신성 계열 플레이어 확보 경쟁 같은 것들.

우리 교황님 좀 말려 주세요

그래도 다행인 건 오늘 내가 제대로 눈도장을 찍어 뒀다는 점이다.

하늘에서 떨어지는 수천 개의 신성한 창.

신성 계열을 택할 플레이어들에게 그것만큼 자극적인 동기부여 영상이 또 어디 있겠어?

아무튼.

그렇게 내가 민수 씨와 항공 대대의 대대장실에서 기분 좋게 이야기를 나누고 있는 사이.

똑똑똑.

누군가 대대장실의 문을 두드렸다.

"들어오세요."

그러자 곧 유선호 장관이 모습을 드러냈다.

유선호 장관은 대대장실로 들어서자마자 부드럽게 미소를 지으며 말했다.

"편히 쉬고 계셨습니까."

"배려해 주신 덕에 잘 쉬고 있었습니다. 아, 그리고 아까 부탁드렸던 건 어떻게 되었습니까?"

"헬기 조종사들에게는 2주짜리 휴가증을 발급함과 동시에, 즉시 퇴근할 수 있도록 조치하였습니다. 그들이 시우 님께 감사하다는 말을 전해 달라더군요."

"저야말로 감사한 일이죠. 그분들이 없었다면……."

상상하기도 싫다.

이 아름다운 가을 날씨에 개처럼 뛰어다녔어야 했을지도 모른다. 그리고 당연히 촬영도 못 했을 테고.

"신상필벌을 확실히 하는 것이 이 늙은이의 일 아니겠습니까? 허허."

"늙은이라니요. 장관님께서 그런 말씀을 하시니까 영 어색합니다."

"이 늙은이의 얼굴에 금칠을 해 주시는 겁니까? 대한민국을 구하신 영웅께서 직접 금칠을 해 주시니 이거야 원, 몸 둘 바를 모르겠습니다."

"제가 해야 할 일을 했을 뿐입니다."

"겸손이야말로 최고의 미덕이지요."

유선호 장관은 인자한 웃음을 지으면서 내 앞에 앉았다.

그리고 나는 그런 유선호 장관을 바라보면서 슬그머니 입꼬리를 올렸다.

작전을 성공적으로 완수했음에도 나와 민수 씨가 이곳에 남았던 이유.

"슬슬 이야기를 시작해 볼까요?"

"좋습니다. 대통령께서 시우 님이 원하시는 것들을 최대한 맞춰 드리라 말씀하셨으니, 부담 없이 말씀하셔도 좋습니다."

"이거 참, 듣던 중 반가운 소리네요. 하하!"

드디어 제대로 한탕 해 먹을 시간이 찾아왔다.

헤드 헌팅

난리가 났던 건 비단 대한민국뿐만은 아니었다.

〈중국, 쓰촨성 일대에 등장한 위험도 S급의 초대형 게이트 토벌 성공. 정부 측에서는 피해가 전무하다고 발표하였지만, 한 중국 전문가의 이야기에 따르면 천문학적인 피해가 발생했을 것으로 추정 중.〉

〈후쿠시마에 자리 잡은 거대한 뱀. 일본의 재앙은 이제 시작인가?〉

〈속보, 김시우 각성자에 의해 지도자를 잃은 오크 무리. 평양을 우회하여 빠른 속도로 북상 중인 것으로 밝혀져…… 최종 목적지는 중국?〉

게이트를 비롯한 각종 위험 상황은 중국과 일본을 비롯한 전 세계 각국에 동시다발적으로 일어났다.

우리 눈에 중국과 일본의 이야기가 주로 보이는 것은 당연히 그 나라들의 상황이 우리의 안보와 직접적으로 연관되어 있기 때문일 것이다.

특히, 중국의 경우는 심각했다.

넓은 국토만큼이나 다양한 지역에서 발생하는 이상 현상들로 인해서 정신이 없던 와중에, 대한민국으로 향하던 몬스터 웨이브가 갑자기 방향을 180도 바꿔 버린 것이다.

어찌 보면 내가 나선 것으로 인한 연쇄 효과라고 할 수 있겠다.

그래서 살짝 찜찜하려던 찰나, 김 팀장의 친절한 설명 덕분에 그 찜찜함을 어느 정도 잠재울 수는 있었다.

"크게 신경 쓰실 필요는 없는 일입니다. 시우 님께서 이런 상황을 예상하신 건 아니지 않습니까?"

"그렇긴 하죠."

"상황이 얼추 정리되면 중국 측에서 문제를 제기할 수는 있겠지만, 그 부분에 대해서도 걱정하실 것 없습니다. 그들이 그렇게 나와 봤자 자승자박하는 꼴이 될 뿐입니다."

김 팀장은 그렇게 말하며 2년 전의 일을 나에게 이야기해 주었다.

2년 전, 중국의 선양이라는 도시에 생성되었던 어비스 던전이 폭주하여 '베히모스'라는 거대한 마수형 몬스터가 등장했던 적이 있다고 한다.

당시에 중국은 상해에 생성된 초대형 게이트로 인해서 정신이 없었던 상황이었기에, 그들은 베히모스란 몬스터를 토벌하는 것 대신, 베히모스를 최대한 다른 곳으로 유도했단다.

그리고 그 다른 곳이란 당연히 본인의 국토도 아닌 데다 때마침 주인도 없는 땅.

"잃어버린 땅으로 유도했다? 그리고 베히모스는 순순히 유도에 따랐고? 마수라는 놈들이 인간 말을 들을 놈들은 아닐 텐데요."

"중국이 보유한 이레귤러 중에 마수와 관련된 이레귤러가 있는 것으로 파악됩니다."

"참 뭣 같은 이레귤러네."

언제 한번 시간 나면 얼굴이라도 보고 싶다.

마수를 조련할 수 있는 이레귤러라…… 그다지 좋은 생각은 안 든다.

"결국, 베히모스는 압록강을 넘어 잃어버린 땅으로 넘어왔으며, 그로 인해 아슬아슬하게 유지되던 잃어버린 땅의 균형이 무너졌습니다. 많은 숫자의 몬스터가 베히모스를 피해 남하를 시작했죠. 그로 인해 저희는 휴전선 부근에서 큰 피해를 입을 수밖에 없었습니다."

그 당시 가장 큰 피해를 입었던 세력이 이능관리부였고, 그 이후로 힘의 균형이 크게 무너졌다던가.

아무튼.

김 팀장의 말을 요약하자면.

"양심의 가책을 느끼지 말란 소리군요."

"당시에 중국 측이 내세웠던 논리를 그대로 돌려주면 됩니다. 막으려고 최선을 다했으나, 안타깝게 실패했다. 이 정도로 정리하면 되겠습니다. 이번에는 저희가 안타깝다고 말하면 되는 겁니다."

"김 팀장님께서도 그 나라를 참 싫어하시는 것 같습니다."

"도무지 예뻐하려야 예뻐할 수가 없습니다. 예쁜 짓을 해야 예뻐해 줄 텐데, 하는 짓마다 밉상이거든요."

"동감합니다."

내가 에덴으로 건너가기 전과 크게 다르지 않은 게 있다면, '그 나라' 정도겠군.

원래는 미안한 마음이 살짝 있었는데, 이야기를 들으니 싹 가신다.

나는 가볍게 고개를 끄덕인 다음, 기지개를 켜면서 말했다.

"오크 놈들이 갑자기 저러는 걸 보면 윗동네에 무슨 일이 생기긴 생긴 것 같으니, 이능관리부 측에서도 신경을 좀 써야 할 것 같습니다."

오크들의 남하가 단순히 대군주 때문만은 아니었다는 직감이 든다.

우리 교황님 좀
말려 주세요

녀석들의 원래 본거지였다는 평양을 피해서 북상하는 것만 보더라도 수상한 냄새가 폴폴 난다.

정찰 위성 같은 현대의 정찰 수단은 5년 전에 무력화된 상황에서, 유일한 정찰 수단은 플레이어가 직접 확인하는 것뿐.

마음만 같아서는 당장에라도 가서 이유를 알아내고 싶었지만, 마냥 그럴 수는 없었다.

평양 쪽에 어떤 존재가 도사리고 있는지를 알아내는 것만큼이나 중요한 일이 있었기 때문이다.

"신성력을 개화한 플레이어들이 생각보다 많네요?"

나는 넓은 강당 안에 모여 있던 사람들을 슬쩍 살피면서 미간을 좁혔다.

이곳은 서울시 구로구에 위치한 이능관리부 남부지청의 대강당.

족히 500명은 수용할 수 있는 크기의 거대한 강당에는 총 40명 남짓한 인원들이 들어와 있었는데, 그들 중 눈에 띄는 개성을 지닌 사람들이 몇몇 있었다.

천주교의 신부복을 입고 있는 사람부터 시작해서, 십자가 목걸이를 찬 채로 기도를 드리는 사람.

"아멘."

"주여."

그뿐만이 아니다.

"나무아미타불……."

승복을 입은 스님들부터 시작해서, 태어나서 처음 보는 예복을 입은 사람들까지.

태어나서 이렇게나 혼란스러운 장면은 또 처음이다.

이것이야말로 종교 대통합의 현장이 아니고서야 무엇이겠는가.

"신성력을 개화한 것으로 추정되는 새로운 각성자들 중, 시우님께서 제공해 주신 신성석을 통하여 신성력이 확인된 분들입니다. 현재 각 지역에 위치한 이능관리부의 지청에서 계속해서 검사가 진행 중이니, 추후 인원은 더욱 늘어날 것입니다."

"신성석이 준비되는 대로 추가로 넘겨드리도록 하겠습니다."

"협조에 정말 감사합니다."

신성력이 있거나, 신성력의 씨앗을 지니고 있는 사람들이 신성석에 손을 가져다 대면 신성석이 공명한다.

어제 유선호 장관이 나에게 신성력을 확인할 방법에 대해서 묻기에 흔쾌히 신성석을 제공해 줬다.

현재로서는 신성 계열 플레이어들을 먼저 식별하는 것이 급선무였으니까.

신성 계열 플레이어들을 최대한 식별해야 우리 교단으로 데려오든가 말든가 할 것 아니겠어?

"오크 대군주 대가리 부수러 갈 때보다 떨리는 기분이네."

"편하게 생각하십시오. 충분한 시간을 보장해 드리겠습니다."

우리가 신성석을 일부 넘기는 대신에 받은 권한이 바로 이것이다.

우선 접견권.

이능관리부가 확보한 신성 계열 플레이어들을 가장 우선적으로 만나 볼 수 있는 권한.

오늘, 우리는 이 기회를 살려서 최대한 많은 인원을 확보해야만 한다.

"그럼 저는 이만 나가 보도록 하겠습니다. 부디 원하시는 바를 이루시기를 기원합니다."

"잠시 후에 뵙겠습니다."

"일이 끝나시면 연락 주십시오."

김 팀장은 나에게 정중하게 인사를 건넨 뒤 강당 밖으로 나섰고, 그제야 내 옆에 있던 레오가 천천히 입을 열었다.

"좋은 잠재력을 지닌 형제님들이 많습니다. 제가 기대했던 것 이상입니다."

"당연히 그렇겠지."

이곳에 모인 전부가 각성하자마자 두각을 보인 사람들이었으며, 이들 중 일부는 각성하자마자 신성력으로 간단한 치료까지 행했다고 들었다.

별다른 교육 없이 누군가를 치료하는 건 극히 드문 경우다.

그런 경우는 두 가지 중 하나다.

아주 독실한 신앙심을 지니고 있든가, 아니면 신성력에 대한 확실한 재능을 지니고 있든가.

전자의 경우에는 우리 교단으로 끌어들이긴 힘들 테니, 우리가 노릴 것은 후자였다.

"슬슬 영업 시작하자. 레오 너도 주말 있는 삶 찾아야지."

요새 진짜 힘들었나?

주말이라는 단어에 무뚝뚝했던 레오의 표정이 밝아졌다.

❧

우리는 운이 꽤 좋은 편에 속했다.

신성력에 대해서 무지한 기존 종교들에 비해, 우리들은 아주 유리한 위치를 선점할 수 있었기 때문이다.

비유하자면 신성력계의 1타 강사라고 해야 하나.

신성력만큼은 지구에 있는 그 누구보다 해박한 지식을 지니고 있다고 자부한다.

게다가 그뿐만이 아니다.

우리가 이곳에 오기 전, 우리는 이미 신성 계열 플레이어들에게 시스템이 어떤 식으로 작용하는지도 미리 파악할 수 있었다.

신성력을 선택한 플레이어들은 앞으로 신성력의 근본이 되어 줄 신앙을 스스로 선택할 수 있습니다.
본인이 원하는 신앙을 선택하여 신앙심과 함께 신성력을 키워 나가십시오.
개종은 가능하지만, 개종을 하게 될 경우 그동안 당신이 쌓아 온 모든 것이 사라지니 신중하게 택하십시오.

설세명 씨가 신성 계열 플레이어로 각성한 덕분에 알게 된 이야기들이었다.

무엇을 기준으로 신성력 각성의 기회가 주어지는지는 아직 명확하게 밝혀진 건 없으나, 한 가지 확실한 건 본인들의 신앙은 스스로 선택할 수 있다는 점.

그래서 우리가 이렇게 직접 온 거다.

천주교나 개신교, 불교 같은 기성 종교들이 움직이게 되면 골치 아파지니까.

"반갑습니다, 우리 형제자매님들. 리멘 교단을 이끌고 있는 김시우라고 합니다. 오늘 이렇게 이야기할 시간을 가지게 되어서 정말 영광이라고 생각합니다."

나는 내 앞에 앉아 있던 5명을 향해 최대한 웃어 주면서 부드럽게 말했다.

남자 셋. 여자 둘.

40명의 인원들 중에서 고작 5명만 내 요청에 응했다는 게 아쉽기는 했지만, 뭐 별수 있나?

나머지는 이미 종교까지 선택한 모양이니, 이 5명이라도 최대한 설득해 봐야지.

신성력이 등장한 첫날부터 두각을 보인 사람들이다.

이곳에 모인 다른 사람들에 비해 신앙심이 두텁지 않았음에도 두각을 보였다는 것은, 그들이 지닌 가능성이 상당하다는 것을 의미한다.

다만.

"와! 김시우! 혹시 형이라고 불러도 돼요? 사진, 사진도 찍어 주세요. 사인도 한 10장만! 친구들한테 돈 받고 팔게. 진짜 지렸다. 내가 김시우를 만날 줄이야."

기껏해야 중학생이 될까 말까 한 이 잼민이는 내 계획에 없었다.

K-잼민 특유의 경박스러움에 내 옆에서 잠자코 있던 레오가 표정을 굳히면서 말했다.

"이분께서는 교황 성하십니다. 무례한 언사는……."

"괜찮습니다, 레오 대주교. 굳이 딱딱하게 할 필요는 없어요. 우리 교단이 그렇게 딱딱하진 않잖아요? 부드럽게 갑시다, 부드럽게."

"오, 그럼 형이라도 불러도 되죠?"

"우리 어린 형제님, 이름이 뭔가요?"

"오재민이요."

이 자식, 이름부터 심상치 않다.

"그래요, 재민 형제님. 아직 우리가 서로 잘 모르는 사이니까 지금은 좀 그렇고, 서로에 대해 조금은 알게 되면 그때 이야기합시다."

"난 지금 이야기하고 싶은데?"

……참자.

지금 당장에라도 머리통을 쥐어박아 주고 싶지만, 저래 보여도 신성력에 대한 재능은 확실해 보이는 녀석이다.

그렇기 때문에 나는 따끔하게 혼을 내 주는 것 대신, 미소를 지으며 말을 이어 갔다.

"그건 재민 형제가 우리 교단에 들어와서 직접 확인해도 될 것 같아요."

"에이, 맨입으로?"

"……음?"

"저 여기 오기 전에 기독교 연합인가? 거기서 사립 각성자 아카데미부터 시작해서, 플레이어로서 활동하는 데 필요한 모든 것을 지원해 준다고 했거든요."

그 말에 대답을 하려던 찰나, 가만히 있던 다른 플레이어들도 조심스레 말을 꺼냈다.

"저는 어떻게 알았는지 가톨릭에서……."

"저는 조계종……."

도대체 언제 접선한 거지?

물론 그들이 저렇게 이야기를 꺼내는 이유는 쉽게 짐작할 수 있었다.

저들은 신성력을 택하긴 했으나, 결국은 플레이어다.

플레이어들은 결국 본인들의 성장에 이득이 되는 방향으로 움직이는 법이다.

만약 그들에게 본인들이 반드시 지켜야 하는 종교적 신념이 있었다면 애초에 이쪽으로 오지도 않았을 거다.

세속적이라면 세속적일 수도 있겠지만, 그렇다고 그들을 비난할 생각은 없었다.

그들의 인생이 걸린 결정이다.

당연히 이것저것 따져 가면서 결정하는 게 맞지.

그리고.

"음, 좋습니다. 여러분들이 어떤 이야기를 듣고 싶은지 충분히 이해했습니다."

나 역시 이런 반응을 예상하고 왔다.

기성 종교들과의 경쟁은 불 보듯 뻔했던 상황이다. 냉철하게 봤을 때, 현재로서는 우리 교단이 기성 종교들에 내세울 것이 그렇게 많지는 않았다.

신도 숫자부터 시작해서 사회적 지위, 자금력까지.

리멘 교단은 등장한 지 한 달 정도밖에 안 된 신흥 교단이었기 때문에 어찌 보면 당연한 거다.

그렇기 때문에 나는 오로지 우리 교단만이 가능한 일에 초점을 맞추기로 했다.

"저희는 다른 종교들처럼 여러분들에게 부를 약속해 드릴 수는 없습니다. 대신 다른 걸 약속해 드릴 수는 있습니다."

다른 종교들은 하지 못하고, 오로지 우리들만이 할 수 있는 것.

"옛말에 물고기를 주기보다는 물고기 잡는 방법을 가르치라는 말이 있습니다. 만약 여러분들이 저희 교단에 들어오신다면."

우우우웅!

내 손에서 흘러나온 축구공만 한 신성력 구체가 사방을 아름답게 빛냈고, 나는 여유롭게 입꼬리를 올리면서 말했다.

"신성력을 이용하고 발전시키는 방법에 대해서 알려 드리도록 하겠습니다. 여러분들에게 단순히 기적을 보여 드리는 게 아니라, 여러분들 스스로가 기적을 만들 수 있도록 도와 드리겠다는 뜻입니다."

⁂

영업, 아니 포교 활동의 결과는 그야말로 대성공이었다.

플레이어 '최시원'이 당신의 교단에 입교합니다.
플레이어 '신아영'이 당신의 교단에 입교합니다.
플레이어 '오재민'이 당신의 교단에……

"저희를 선택해 주셔서 감사합니다. 앞으로 잘 부탁드립니다, 형제자매님들. 리멘께서도 굉장히 기쁘게 여기실 겁니다."

장장 30분 동안 이어진 설교 아닌 설교.

취업 박람회를 방불케 했던 나의 열성적인 설교는 5명 전원의 입교라는 아주 뜨거운 결과로 보답받았다.

내가 어떤 방식으로 그들을 이끌고 갈 것이며, 또 그 과정에서 어떠한 지원을 해 줄 수 있는지.

'신성력이라는 과목에 있어서만큼은 우리 교단을 따라올 수 있는 곳은 없다'라는, 아주 노골적인 열변을 토해 낸 끝에 결국 그들 모두는 우리 교단을 택했다.

그리고 그건 분명한 사실이다.

나는 누군가를 가르치는 데에 큰 재능이 없었지만, 때마침 우리에게는 최고의 조교가 되어 줄 남자가 존재했다.

"레오 대주교."

"예, 성하."

"내가 레오 대주교에 관한 믿음이 아주 크답니다. 하하."

에덴에서 이단심문관들의 훈육을 도맡았으며, 동시에 많은 이가 동경해 마지않았던 최고의 사제 레오 루멘!

레오야말로 나로 하여금 자신감에 가득 차 열변을 토해 내게 만들었던 원동력인 셈이다.

본인을 마음껏 굴려 먹겠다는 내 속셈을 알아차린 걸까?

레오가 미간을 좁히면서 조용히 나에게 속삭였다.

"……성하, 말씀이 좀 다른 듯합니다. 분명 주말을…… ."

"어어, 주말을 찾아 준다고 했지. 당장 찾아 준다고 하진 않았잖아? 우리 힘내 보자."

"성하."

"리멘께서 새신자 교육을 도와줄 인원을 추가로 에덴에서 데리고 오겠다고 하셨으니까 조금만 더 힘내자. 응? 인력 충원 확실히 해 준다니까."

이렇게 보니 내가 너무 악덕 사장 같은 기분인걸.

내가 리멘의 이름까지 언급하자 레오는 더 이상 불만을 토로하지는 못했다.

대신 무겁게 고개를 끄덕이면서 물었다.

"혹, 어떤 형제가 넘어오는지 알고 계시는지요."

"성기사단장들 중 한 명을 보내 달라고 요청했어. 새로운 형제님들마다 재능이 가지각색일 텐데, 우리가 전부 담당할 수는 없잖아?"

마력 사용자라고 해서 모두가 마법사가 되는 것이 아니듯, 신성력을 각성했다고 해서 모두가 사제로서 신에게 봉사하는 건 아니다.

신성력을 사용하는 법은 정말 가지각색이다.

누군가는 신성력을 이용해 치유나 축복을 내리지만, 또 누군가는 신성력과 갑옷을 몸에 두른 채로 최전선에서 성전을 이끌어 나간다.

"확실히 지금의 지구라면 성기사들이 큰 도움이 되어 줄 겁니다."

"그렇겠지."

후자의 경우를 대표하는 존재가 바로 성기사들.

물론 전투 사제라는, 사제들 중에서도 전투 능력을 지닌 특수한 직분이 존재하기는 하나 그건 아예 특수한 경우에 속했다.

교황청이 보유한 무력 수단 중 최고는 성기사단이라는 말은 과언이 아니었다.

신성력을 전투적으로 운용하는 법부터 시작해서 방패술을 비롯한 각종 무기술.

거기에 치유 사제들만큼은 아니지만, 전장에서 유용하게 사용할 수 있는 치유술까지.

지구식 표현을 빌리자면 그야말로 육각형 플레이어라고 할 수 있는 것이다.

"물론 우리가 원하는 수준까지 끌어올리려면 시간이 많이 걸리긴 할 거야."

"그건 어쩔 수 없지 않겠습니까? 지구인들은 이제 막 신성력을 개화했으니, 그들이 신성력에 익숙해지기 위해서는 충분한 시간이 필요할 겁니다."

"적응은 그렇게 오래 걸리진 않을 거야."

"어째서입니까?"

"지구에는 시스템이라는 도우미가 있거든."

나 역시 시스템의 도움을 받아 신성력을 수월하게 사용할 수 있었으니까.

지구인들이 신성력에 익숙해지기 전까지 정보 격차를 통해서 최대한 교세를 확장한다는 것이 내 계획이다.

여기에 에덴에서 성기사단장 하나만 넘어와 줘도 충분히 탄력이 붙어 줄 것이고.

그렇게 내가 레오와 조용히 이야기를 나누고 있을 때였다.

"저 이제 리멘 교단에 입교했으니까 편하게 시우 형이라고 부를게요? 시우 형."

"허허."

아까 전에도 이미 한 번 내 심기를 건드렸던 재민이가 해맑은 표정으로 나에게 물었다.

아까 전까지만 해도 '맨입으로?'라는 멘트를 서슴없이 치던 놈이라기에는 쓸데없이 해맑은 표정이었다.

나는 그런 재민이의 얼굴을 가만히 바라본 다음, 인자하게 웃으면서 고개를 끄덕였다.

"그건 좀 곤란할 것 같습니다."

"아, 왜 형! 아까는 된다면서!"

"제가 그랬었나요? 하하, 저는 그냥 한번 생각은 해 보겠다, 그렇게 얘기했었던 건데."

도대체 그 형이라는 호칭이 뭐라고 저렇게 직찹하는지 원.

하지만 아무래도 재민이에게는 진심이었던 모양이다.

녀석은 잔뜩 짜증이 난 표정을 짓더니, 곧 살짝 톤이 높아진 목소리로 말했다.

"나 그럼 그냥 다른 종교로 갈래. 기분 상했어."

저럴 줄 알았지.

아까였다면 어떻게든 달랬겠지만, 이제는 그럴 필요가 없어졌다.

나는 재민이의 귀에 조심스럽게 입을 가져다 댄 다음, 아주 작은 목소리로 속삭였다.

"저런, 이걸 어떡하나? 종교 한 번 선택하면 180일 동안 개종 불가일 텐데. 꼼꼼하게 확인을 안 해 봤나 보네."

이건 세명 씨를 통해서 미리 확인한 정보.

개종은 가능하지만, 신앙을 선택하고 180일이 지나야만 한다고 했다.

이 녀석의 반응을 보니 몰랐던 모양인데, 세상 영악한 척하더니 이거 완전 호구였잖아?

"그럴 리가 있……어?"

무언가를 확인했는지 순간적으로 얼어붙는 우리의 재민이.

나는 그런 재민이의 머리를 쓰다듬어 주면서 말했다.

"아무래도 우리 재민 형제에게는 특별한 교육이 필요할 것 같군요. 아무리 저희가 가족 같은 교단이라지만, 사람들 사이에는 지켜야 할 격식이란 게 있답니다. 아직 어려서 잘 모를 수도 있으니까, 특별히 제가 아주 좋은 선생님을 붙여 드리죠. 레오 대주교?"

"예, 교황 성하."

"우리 재민 형제가 갑자기 다른 종교로 개종하고 싶어 하는데, 우리 레오 대주교가 신앙 상담 잘해 주잖아요? 바깥바람 좀 쐬면서 신앙 상담 좀 하고 오도록 하세요."

내 말에 레오는 정중하게 허리를 숙이면서 대답했다.

"흔들리는 신앙심을 이끌어 주는 것은 사제로서 영광된 책임이라고 생각합니다. 성하의 명을 성실히 따르겠습니다."

"아, 맞다. 그리고 신앙 상담을 하면서 신도들끼리 지켜야 할 최소한의 예절도 교육해 주면 좋겠습니다. 가능하겠습니까?"

"물론입니다."

"살, 살려 주세요."

"걱정하지 마십시오. 우리 재민 형제의 꺼져 가는 신앙심을 반드시 살려 드리겠습니다."

그렇게 레오는 얼굴이 하얗게 질린 재민이를 데리고 강당 밖을 나섰고, 나는 활짝 얼굴을 펴면서 기분 좋게 말했다.

"왜, 그런 말이 있지 않습니까? 들어오기는 쉽지만 나가기는 힘들다. 하하, 원래 신앙이란 게 그렇습니다. 자, 우리 새

신도 여러분. 혹시 질문이 있으시면 이 자리에서 해 주시면 됩니다."

당연한 결과였겠지만, 그 자리에 남아 있던 4명의 새 신도들 중 나에게 질문을 던진 사람은 없었다.

❧

김 팀장의 말에 따르면 신성 계열 플레이어들도 연령별 각성자 아카데미에서 기본적인 교육을 이수시킬 계획이라고 했다.

나 역시 그들의 계획을 아주 기쁘게 받아들였다.

신성 계열 플레이어라고 해서 각성자가 아닌 건 아니다.

각성자의 마음가짐이라든지, 각성자가 지켜야 할 수칙이라든지, 그런 것에 대해서는 이능관리부 측이 전문가다.

어차피 우리로서도 그들을 입교시킨다는 1차적인 목표는 달성했기 때문에, 나와 레오는 그들을 이능관리부 측에 인계한 다음 신전으로 돌아왔다.

심리적인 피로감을 느껴서 잠시 접견실에서 휴식하고 있을 때, 레오는 나에게 스마트폰을 건네주면서 말했다.

"한번 보실 필요가 있을 것 같습니다."

"어째 네가 나보다 스마트폰을 더 잘 쓰는 것 같다?"

나도 양심이 있는 사람인지라 고생하는 레오를 위해 최신

기종의 스마트폰을 하나 선물해 줬다.

그래도 레오가 명실상부한 내 오른팔인데 내가 외부로 일 보러 나가더라도 연락을 취할 방법은 있어야지.

그런데 레오가 이렇게나 빨리 스마트폰의 사용법을 익힐 줄은 몰랐다.

에덴 북방의 야만 부족 출신이라고는 도저히 믿을 수 없는 습득력이라고 해야 할까?

나조차도 10년 만에 돌아오는 바람에 아직도 스마트폰이 어색한 지경인데 말이다.

"시연 님께서 일전에 몇 번 가르쳐 주신 적도 있었고, 조작법이 의외로 간단했습니다. 그런 의미에서 신전에 공유기를 설치해 주시는 건 어떻겠습니까? 이곳을 찾는 신도들이 아주 좋아할 듯합니다."

"······알았어."

공유기쯤이야.

직원 복지를 챙겨 줄 때가 되기는 했지.

나는 대충 고개를 끄덕거린 다음, 레오가 건네준 스마트폰을 들여다보았다.

레오가 보여 준 건 각종 인터넷 기사들이었다.

〈바티칸 교황청, 신성력을 각성한 플레이어들에게 강력하게 호소! 요한 바오로 3세 '주께서 우리를 아직 사랑하신다는 증거'〉

〈일부 이슬람 극단주의 세력, '지하드를 위한 순간이 찾아왔다. 전사들이여, 집결하라'〉

〈치유하는 힘, 신성력. 신성력은 도대체 무엇인가?〉

〈'격의 시대'는 무엇이며, 또한 그것은 신성력과 어떤 연관성을 지녔는가?〉

〈각국 정부, 신성 계열 플레이어들에 대한 대책 논의를 시작하다.〉

가장 먼저 반응한 건 역시나 종교계였다.

5년 전의 디멘션 오프닝 이후로는 꾸준히 세력이 약해져 가던 기성 종교들이 너도나도 고개를 들기 시작한 것이다.

나는 그 기사들을 훑어본 다음, 슬쩍 스마트폰을 책상 위에 내려놓으면서 씁쓸하게 중얼거렸다.

"신성력이 저 사람들이 생각하는 것처럼 그렇게 만능인 에너지는 아닐 텐데."

"마물을 상대하는 데는 마력보다 효율적인 건 사실입니다."

"그렇긴 하지만, 적이 꼭 마물만 있는 건 아니지. 지구는 에덴과 비교했을 때 훨씬 더 복잡하게 얽혀 있는 세계거든."

에덴 같은 경우에는 이미 마왕들에 의해 대부분의 국가가 멸망한 상황이었기 때문에 살아남은 자들이 하나로 뭉쳐서 싸웠다.

그에 반해 지구의 경우는 다르다.

여전히 수많은 국가가 잔존해 있으며, 예전부터 이어져 오고 있던 경쟁의 형태만 바뀌었을 뿐이다.

신성력은 무언가를 지키려고 할 때 빛을 발하는 에너지지, 마력에 비해 응용할 수 있는 범위가 그리 넓지는 않다.

지금은 새로운 에너지에 대한 기대 심리로 들떠 있는 것일 뿐, 조만간 신성력에 대한 연구가 진행되면 밝혀질 사실들이었다.

"우리는 우리의 일을 묵묵히 하면 되는 거야."

"알겠습니다, 성하."

나는 어깨를 으쓱인 후, 레오에게 스마트폰을 돌려주었다.

그리고 슬쩍 명령어를 통해서 우리 교단의 시스템 인터페이스를 눈앞에 띄웠다.

리멘 교단
● 주신(主神): 태초의 여신 - 리멘
● 출신 차원계: 에덴
● 정식 신도: 255명
-보유 특성-
〈자애 Lv. 2〉, 〈세례 Lv. 2〉
-산하 집단-
해당 사항 없음
★보유 신성 점수: 1,700점

여전히 뭔가 텅 비어 있는 것처럼 느껴지는 건 단순한 착각일까.

예전에 비해 달라진 거라고는 원래 〈신도〉가 표기되어야 할 자리에 〈정식 신도〉가 대체하고 있다는 것 정도가 전부인 듯하다.

레오를 에덴에서 데려오고, 축성소를 짓는 등등의 이유로 신성 점수가 남아나긴 않았기 때문에 벌어진 상황이었다.

"슬슬 내실을 좀 채울 때가 되었긴 했지."

에덴에서 추가 인원을 데려오면 또 신성 점수가 소비될 건 뻔하긴 하지만, 그래도 저 특성들을 채울 필요가 있어 보였다.

메인 퀘스트의 완료 조건 중에 특성 레벨 합계가 10을 넘어야 한다는 조건도 있었으니 말이다.

게다가 새로운 플레이어들이 교단에 들어온 이상, 그들의 성장을 도와줄 만한 특성이 필요하기도 했으니 슬쩍 맛이나 봐 볼까?

나는 턱을 살짝 쓰다듬은 다음, 곧바로 DLC 상점을 열었다.

오랜만에 열어서 그런가, 명령어를 내뱉자마자 셀 수 없이 많은 메시지 창들이 눈앞을 가득 채웠다.

그리고 그중에서 유난히 내 시선을 사로잡은 몇 개의 메시지 창들.

총 17개의 특성과 3개의 특수 직분을 구매할 수 있습니다.
당신이 주목할 만한 특성이 있습니다!
─주목할 만한 특성: 〈계몽 Lv. 1〉★★★(강력히 구매를 권장함)
특성 〈계몽〉에 관한 정보를 표시합니다.
1. 〈계몽(★★★)〉 Lv. 1: 교단에 새롭게 입교한 플레이어들이 습득하는 모든 경험치가 180일 동안 30프로 증가한다. 해당 효과는 다른 특성들과 중복이 가능하며, 극히 드문 확률로 〈선지자〉를 등장시킨다. 교단 내에 〈선지자〉가 등장할 경우 해당 효과가 3배로 적용된다.
*가격: 10,000DP

"오."

간만에 잭팟이 터졌다.

⁂

RPG 게임을 접해 봤던 사람이라면 '경험치 증가'라는 효과가 얼마나 희대의 사기 효과인지 쉽게 이해할 수 있다.

일단 기본적으로 시스템에는 플레이어 레벨 같은 개념은 존재하지 않는다.

대신 능력치와 스킬에 각각 경험치가 존재하며, 레벨이 존재하는 개념이다.

나 역시 에덴에서 시스템을 통해 빠르게 성장할 수 있었던 덕에 시스템에 대한 이해도는 높다고 자부한다.

지구에 돌아와서 다른 플레이어들의 시스템도 나와 근본

적으로 다르지 않다는 것도 확인했으니, 아마 이 효과를 확인한 다른 플레이어들의 반응도 나와 비슷할 것이다.

기본적으로 능력치와 스킬 레벨은 관련된 행위를 했을 때 경험치가 축적되는 형식이다.

이를테면 〈힘〉이라는 능력치는 말 그대로 힘을 쓰는 일을 반복할수록 경험치가 축적되며, 그 경험치가 일정량을 달성하면 레벨이 오르는 개념.

다른 능력치나 스킬도 마찬가지다.

경험치 1에 해당하는 행위를 했으면 정직하게 1이 오르는 것이 정상인 것인데.

"경험치가 복사가 된다?"

저 〈계몽〉이라는 교단 특성만 있다면 1이 1.3으로 둔갑하는 마술이 펼쳐진다.

비록 입교자에 한해 180일만 적용되는 특성이라고 할지라도, 막 각성한 플레이어들에게는 진짜 말도 안 되는 특전인 것이다.

대부분의 레벨이 시스템의 한계에 도달해 있는 나에게는 별로 도움이 되지는 않는 특성이지만, 앞으로 우리 교단에서 성장해 나갈 플레이어들에게는 정말 기적에 가까운 특성이었다.

한마디로 어떻게든 손에 넣어야 하는 특성.

"……문제는 가격인데."

에덴에서 레오를 데려오면서 지불했던 신성 점수가 2,500점이다.

그에 비해 이 〈계몽〉 특성은 무려 4배의 가격인 1만 신성 점수나 요구하고 있었다.

아까 전에 확인한 내 잔여 점수는 고작 1,700점.

저 머스트 해브 특성을 구매하기 위해서는 무려 8,300점이나 부족한 상황이었다.

"성하. 혹, 금전적인 고민을 하고 계시는 겁니까. 그런 것이라면 괜찮은 방법을 알고 있습니다."

머릿속에 있는 말이 무의식적으로 흘러나온 것 같은데, 그 말을 들은 레오가 눈을 빛내면서 나에게 말했다.

나는 대충 손을 내저으려다가 곧 레오의 말에서 위화감을 느꼈다.

지구에 온 지 1달도 안 된 녀석이 어떻게 돈을 벌 방법을 알고 있다는 걸까.

"괜찮은 방법?"

"그렇습니다."

자신있게 말한 레오는 다시 한번 나에게 스마트폰을 건네 주며 말을 이어 갔다.

"이 영상입니다. 제가 가만히 영상을 보니, 거래소라는 곳에서 헌터 코인이라는 화폐를 구매하면 돈이 복사가 된다고 하더군요. 참 신기하지 않습니까? 숨만 쉬어도 부자가 될 수 있다니, 지구는 정말 굉장한 곳인 것 같습니다."

레오의 스마트폰에는 아주 자극적인 제목의 영상이 재생되는 중이었다.

[100만 원으로 10억 만들기, 헌터 코인? 이거 존버하면 무조건 떡상합니다. 지금이 저점입니다.]

"레오야."

"예, 성하."

"그냥 보던 거 계속 혼자 보세요. 아시겠죠?"

"예, 알겠습니다."

괜히 관심을 가져 준 내 잘못이지.

나는 다시 스마트폰에 시선을 집중하는 레오를 바라보며 한숨을 내쉰 다음, 오른손으로 이마를 짚으면서 다시 눈앞의 메시지 창으로 시선을 돌렸다.

신성 점수 보유량: 1,700점]
〈교세 확장 – 대비〉 퀘스트를 완료하기 전까지 신성 점수 획득량이 줄어듭니다.

신도가 늘어나면서 신성 점수도 폭발적으로 증가할 줄 알았는데, 막상 까 보니 그게 아니었다.

신도 수가 10만을 돌파하기 전까지는 빠르게 쌓이던 신성 점수가 정체 현상을 보이기 시작한 것이다.

메시지를 확인해 보면 메인 퀘스트를 완료하기 전까지는 계속 이런 식일 것 같은데……

도대체 8,300점을 어디서 모으냔 말이지.

차라리 몰랐더라면 지금처럼 아쉽지도 않았을 텐데, 막상 저 말도 안 되는 특성을 보니까 욕심이 생긴다.

그렇게 내가 메시지 창을 한참 동안 들여다보면서 고민을 하고 있을 때였다.

서브 퀘스트가 발생합니다.

작은 구원

● 종류: 서브 – DLC

● 설명: 당신의 교단은 지구에서 빠른 속도로 세를 확장하고 있습니다. 아직까지 온전한 신앙의 기틀을 마련하진 못했으나, 당신이 신의 뜻에 따라 행한 기적은 누군가에게는 간절한 소망으로 자라났을 겁니다. 그리고 그 소망을 품은 자들 중 누군가에게 〈선지자〉로서의 가능성이 피어올랐습니다.

교황이시여. 신의 뜻을 전하는 〈선지자〉는 신의 품으로 들어오기 전까지 불우한 운명 속에서 살아갑니다. 지구에 등장한 최초의 선지자를 찾아 교단에 귀의시킬지 말지를 결정하는 것은, 어디까지나 첫 번째 사도인 당신의 몫입니다.

● 완료 조건

– 최초의 선지자 〈???〉를 찾아 교단에 입교시키십시오.

● 보상: 교단 특성 〈계몽 Lv. 1〉, 신성 점수 3,000점

*본 퀘스트는 반드시 수행할 필요가 없는 퀘스트입니다.

**제한 시간: 3일

내가 잊고 있었다.

이 시스템이라는 놈이 어떤 방식으로 사용자를 조련하는 지를 말이다.

나에게 필요한 것을 일부러 부족하게 만들고, 서브 퀘스트 라는 명목으로 유도시키는 것.

안 하면 손해를 볼 수밖에 없는 구조를 만들어 둔 채로 그 것을 〈서브 퀘스트〉라고 말하는 악랄함.

수행하지 않는다고 해서 메인 퀘스트를 진행하지 못하는 건 아니지만, 분명히 지장이 간다.

그렇기 때문에 나는 그리 길게 고민하지는 않았다.

"수락한다."

서브 퀘스트 〈작은 구원〉을 수락하셨습니다.

못 먹어도 고라고, 저 말도 안 되는 특성을 무료로 얻을 수 있는 기회를 놓칠 수야 있나.

✿

사실, 〈선지자〉라는 단어는 나에게 있어서 그렇게 어색한 개념은 아니었다.

선지자(先知者).

말 그대로 먼저 깨친 자, 이런 느낌인 건데 쉽게 표현하자면 신성력이라는 가능성을 아주 강하게 타고난 존재라고 생각하면 된다.

에덴에서는 선지자들을 주로 〈성녀〉, 〈성자〉라는 단어로 부르곤 했었다.

북방의 성자라고 불렸던 레오 역시 리멘의 선지자 중 한 명이었다.

그러니까 결국 이거다.

"지구에서 성녀나 성자를 찾아야 한다는 거잖아?"

응, 그렇지.

"어디에 있는지 알려 줘."

그게 안 될 거라는 건 누구보다 시우가 더 잘 알고 있을 거잖아.

"……그냥 답답해서 해 본 말이야."

나는 리멘의 목소리에 크게 한숨을 내쉴 수밖에 없었다.

그리고 그런 나를 리멘이 사근사근한 목소리로 위로해 주었다.

신은 그저 운명을 건네는 존재일 뿐, 운명을 결정하는 것은 선지자들의 몫이야. 내가 선지자들의 운명의 개입하는 순간, 그들은 더 이상 선지자가 아니게 돼. 섭섭해하거나 실망하지 않았으면 해, 시우.

그런 이유에서 교황청에서는 숨어 있는 선지자들을 찾아

내기 위해 일부러 사제들을 대륙의 각 지역으로 파견했었다.

리멘이 선지자들의 위치를 알려 주었다면 그럴 필요도 없었겠지만, 그러지 못한 데에는 전부 이유가 있었던 것이다.

나 역시 그 사실을 알고 있었음에도 너무 아쉬워서 징징거려 본 거다.

선지자가 대한민국에 나타났으리라는 보장은 없었기 때문에 막막하기도 했고.

시우, 실망 많이 했어?

"아냐. 단지 좀 착잡하네."

지구는 에덴과 비교했을 때 압도적인 인구를 자랑한다.

그뿐만이 아니다.

사제들을 대륙 곳곳에 파견했을 정도로 교세가 컸던 에덴에서와는 다르게, 현재로서는 사제를 파견할 여력조차 없다.

이건 마치 모래사장에서 바늘을 찾는 기분이었다.

하지만 언제나 그렇듯.

하지만 방법이 없는 건 아니야.

그녀는 나에게 친절을 베푼다.

주신좌 〈리멘〉이 당신에게 새로운 직분 〈청지기〉를 부여합니다.
인과율에 따라 해당 직분은 지구의 시간으로 3일 동안 유지됩니다. 해당 기간 동안 당신은 '최초의 선지자'의 기도를 들을 수 있게 됩니다.

우리 교황님 좀
말려 주세요

특별히 이번만이야.

"운명에 개입하면 안 된다면서?"

운명에 개입하는 건 내가 아니라 시우가 할 거잖아. 그러면 상관없지.

"이럴 거면 에덴에서도……."

거기에서는 그럴 이유가 없었잖아? 내가 굳이 알려 주지 않아도 알아서 잘 찾더라구. 그 모습이 얼마나 기특했는지! 음, 지구식 표현으로는 자연스러운 만남을 추구한다, 랄까?

레오는 그렇다고 쳐도, 도대체 리멘은 저런 말투를 어디서 배워 오는 걸까?

인욱이가 저런 말투를 썼다면 당장 응징을 해 줬겠지만, 리멘은 봐주도록 하자.

나는 미간을 살짝 찌푸린 다음, 나지막한 목소리로 물었다.

"선지자의 기도는 어떤 식으로 들리는 건데?"

그냥 귓가에 누군가 속삭이는 것처럼 들릴 거야. 만약에 선지자의 운명을 지닌 아이가 기도를 하지 않는다면, 들리지 않을 수도 있어. 시우도 다른 사람의 기도를 꽤 들어 봤지 않아?

그렇긴 하다. 지난번에 구로구 게이트에서 민수 씨의 기도를 들었던 것처럼, 에덴에서도 누군가의 기도가 들렸던 적이 있기는 하다.

하지만 그 상황이랑 지금 상황은 근본적으로 달랐다.

"그건 어디까지나 교단의 품에 들어온 사람들의 기도였고, 귀의하지 않은 선지자들의 기도는 처음이잖아. 그리고 만약에 선지자가 더 이상 기도를 안 한다면 어떻게 되는 거야?"

어떻게 되기는. 그러면 못 듣는 거지!

그걸 굳이 그렇게 해맑게 말할 필요가 있을까?

3일의 제한 시간, 그 안에 최초의 선지자가 기도를 해야만 내가 들을 수 있다라……

이거, 최악의 경우에는 퀘스트를 실패할 수도 있다고 생각해야 할 것 같다.

그렇게 내가 머릿속으로 이런저런 가능성을 따지고 있을 때쯤, 리멘이 부드러운 목소리로 말했다.

시우와 이야기를 더 나누고 싶은데, 이쪽 세계에도 일이 좀 있어서 더는 힘들겠다.

"무슨 일?"

그렇게 큰일은 아니니까 걱정하지 마. 아, 맞다. 시우한테 이야기 안 해 준 게 있다.

리멘은 잠시 뜸을 들이더니, 곧 한껏 차분해진 목소리로 말을 이어 갔다.

선지자들은 신의 품으로 귀의하기 전까지 불행한 삶을 살아가야만 해. 그것은 그들이 지닌 고결한 영혼이 인과율을 무너뜨리기 때문이야.

"가혹하네."

단지 선지자로 태어났다는 것만으로도 불행 속에서 살아가야 한다니.

그건 축복이 아니라 차라리 저주에 가까운 운명일 것이다.

그러니까 그 불쌍한 아이를 시우가 꼭 구해 줘. 알겠지?

내가 그녀의 말에 뭐라고 대답하기도 전.

신탁이 종료됩니다.

그녀와의 연결이 해제되었고, 어느새 신전 안에는 적막이 감돌았다.

"하아."

나는 한숨을 내쉬면서 자리에서 일어섰다.

그럼 이제부터 가만히 최초의 선지자가 기도해 주기를 기다리면 되는 건가.

만약 그 친구가 3일 내에 기도를 안 하면 어떻게 하지.

게다가 대한민국이 아니라 아프리카 같은 오지에 있다면, 그것도 그것대로 골치인데.

그렇게 내가 신전 밖으로 걸어 나가면서 고민에 잠겨 있을 때였다.

······주세요.

제발······ 계시다면······

갑자기 귓가에 난생처음 듣는 목소리가 들려오기 시작했다.

처음에는 당황했지만 나는 곧 그것이 '최초의 선지자'의 기도라는 것을 알아차릴 수 있었다.

방금 전까지 했던 모든 고민이 한순간에 녹아내리는 기분이었다.

그러나 나는 곧 귓가에 들려오는 그 목소리가 어딘가 잘못되었다는 것을 깨달았다.

저는 죽어도 좋으니까 제발.

……우리 불쌍한 아빠, 제발 아빠 좀 살려 주세요…… 제발요.

그리고……

그건 단순한 〈기도〉가 아니었다.

경건함이라고는 도저히 찾아볼 수 없는, 절규에 가까운 목소리.

변성기조차 지나지 않은 어린아이의 목소리가 자꾸만 내 머릿속을 파고든다.

리멘님이 정말로 이 세상에 계시다면…… 저희 아빠를 이렇게 만든 사람들이 반드시 죗값을 치르게 해 주세요.

차라리 저주에 가까운 그 목소리에 나는 주먹을 꽉 움켜쥐었다. 그리고 낮은 목소리로 말했다.

"레오, 갈 곳이 있다."

내 부름에 한쪽에서 대기하고 있던 레오가 조용히 대답한다.

"바로 모시겠습니다."

시간은 밤 11시. 외출하기에는 다소 늦은 시간이었음에도 레오는 이유를 묻지 않았다.

내 얼굴을 잠시 살핀 다음, 그저 고개를 묵묵히 끄덕일 뿐.

나는 의자 위에 잠시 올려 두었던 검은색 장갑을 손에 끼면서 말했다.

"성자를 데리러 간다."

작은 구원

처음에는 내가 리멘으로부터 능력을 부여받자마자 우연히 기도가 들렸다고 생각했다.

하지만 나는 그것이 우연이 아니었다는 것을 금세 깨달을 수 있었다.

제발 우리 아빠를 살려 주세요. 차라리 저 같은 놈을 대신 데려가시고……

눈을 감으면 한 소년의 모습이 흐릿하게 보인다.

병원의 응급실로 보이는 곳, 병상에 누워 있는 한 남자의 손을 부여잡고 간절히 기도하는 소년.

우리 시연이의 또래쯤 되어 보이는 그 소년은, 그저 내가 직분을 부여받는 타이밍에 맞춰 '우연히' 기도를 했던 게 아니다.

우리 아빠…… 우리 아빠에게도 기적을……

소년은 훨씬 전부터 기도를 해 왔던 것이다.

그리고 소년의 그 간절한 기도가 이제야 내 귀에 들어온 것이고.

나는 눈살을 찌푸린 다음, 조용히 창문 밖을 바라보았다.

투둑-.

옅은 빗줄기가 창문을 두드리는 중이었다.

"원래는 레오랑 둘이 뛰어갈 생각이었는데, 덕분에 편하게 갑니다. 고맙습니다, 김 팀장님."

"하마터면 내일 아침 '서울의 밤을 위협하는 괴생물체 출현?' 같은 자극적인 헤드라인의 기사가 나올 뻔했습니다."

"그것도 그것대로 재밌지 않을까요?"

"……요새 제가 머리가 빠져서 병원에 가 보니, 스트레스성 탈모라고 하더군요. 하하……."

사실상 이제 내 전담 비서처럼 느껴지는 우리 김동식 팀장님은 내가 집에 들어가야지만 퇴근을 한다고 했다.

당연히 내가 늦게까지 신전에 있었기 때문에 퇴근을 못 했고, 밤길을 나서려던 우리를 목적지까지 데려다주기로 한 것이다.

만약 김 팀장이 없었어도 우리는 목적지까지 뛰어갈 계획이었다.

목적지는 수원에 위치한 어느 대학병원의 응급실.

소년의 간절한 기도가 들린 순간, 소년이 어디에 있는지 단박에 알겠더라.

리멘으로부터 부여받는 권능의 효과는 굉장하다고밖에 할 수 없었다.

"앞으로 일찍 일찍 집에 들어가야겠네요. 김 팀장님 부인분께서 저를 되게 싫어하시겠어요."

"자랑스러워합니다."

"예?"

"제가 시우 님을 돕는 걸 굉장히 자랑스러워합니다. 제 와이프도 이능관리부 출신이라서 그럴지도 모르겠습니다."

그 말에 기분이 묘해지는 건 왜일까?

나는 뭐라고 말할지 머뭇거리다가, 등받이에 몸을 기대면서 말했다.

"시간 나면 제가 식사라도 대접해 드리겠습니다."

"말씀만으로도 감사합니다. 시우 님, 목적지에 도착했습니다."

"……금방 왔네요."

"시급한 일인 듯하여 좀 밟았습니다. 저는 주차하고 뒤따라 들어갈 테니, 먼저 들어가시지요."

"퇴근하셔도 되는데."

"걱정하지 마십시오. 추가 근무 수당이 제법 짭짤합니다."

김 팀장의 말에 나는 고개를 살짝 끄덕인 다음, 레오와 함께 차에서 내렸다.

그러자 곧 대학병원의 현관이 눈에 들어오기 시작했다.

"들어가자."

"예, 성하."

병원 내부로 들어서자 병원 특유의 소독약 냄새가 느껴졌다.

옛날이나 지금이나 병원과는 원체 친하지 않아서 어색한 기분.

레오는 처음 와 보는 병원이 사뭇 신기한 듯 힐끔힐끔 주위를 둘러보았지만, 크게 내색은 하지 않았다.

그렇게 우리는 조용히 응급실로 향했다.

그러나 잠시 후.

"보호자가 아니시면 들어가실 수 없습니다."

응급실 앞을 지키고 있던 병원 직원이 우리를 막아 세웠다.

……전혀 예상치도 못했던 장애물이었다.

나는 난감한 미소를 지으면서 직원에게 말했다.

"안에 환자를 좀 보러 왔습니다."

"환자의 이름이 어떻게 됩니까?"

외통수였다.

내가 이름을 알 리가 있나. 그저 목소리랑 생김새 정도만 알 뿐이지.

"그러니까……."

대답을 머뭇거리자 직원이 나를 의심스럽게 쳐다본다.

허리 쪽에 있는 무전기에 손을 가져다 대는 걸 보면 여차하면 경비를 부를 모양이다.

일단 뭐라고 말이라도 해 보자.

"저희 나쁜 사람 아닙니다. 단지 그냥 응급실에 계시다는 형제님들 보러……."

"그러니까, 그 환자분의 이름이 어떻게 됩니까?"

"글쎄요. 이름이…… 중요할까요?"

내 위트에도 불구하고 직원은 가차 없이 무전기를 입으로 가져갔다.

"……응급실 쪽으로 경비 인력 좀 보내 주십시오. 이상한 외부인들이 응급실 진입을 시도 중입니다."

정말이지 직업의식이 투철한 직원이 아닐 수 없었다.

그렇게 우리가 꼼짝없이 경비 인력들에게 잡혀가려던 찰나.

"이능관리부에서 나왔습니다."

순식간에 주차를 끝낸 김 팀장이 나타나서 상황을 정리하기 시작했다.

김 팀장은 품속에서 능숙하게 공무원증을 꺼내면서 말했다.

"저희 측에서 이분들의 신분을 보증해 드릴 테니, 출입을 허가해 주셨으면 합니다. 급한 용무입니다."

"혹시, 아까 전에 피를 흘리며 들어온 환자가 문제라도 저지른 겁니까?"

"그것은 기밀이라 말씀해 드릴 수 없습니다. 협조해 주시면 감사하겠습니다."

이능관리부가 끗발이 밀린다고 하지만, 일반인들에게는 꽤 무서운 조직인 모양이다.

방금 전까지만 하더라도 우리를 의심하고 있던 직원이 서둘러 몸을 비켰다.

직원의 겁먹은 표정에 나는 김 팀장의 귓가에 조용히 속삭였다.

"이거 권력 남용으로 민원 들어오는 거 아닙니까?"

"시우 님께서 사고만 안 치시면 됩니다."

"……아, 예."

그래도 김 팀장이랑 오기를 잘했다.

나랑 레오만 왔다면 응급실 무단 침입으로 경찰서에 끌려갈 뻔했다.

나는 고개를 살짝 끄덕인 다음, 천천히 응급실 안으로 들어섰다.

"저기 보이네."

"참으로 순수하고, 참으로 아름다운 씨앗입니다."

기도의 주인공은 그리 먼 곳에 있지 않았다.

응급실에 들어서자마자 보이는 병상 하나.

한 남성이 병상 위에서 눈을 감은 채 누워 있었고, 자그마한 남자아이 하나가 옆에서 남자의 손을 잡은 채로 눈을 감고 있었다.

나는 조용히 그 아이를 향해 다가섰다.

그리고 부드럽게 아이의 머리 위에 손을 올리면서 말했다.

"안녕?"

그러자 소년이 슬며시 눈을 떴다.

계속 울었는지 눈두덩이는 부어 있었고, 눈 역시 충혈되어 있었다.

그 모습이 얼마나 안쓰럽던지.

"……어?"

소년은 한참 동안 눈을 껌뻑이면서 나를 쳐다보았고, 나는 그런 소년의 머리를 쓰다듬어 주면서 말했다.

"기도를 듣고 왔어. 늦게 와서 미안해."

진승우.

계속해서 기도를 하고 있던 그 소년의 이름은 진승우였다.

승우가 손을 꼭 잡고 있던 남자는 승우의 아버지였고.

승우의 아버지는 상태가 좋지 않았다.

그의 몸 곳곳에 칼에 베인 자상들과 마력에 의해 손상되었다는 것을 증명하는 마력흔이 남아 있는 상태였다.

"이곳에 도착했을 때는 이미 호전되기 힘든 상황이었습니다. 지혈 등의 외과적 응급조치는 취했지만, 마력으로 인한 손상이 극심한 탓에 추가적인 조치는 취하지 못했습니다."

이능관리부에서 나왔다는 소식을 들었는지, 의사가 우리 앞에서 환자의 상태를 브리핑하고 있었다.

"뭐 하나만 물어보겠습니다."

의사의 브리핑을 가만히 듣고 있던 김 팀장이 눈살을 찌푸리면서 의사에게 물었다.

"종합병원급 이상의 의료 기관에서는 반드시 마력 해독에 필요한 장비들을 보유해야만 하는 것으로 알고 있는데, 왜 조치를 취하지 않은 겁니까?"

김 팀장의 질문에 의사는 난처한 표정으로 대답했다.

"저희 병원에도 당연히 있습니다. 하지만……."

"치료비 때문이군요."

"……죄송합니다. 아시다시피 마력 해독에 소비되는 치료제들의 가격이 어마어마한 편이라, 상부의 허가나 치료비 선결제 없이는 조치를 취할 수가 없습니다."

"허."

나는 그 말에 헛웃음을 내뱉을 수밖에 없었다.

어쩌면 내가 귀환하고 나서 사회의 겉면만 보아 왔던 것일지도 모르겠다.

치료할 수 있음에도 치료하지 않는 상황.

그러나 무작정 병원 측을 탓할 수만도 없었다.

"게다가 진서준 환자는 아직까지 납부하지 못한 치료비도 상당한 탓에 저희로서는 어쩔 수 없었습니다."

"납부하지 못한 치료비요?"

"저 때문이에요."

의사의 말을 받은 건 다름 아닌 승우였다.

승우는 고개를 푹 숙인 채로 힘겹게 말을 이어 갔다.

"제가 아파서, 아빠가 쉬지 않고 일하셨거든요. 다 저 때문이에요. 아빠는……."

물기에 젖은 목소리.

그 목소리에 나는 그저 씁쓸하게 웃으면서 녀석의 머리를 다시 한번 쓰다듬었다.

"다 괜찮을 거야."

"시우 님. 저희 쪽에서 비용을 처리해 드릴 테니, 지금 당장 수술에 들어가시는 게 어떻겠습니까?"

김 팀장의 말에 나는 손을 내저으면서 말했다.

"그렇게까지 민폐를 끼칠 수는 없죠."

"하지만 지금 조치하지 않는다면 이 환자는……."

김 팀장은 승우를 보면서 말끝을 흐렸다.

나도 안다.

마력이 내장까지 퍼지게 되면 승우의 아버지는 죽을 수밖에 없다.

"이능관리부에서 원하신다면 상부에 보고 후, 곧바로 조치를 취해 드리도록 하겠습니다."

우리의 대화를 듣고 있던 의사가 말했다.

나는 그런 그를 향해 피식 웃으면서 대답했다.

"이게 그렇게 간단하게 해결된 문제였던 겁니까?"

"시우 님, 지구에서는 마력 손상을 치료하는 게 쉽지가 않은 일입니다."

김 팀장의 말에 나는 힘없이 입꼬리를 올리면서 말했다.

"이런 걸 볼 때마다 이곳이 지구란 게 실감이 납니다."

그저 사회를 포장하는 겉모습만 바뀌었을 뿐, 본질은 바뀌지 않은 것 같다.

솔직히 나는 사회구조니, 복지니, 이런 데에 큰 관심은 없다.

에덴으로 건너가기 전에도 먹고살기에 바빴으니까.

다만.

"그냥, 제 눈에 거슬려서 그렇습니다. 입맛이 쓰네요."

이런 식으로 적지 않은 사람들이 죽어 나갔을 거라는 생각에 기분이 좋지 않았을 뿐이다.

내 말을 들은 의사가 조심스럽게 입을 열었다.

"치료를 곧바로 시작하겠습니다."

"그쪽 분들은 그냥 지금까지 그랬던 것처럼 가만히 계세요. 어차피 당신들이 나섰어도 완쾌는 못 시켰을 테니까."

자존심이 상했는지, 의사는 표정을 찌푸리면서 말했다.

"저희 병원의 마력 중독 치료는 대한민국에서도 알아주는 수준입니다."

"그 알아주는 수준으로 사람 죽어 가는 걸 보고 있었다는 뜻으로 받아들여도 되겠습니까?"

"……그건."

"레오, 바로 끝낼 거니까 사람들 접근 못 하게 막아."

"예, 성하."

레오는 고개를 작게 끄덕였고, 승우를 포함한 나머지 인원들이 병상에서 멀어지게 만들었다.

"지금 뭐 하시는 겁니까!"

"뭐 하고 있긴. 당신들이 못 하는 거."

내 손에서 흘러나온 하얀빛의 신성력이 승우 아버지의 몸속으로 스며들었다.

마력 부상은 에덴에서 비교적 흔한 부상에 속했다.

외과적인 수술은 당연히 지구와 비교도 할 수 없이 열악한 수준이었지만, 마력 부상에 있어서 만큼은 지구보다 훨씬 뛰어났던 건 사실이다.

디멘션 오프닝 이후로 지구의 의학이 어떤 식으로 발전했는지는 잘 모르겠다만, 적어도 에덴에서는 승우 아버지가 입은 부상은 어렵지 않게 치유할 수 있는 수준이었다.

우우우우웅--!

신성력이 병상에 누워 있는 승우 아버지의 몸속을 빠르게 돌아다닌다.

외상은 이미 병원에서 적절한 조치를 취해 뒀기 때문에 자연 회복력만 높여 주면 끝날 문제다.

그리고 곳곳에 남아 있는 마력의 잔재들 역시 신성력에 의해 빠른 속도로 사그라들 것이다.

하지만 내가 찾는 건 따로 있었다.

아까 전부터 느껴졌던, 불쾌하면서도 음습한 기운.

"……찾았다."

사악한 마기가 감지됩니다.

그것은 분명한 마기였다.

검에 의한 자상들과 마력흔들 사이에서 존재감을 숨기고

있던 마기.

신성력을 감지한 마기가 상처에서 튀어나와 재빠르게 사방으로 확산하고자 했지만.

화르르륵-!

마기는 곧 내 신성력에 의해 흔적도 없이 불타올랐다.

"교황 성하, 이건…….''

"아무래도 마기 사용자들한테 당한 것 같다."

인간의 몸에 타인의 마기가 침투하는 경우는 단 한 가지뿐이다.

마법이든, 검이든.

마기 사용자의 공격에 노출된 경우.

이 경우는 자상이 분명한 상처가 남아 있었으니, 검을 주무기로 사용하는 플레이어에게 당한 상처일 것이다.

그러자 문득 아까 전에 승우가 빌었던 기도의 내용이 떠올랐다.

아빠를 이렇게 만든 사람들이 죗값을 치르게 해 달라고 했었다.

그것도 어린아이답지 않은, 악에 받친 목소리로.

"승우야."

내 부름에 승우가 아버지의 손을 꽉 쥔 채로 대답했다.

"……네."

"아버지는 이제 괜찮으실 거야. 그러니까 우리에게 네 이야기를 좀 들려줄래? 누군가가 죗값을 치르게 해 달라는 기도를 들었어."

내 질문을 다르게 받아들인 걸까?

승우는 고개를 푹 숙이면서 말했다.

"사실…… 아빠만 괜찮으면, 용서……할 수 있어요."

"우리 승우 되게 똑똑하네? 용서란 말은 또 어디서 배웠어."

"예전에, 엄마 따라서 교회에 나갔을 때 배웠어요. 죄인도 용서해야 한다고."

"음, 우리 교단에서도 용서를 가르치기는 하지만, 그보다 먼저 배우는 교리가 있어."

나는 의자를 끌어와 승우의 앞에 앉았다.

그리고 나지막한 목소리로 말했다.

"악을 보고서 지나치지 말라, 방관 역시 악으로의 길일지니."

마기를 보고서 그냥 지나칠 수야 있나.

그리고 이렇게나 작고 착한 소년이, 그리도 처절하게 기도하는 것을 들은 순간, 이미 그냥 지나칠 생각은 없었다.

"무슨 일이 있었는지 나에게 말해 줄래?"

❧

비극의 시작은 5년 전, 디멘션 오프닝 때부터였다고 했다.

세상에 몬스터들이 등장하고, 곳곳에서 이상 현상이 발생하기 시작했을 때, 대한민국의 평범한 어린이였던 승우에게 이유를 알 수 없는 기면증이 찾아왔더랬다.

병원에서조차 원인을 알아내지 못한 기면증.

현대 의학으로는 손쓸 방법이 없었고, 일부 플레이어들이 생산해 내는 마력 물약을 복용하는 것만이 유일한 방법이었다던가.

그리고 그것은 어디까지나 병이 악화되는 것을 막아 주는 임시방편이었을 뿐, 승우의 상태는 호전되지 않았다.

게다가 마력 물약은 개인이 구매하기에 부담스러운 가격대를 형성하고 있었다고 한다.

불행 중 다행으로 승우의 아버지인 진서준 씨가 플레이어로 각성하긴 했으나, 진짜 문제는 거기서부터 시작한다.

"기록은 있습니다. 진서준. 3년 전 E급 헌터 자격증을 발급받았으며 배우자는 2년 전 부산 게이트에서 사망…… 공식 기록은 이 정도가 끝이군요."

"최근에는 어디서 일했는지, 그런 건 알 수 없습니까?"

승우는 최근 들어 아버지가 부쩍이나 힘들어했을 뿐만 아니라, 집으로 무서운 아저씨들이 몇 번이나 찾아왔다고 말했다.

아마 그놈들이 현 상황과 관련되어 있을 가능성이 높았다.

그래서 김 팀장에게 확인을 부탁했지만, 결과는 썩 만족스럽지 못했다.

김 팀장은 내 질문에 고개를 끄덕이면서 대답했다.

"이런 경우가 종종 있습니다. 합법적으로 운영되는 길드들도 많지만, 편법과 불법의 경계에 있는 길드들에서 일하는 경우입니다. 대형 길드에서 일하기 힘든 E급 헌터들의 경우, 높은 보수 때문에라도 그런 곳에서 일하는 경우가 대부분인 걸로 압니다."

"당장 알 수 있는 방법은 없다는 이야기네요."

"죄송합니다."

"김 팀장님이 죄송하실 건 아니죠."

나는 울다 지쳐 잠든 승우의 머리를 조용히 쓸어 주면서 한숨을 내쉬었다.

내가 지구로 귀환한 이후 너무 밝은 것들만 보아 왔는지도 모르겠다.

자식의 약값 때문에 빚을 지고, 그 빚을 핑계로 끝없이 착취당하는, 몇 걸음 뒤에 이리도 차갑고 비참한 현실이 기다리고 있었는데 말이다.

어쩌면 리멘이 나에게 능력을 잠시 부여한 것도 이런 현실을 직접 마주하라는 뜻이 아니었을까.

"하지만 예상이 가는 곳이 하나 있습니다."

김 팀장은 그렇게 말하며 나에게 태블릿 PC를 건네주었다.

화면의 가장 상단에는 〈YB〉라는 단어가 적혀 있었는데, 나는 곧 그것이 길드의 이름이라는 것을 깨달을 수 있었다.

그리고 제목 밑에는 곧 그 YB 길드에 관한 특이 사항들이 적혀 있었는데, 워낙 그 특이 사항들이 대단한 탓에 나는 헛 웃음을 터뜨릴 수밖에 없었다.

−수원을 기반으로 삼던 '연백파'가 YB 길드의 전신이며, 현재까지 총 42건의 범죄 행위에 연루되어 있음. 길드 서열 2위인 '하이브' 길드와 모종의 관계를 맺고 있을 가능성이 농후함. 동시에 국내의 마약 유통에도 손을 뻗었을 가능성을 배제할 수 없으므로 수사 인력 배정이 필요.

한마디로 조직 폭력단을 전신으로 하는 길드란 소리다.

아무리 인간의 적응력은 위대하다지만, 깡패 새끼들조차 이 사회에 적응했을 줄이야.

아니지.

생각을 조금 해 보면, 저런 부류의 인간들이야말로 누구보 다 이 사회에 쉽게 적응을 했을 것 같긴 하다.

플레이어, 그것도 전투 능력을 지닌 헌터들에게 많은 권한 이 집중된다면 자연스레 힘의 논리가 강하게 작용할 수밖에 없을 것이다.

그리고 그런 사회에서는 불한당들이 득세하는 것 역시 당연한 절차였다.

에덴에서도 세상이 멸망하든 말든, 산적 무리들이 기승을 부렸던 걸 생각하면 더더욱이 그랬다.

"시우님."

내가 태블릿 PC를 살피면서 표정을 찡그리고 있을 때쯤, 가만히 나를 지켜보던 김 팀장이 말했다.

"날이 밝으면 곧바로 전담 수사팀을 발족시켜서 강도 높은 수사를 펼치겠습니다. 저희를 한번 믿어 주시는 게 어떻겠습니까?"

그것은 단순히 나를 막기 위해서 하는 말은 아니었다.

나를 바라보는 김 팀장의 눈에는 걱정이 가득 묻어 나오고 있었기 때문이다.

그리고 나 역시 그가 어떤 부분을 걱정하고 있는지, 충분히 이해할 수 있었다.

이건 지난번에 그라운드 제로에서 흉악범들을 상대했던 것과 전혀 다른 문제였으니까.

하지만 나는 이번만큼은 김 팀장의 뜻에 따라 줄 생각은 없었다.

"문서를 보니 대충 1년은 넘게 해 처먹은 놈들인 것 같은데, 아침이 밝는다고 크게 달라지는 게 있겠습니까?"

"누군가는 사적 제재라고 비난할 수 있습니다. 저 역시 국가 조직에 속한 사람으로서, 그걸 좌시할 수는 없습니다. 시우 님께서 그들을 처벌하고 싶으시다는 건 잘 알고 있……."

"단순히 그것 때문만은 아닙니다."

아까 전에 보았던 응급실의 CCTV 영상을 떠올렸다.

입고 있던 옷이 전부 피로 물들었지만, 승우의 손을 꼭 잡고 응급실로 들어왔던 진서준 씨의 모습이 담겨 있던 영상.

진서준 씨는 응급실로 들어서자마자 정신을 잃고 쓰러졌었다.

의사의 말로는 당장 기절했어도 이상하지 않은 상처였다고 한다. 그럼에도 진서준 씨는 승우까지 챙긴 채로 응급실에 도착했던 것이다.

"그들에게 쫓기고 있었을 겁니다."

그들의 정체는 진서준 씨의 몸을 파고들었던 마기와 관련되어 있을 가능성이 높을 것이다.

그리고 그 가능성은 곧 한 가지 결론에 도달한다.

"아무래도 진서준 씨가 보지 말아야 할 것을 본 모양입니다."

내 말을 들은 김 팀장의 표정이 급격하게 어두워지더니 서둘러 스마트폰을 들어 올리며 말했다.

"제가 생각이 짧았습니다. 지금 즉시 병력 파견을 요청……."

"아, 그건 괜찮습니다. 병력이 필요한 건 아니거든요."

"예?"

김 팀장이 눈을 둥그렇게 뜨면서 당황하고 있을 때, 잠시 밖에 나가 있었던 레오가 응급실로 들어섰다.

그리고 나에게 다가와서 조용히 말했다.

"교황 성하께서 명령하신 대로 밖에서 응급실을 주시하고 있던 둘을 무력화시켜 두었습니다. 둘 다 마기를 보유하고 있었으니, 나와서 직접 심문하시면 될 듯합니다."

"고생했다. 둘 말고는 더 없었지?"

"그렇습니다."

레오의 보고에 나는 고개를 작게 끄덕인 다음, 의자에서 일어났다.

그리고 김 팀장에게 말했다.

"걱정해 주셔서 감사합니다. 뭐…… 논란만 안 만들면 되지 않겠습니까? 예를 들면 논란이 될 만한 걸 아예 흔적도 없이 없애 버린다거나."

"시우 님?"

"농담입니다. 걱정하실 일 없게 최대한 노력은 해 보겠습니다."

내 말에 김 팀장은 한숨을 푹 내쉬면서 고개를 가로저었다.

"……아무래도 내일 병원에 가서 탈모약을 처방받을까 합니다."

"조만간 제가 좋은 선물 하나 드리겠습니다."

미안해서 큼지막한 신성석을 박은 건강 팔찌라도 선물해 줘야겠다.

그건 김영란법에 안 걸리지 않을까?

※

나는 눈앞의 10층짜리 으리으리한 사옥을 바라보면서 눈 살을 찌푸렸다.

지어진 지 얼마 안 된 게 분명한, 꽤 모던한 느낌의 사옥.

한밤중인데도 10층짜리 건물 전체에 불이 들어와 있는 모 습은 충분히 위화감을 조성하고 있었다.

"그러니까 여기에 너희를 보낸 사람이 있다는 거잖아."

끄덕.

"태도가 좀 마음에 안 든다? 네 친구처럼 되기 싫으면 좀 적극적으로 협조해 봐."

끄덕끄덕끄덕.

레오가 병원 앞에서 잡은 두 놈.

녀석들은 내가 생각했던 것보다 훨씬 대담한 놈들이었 다.

10분간의 짧고 굵은 심문 끝에, 나는 녀석들이 진서준 씨 를 죽일 목적으로 왔다는 사실을 알아낼 수 있었다.

아무리 세상이 이렇게 변했다지만, 대학병원의 응급실까

지 찾아와서 죽일 생각을 할 줄이야.

대담하다 못해, 아주 그냥 막 나가는 놈들이었다.

그것은 그만큼 진서준 씨가 알아낸 사실이 녀석들에게는 아주 치명적인 약점이 될 수 있는 정보라는 것을 의미했다.

진서준 씨가 깨어날 때까지 기다린 다음에 움직이는 것도 한 가지의 방법이긴 했지만, 그건 내가 선호하는 방식은 아니라서 말이다.

"그래도 덕분에 잘 찾아온 것 같다."

"끄으으으으윽."

나는 내 앞에서 버둥거리는 남자의 가슴팍을 발로 짓밟으면서 고개를 끄덕였다.

길잡이가 있는데 굳이 먼 길로 돌아갈 필요가 있나.

두 놈 중 한 놈은 병원에 있던 나무 밑동 쪽에다가 깔끔하게 심어 두고 왔다.

혹시 몰라서 신성 결계까지 쳐 뒀으니, 누가 훔쳐 갈 일은 없을 것이다.

"자, 마지막 기회야. 이번에 입 열게 해 줄 테니까, 내가 묻는 질문에 성실하게 대답하는 거야. 충분히 알아들었지?"

끄덕끄덕끄덕끄덕.

내 경고에 녀석은 격렬하게 고개를 끄덕였고, 나는 씨익 웃으면서 녀석의 입을 막고 있던 신성력을 거두어들였다.

"지금 저 건물에 있는 인원의 숫자는 얼…… 아니다, 어차피 숫자가 중요한 게 아니지. 퍼센테이지로 따지자. 총 전력의 몇 퍼센트 정도 모여 있냐?"

"칠, 칠십 프로! 칠십 프로라고 생각하시면 됩니다. 오늘 물건이 나가는 날이라서 저렇게 밝은 겁니다."

"물건이라면 아까 말해 준 그거냐? 마시면 각성자로 만들어 준다는 그거?"

"맞습니다."

심문 과정에서 아주 흥미로운 이야기를 들었다.

녀석들이 소속된 YB 길드가 2주 전부터 VIP 고객들에게만 판매한다는, 일명 〈각성의 비약〉에 관한 이야기.

처음에는 반신반의했다.

누군가를 각성자로 만들어 주는 건, 여전히 세계 최강대국인 미국조차도 불가능한 일이라고 들었으니까.

하지만 나는 그 〈각성의 비약〉의 정체에 대해서 빠르게 알아차릴 수 있었다.

"너희가 유통한다는 마약이 그 마약일 줄은 몰랐지."

마약(痲藥)이 아니라 진짜 마약(魔藥)이었던 모양이다.

말 그대로 마기가 담긴 약.

"마약을 유통시켜서 세력을 불린다라…… 꽤 상큼한 계획이잖아?"

마왕 놈들이 에덴에서 마물과 마족들을 중심으로 세력을 넓혀 나갔던 것과 비교하면 굉장히 세련된 방법이라고 할 수 있었다.

에덴에서는 마기를 얻기 위해서는 마족과 직접 계약을 하는 방법뿐이었는데, 복용하는 것만으로도 마기를 보유할 수 있는 약을 개발하다니.

확실히 세련된 방법이었다.

어찌 보면 지구에 훨씬 잘 어울리는 모양새기도 했고.

어떤 놈인지는 모르겠지만, 꽤 똘똘하게 머리를 굴린 모양이다.

"70프로가 저기에 있다 치고, 그러면 나머지 30프로는 지금 어디에 있냐?"

"조달조라고 부르는 놈들인데…… 녀석들이 어디에 있고, 주로 무슨 일을 하는지는 저도 잘 모르…… 끄아아아악! 정말입니다! 정말, 정말 모릅니다. 제발……."

"알아."

"그, 그럼 왜……."

"모른다는 게 괘씸해서."

나는 그렇게 말하며 다리에 힘을 주었고, 녀석은 곧 게거품을 물며 정신을 잃었다.

"끄르르르륵."

"네가 모르면 다른 놈들한테 물어보면 되잖아?"

이 녀석은 나를 여기까지 안내해 준 것만으로도 쓸모를 다했다.

우리교황님좀
말려주세요

고작 밑에 있는 조무래기가 알면 얼마나 안다고, 쓸 만한
정보를 토해 내리라고는 기대조차 안 했다.

"70명 정도인가."

나는 건물을 바라보면서 조용히 중얼거렸다.

더 이상 안내도 필요 없는 게, 어차피 이 정도 거리면 충분
히 감지가 된다.

상대가 마기를 보유하고 있다면 더더욱.

게다가.

서브 퀘스트가 발생합니다.

[급습]

●종류: 서브 – DLC

●설명: 당신은 마기를 보유한 인간을 무력화시킨 후, 그를 심문하여 마기를
사용하는 자들의 본거지에 도착하였습니다. 저곳에서 진행되고 있는 사악한
음모를 저지하십시오.

●완료 조건: ???

●보상: 신성 점수 2,000점

시스템도 확신을 더해 준다.

나는 퀘스트 창을 닫으면서 손을 가볍게 털었다.

굳이 퀘스트가 아니었어도 깨끗하게 청소할 생각이었다.
거기에 지금 나에게 필요한 신성 점수까지 보너스로 주겠다
니, 거절할 이유가 없지.

"수락한다."

복잡하게 생각할 것 없다.

지금부터 내가 해야 할 일은 굉장히 단순하다.

에덴에서 그러했듯이.

콰아아아아아앙-!

콰아아아앙!

부수고, 또 부수는 것.

나는 닫혀 있던 건물의 문을 벽째로 부수면서 안으로 들어섰고, 곧 정문을 지키고 있던 인원들과 눈이 마주쳤다.

정문에 배치되어 있던 인원은 고작 여섯 명.

그들 모두는 나와 눈이 마주친 채로 얼어붙은 상태였다.

그 뒤로 이어진 어색한 정적.

그 짧은 정적 끝에, 그들 중 한 명이 떨리는 목소리로 말했다.

"……김시우?"

"오, 정답. 아직 질문도 안 했는데 어떻게 맞혔냐?"

"김시우가 어째서 여기-."

우드드드득.

녀석의 말은 끝까지 이어지지 못했다.

내가 순식간에 다가가서 허리를 반으로 접어 버렸기 때문이다.

신성력을 살짝 불어 넣어 정신을 깨워 둘 수도 있었지만, 그래도 단번에 나를 알아봐 줬기 때문에 그냥 내버려 뒀다.

일종의 팬 서비스라고 해야 하나.

"아까 응급실 직원은 날 몰라줘서 살짝 서운했었거든."

쿠웅.

나는 반으로 접힌 녀석의 몸을 대충 바닥에 던진 다음, 나머지 녀석들을 바라보면서 씨익 입꼬리를 올렸다.

"자, 그럼 다음 질문으로 넘어가 볼까?"

❧

연백 길드의 상무이사, 김건철은 현재 기분이 좋지 않았다.

"이 멍청한 새끼. 너 내가 일할 때는 약 빨지 말라고 그랬지?"

"삼, 삼촌. 내가 잘못했어."

"잘못하면 끝이야? 어? 현석아. 우리 제발 정신 차리고 살자. 삼촌이 부탁을 좀 할게? 응? 씨발, 도대체 언제까지 그렇게 병신같이 굴 작정이야?"

퍼어어억-!

김건철은 본인의 앞에서 무릎을 꿇은 채 빌고 있던 남자의 가슴팍을 발로 걷어찼다.

"끄으으으윽."

"내가 너한테 무리한 일을 시킨 것도 아니었잖아? 고작 키우던 개새끼 모가지 좀 꺾어 오라는 거였는데, 그게 힘들었어? 도대체 너는 할 줄 아는 게 뭐냐."

김건철은 본인의 조카를 도저히 이해할 수 없었다.

분명히 어렵지 않은 임무였다.

6개월 전부터 꽤 쏠쏠하게 부려 먹던 E급 헌터를 죽여서 입을 막는, 그들에게는 늘 해 왔던 아주 흔한 일.

B급 헌터였던 김건철에게 있어서 E급 헌터들은 언제든 죽여 버릴 수 있는 버러지들이나 다름없었다.

E급 헌터들은 헌터라고 부르기에도 아까운 전투력을 지니고 있는 놈들이었으니까.

따라서 그들을 죽이는 건 닭의 목을 비틀 듯 쉬운 일일 수밖에 없는데, 이 멍청한 조카 새끼는 그 쉬운 일조차 해내지 못했다.

"진서준이 그런 능력을 숨기고 있을 줄은 몰랐어. 삼촌도, 삼촌도 보면 놀랄 거야. 도망치는 걸 봤으면……."

짜아아악-!

김현석의 변명에 김건철은 짜증을 내면서 조카의 뺨을 후려쳤다.

"내가 회사에서는 삼촌이라고 부르지 말라고 몇 번이나 말했냐. 그리고 도대체 진서준 그 새끼가 작업장의 위치를 어떻게 알았는데?"

"어차피 작업장에 재료를 옮겨야 하니까…… 원래 오늘 그 새끼 멱 따려고 했잖아? 일 두 번 하기 싫어서 그냥 그 새끼 시켜서 작업장에 재료 옮긴 다음에, 거기서 곧바로 죽이려고 그랬지. 진짜 이렇게 될 줄은 몰랐어."

"너 이 개새끼, 오늘 그냥 나한테 한번 죽어 보……."

김건철이 김현석의 멱살을 잡고 따귀를 몇 번 더 후려치려고 할 때쯤, 저 멀리서 부드러운 음성이 들려왔다.

"김 상무님. 너무 열을 내진 마세요. 우리 김현석 팀장도 나름 생각을 하셨던 것 아니겠습니까? 어차피 진서준 씨에게 따로 사람을 붙여 뒀으니, 그가 깨어나는 일은 없을 겁니다."

그리고 곧 어둠 속에서 한 여성이 걸어 나왔다.

육감적인 몸매의 굴곡이 적나라하게 드러나는 정장과, 얼굴 없는 흰색 가면을 쓰고 있는 여성.

눈과 코만 가리는 가면이었던 탓에, 가면 밑으로 드러난 그녀의 붉은색 입술이 야릇하게 빛났다.

"오셨습니까, 조언자님."

조언자.

1달 전에 갑자기 나타나서는, 무너져 가던 연백 길드에게 〈각성의 비약〉이라는 날개를 달아 준 여자.

김건철은 조카의 멱살을 내려놓은 다음, 자리에서 일어나

정중하게 허리를 숙였다.

그러자 그녀는 하얀색 장갑을 낀 손가락을 가볍게 까닥이면서 미소를 지었다.

"피가 섞인 가족에게도 엄중한 잣대를 들이미시는 모습이 보기에 참 좋습니다. 회장님께서 김 상무님을 아끼시는 이유를 알 것 같네요."

"과찬이십니다, 조언자님. 그런데 이 늦은 밤에 이곳은 어쩐 일이십니까?"

"기적이 퍼져 나가는 순간입니다. 이런 순간은 당연히 눈에 담아야지요."

그녀는 그렇게 말하며 어두운 방 한쪽에 밀봉되어 있는 상자들을 쳐다보았다.

그러더니 곧 부드러운 말투로 김건철에게 말했다.

"김 상무님께서 아직 축복을 받지 않으셨다 들었습니다. 이유를 따로 묻지 않겠습니다. 다만, 기적을 퍼뜨리는 영광스러운 책무를 담당하신 분이 정작 기적을 체험하지 못하셨다는 게 참 안타까울 따름입니다."

김건철은 그녀가 말하는 '축복'이 무엇을 의미하는지 잘 알고 있었다.

각성의 비약을 복용하고, 새로운 힘을 손에 넣는 것.

그것이 그녀가 말하는 축복이자 기적이었으니까.

그가 몸담은 연백 길드가 각성의 비약을 유통하기 시작한

지 2주나 지났지만, 정작 김건철은 아직까지도 각성의 비약을 복용하지 않았다.

복용과 동시에 플레이어로 각성시켜 주거나, 플레이어로서의 힘을 강화시켜 줌에도 불구하고 김건철이 복용하지 않은 이유는 단순했다.

'인간을 갈아서 만들어 내는 약인데, 내가 뭘 믿고 처먹어? 미친년.'

그는 이 약이 무엇으로 만들어지는지 알고 있었기 때문이다.

조달조들이 쉴 새 없이 사람을 구해 오는 이유.

그리고 그들이 데려온 인간들이 조언자의 '작업장'에 들어가서 다시는 나오지 못하는 이유.

그 사실들은 비약의 재료가 사람이라는 것을 암시해 주는 증거들이나 다름없었다.

게다가 〈각성의 비약〉은 부작용도 확실했다.

'현석이 새끼의 상태만 보더라도 알 수 있어.'

심각한 의존성.

끝없는 금단증상.

집에서 밥이나 축내던 조카 놈을 통해서 확인한 결과, 각성의 비약은 차라리 마약에 가까운 약물이었던 것이다.

그런 약물을 스스로 복용하는 것만큼이나 병신 같은 짓이 또 있을까.

'힘 조금 얻자고 뽕쟁이가 될 수는 없지.'

김건철은 능숙하게 본인의 감정을 숨긴 다음, 웃음을 지으면서 말했다.

"제가 원체 겁이 많은 성격이라서, 용기가 나지 않습니다."

그 말에 조언자는 김건철의 얼굴을 손으로 부드럽게 쓰다듬으면서 말했다.

"기적은 용기 있는 자들이 쟁취하는 것이지요. 김 상무님께서 그렇게 말씀하시니, 저는 아쉬울 따름입니다. 다만 회장님께서도 걱정하고 계시다는 말씀을 전해 드리고 싶군요."

"충고 감사합니다."

"별말씀을."

조언자는 현재 회장의 신임을 독차지하고 있었기에, 구태여 그녀를 건드릴 필요는 없었다.

당분간 상황을 잘 지켜보면서 기회를 엿볼 뿐.

조언자는 그런 김건철을 바라보면서 만족스럽다는 듯이 고개를 끄덕였다.

그리고 김건철의 귀를 혀로 살짝 핥으면서 조용히 속삭였다.

"김 상무님은 이런 모습이 참 매력적이랍니다. 회장님께서 왜 김 상무님을 아끼시는지 잘 알 것 같아요. 김 상무님은 더 높은 곳으로 올라가고 싶은 욕심은 없으신가요?"

욕망을 자극하는 교활한 혀.

단 몇 마디에 온몸의 세포가 끓어오르는 기분이었다.

'……잡아먹힐지도 모른다.'

사람을 유혹하는 악마가 있다면, 바로 이 여자가 아닐까?

김건철은 가까스로 본인의 욕망을 억누르면서 조용히 대답했다.

"회장님을 보필하는 것이 제 유일한 목표입니다."

"가끔은 솔직해도 된답니다."

그녀의 매혹적인 목소리가 그의 머릿속 깊숙하게 파고들려고 할 때였다.

콰아아아아아아앙-!

거친 굉음과 함께 천장이 형편없이 내려앉았다.

잠시 후.

검은색 사제복을 입은 한 남자가 천장의 잔해 사이에서 천천히 걸어 나왔다.

그리고 그는 곧 오른쪽 입꼬리를 올리면서 말했다.

"찾았다."

⚜

5분.

그것은 내가 건물의 현관을 뚫고, 대량의 마기가 감지되는 지하에 도착하는 데 소요된 시간이었다.

　"건물도 좋은데 엘레베이터 좀 곳곳에 설치하지 그랬냐? 이 새끼들, 환기 시설은 잘해 뒀으면서 그런 디테일은 안 챙겼네."

　나는 손에 묻은 먼지를 털어 내면서 씨익 웃었다.

　그리고 왼손으로 들고 있던 떡대를 앞으로 던지면서 가볍게 손을 털었다.

　바닥을 세 번이나 부수고 도착한 곳이니 아마 이곳은 건물의 지하 3층일 것이다.

　목적지에는 잘 도착한 것 같다.

　한 층을 전부 개조한 것 같은 넓은 지하실과 지하실의 한쪽 측면에 자리 잡고 있는 거대한 박스들.

　그 방향에서부터 마기가 느껴지는 걸 봐서는 저 박스 안에 담긴 것들이 그 각성의 비약이라는 마약이 분명했다.

　그뿐만이 아니다.

　각성의 비약뿐만 아니라, 내가 생각지도 못했던 월척이 걸려들었다.

　"교활한 뱀, 에키드나의 계약자라……. 진짜 큰 게 제대로 걸렸네. 어쩐지 또 다른 마기가 감지되더라고."

　나는 얼어붙은 채로 나를 주시하고 있는 여자를 바라보면서 히죽거렸다.

어울리지 않는 하얀색 가면으로 얼굴을 가렸지만, 내가 관심이 있는 건 그녀의 외관 따위가 아니었다.

그녀의 몸속에서 노골적으로 뿜어져 나오는 마기.

그 마기는 내가 이곳까지 뚫고 들어오면서 조우한 마기들과는 차원이 다른 마기였다.

조잡한 약 따위로 손에 넣을 수 없는, 아주 순수한 형태의 마기.

그것은 분명 악마와 직접 계약을 맺어야만 보유할 수 있는 마기임에 틀림없었다.

그리고 그것을 증명이라도 하듯.

사아아아아ー!

아무것도 없던 콘크리트 바닥에서 징그럽도록 많은 붉은 뱀들이 기어 올라오기 시작했다.

흰색의 눈을 지닌 붉은 뱀.

저것은 에키드나와 계약한 흑마법사들에게만 허용되는 흑마법이자 권능이었다.

에키드나.

몽마의 여왕이자 음욕의 마왕인 릴리스가 총애하는 다섯 번째 딸.

필멸자의 음욕을 끌어올린 상태로 잡아먹는 악마.

그리고 레오의 표현을 빌리자면.

"발정 난 뱀이라. 아무리 생각해도 참 찰떡같은 비유란 말이야."

레오 특유의 직설적인 표현이었지만, 또 그것만큼 잘 어울리는 별칭이 없었다.

그만큼 저급한 놈이었으니까.

릴리스가 이끌던 군단은 하나같이 그런 놈들이기도 했고, 에키드나는 그 군단 중에서도 특히 유별난 녀석이었다.

물론.

파아아아아앙!

유별나다고 해서 강하다는 뜻은 아니다.

나는 손가락을 가볍게 튕기면서 신성력을 사방으로 퍼뜨렸다. 그러자 곧 그 신성력에 맞닿은 수백 마리의 뱀들이 풍선처럼 터져 나갔다.

강하기로 따지자면 에키드나 따위의 계약자보다는 차라리 지난번의 오크 대군주가 더 강할 것이다.

"꺄아아아아아악!"

에키드나의 계약자는 본인의 머리를 감싸 쥐며 비명을 내질렀다.

그녀는 비명과 함께 검붉은 마기를 뿜어냈다.

검붉은 마기는 순식간에 마법진을 이룬다. 그리고 눈 깜짝할 사이에 형태를 변환하며, 바닥 위에 검붉은색의 늪을 만들어 냈다.

깊이를 짐작할 수 없는 늪.

늪에서는 얼굴 없는 괴물들이 끊임없이 기어 나왔고, 녀석들은 본능적으로 나에게 달려들기 시작했다.

그와 동시에 그녀는 손을 들어 수십 개의 화살을 나에게 쏘아 보냈다.

순식간에 불어난 악의가 나를 향해 맹렬하게 달려든다.

하지만 나는 그 악의에 아랑곳하지 않고 묵묵히 앞으로 걸어갔다.

계약자, 그것도 마왕의 계약자도 아닌 에키드나 따위의 계약자가 내 신성 보호를 뚫을 수 있는 확률?

액티브 스킬 〈신성불가침 Lv. ???〉을 사용합니다.
당신의 영역을 침범한 모든 부정한 것들이 정화됩니다.

그딴 확률이 존재할 리가 있나.

설사 존재하더라도 아마 대한민국 게임사들조차 혀를 내두를 수밖에 없는 확률일 것이다.

그리고 그 확률을 뚫고 내 몸에 닿는다고 해도 피해를 줄 수도 없다.

왜? 내 신체가 신성 보호보다 더 단단하니까.

콰드드득- 콰드드득-!

나를 막으려던 괴물들은 형체도 알아볼 수 없게 구겨졌다.

또한 내 목을 노리고 날아들던 마기의 화살 역시 흔적도 없이 흩어졌다.

"오지 마! 꺄아아아아악!"

나는 그저 앞으로 걸어갔을 뿐이다.

그러나 그것만으로 에키드나의 계약자는 잔뜩 겁에 질려 버린다.

그녀가 쓰고 있던 하얀색 가면은 그녀의 두려움을 전혀 가려 주지 못했다.

"내 몸이 왜…… 왜 안 움직이는…….”

"아, 그거? 너랑 계약한 그 녀석 때문이야."

마침내 그녀의 앞에 도착한 나는 얼어붙어 있던 그녀의 머리 위에 손을 올리면서 말했다.

"에키드나, 그 뱀 새끼를 불로 태워 죽인 게 바로 나거든. 그렇게 계약은 꼼꼼하게 따져 보고 했어야지."

"살, 살려…….”

"당연하지."

우우우웅.

내 손에서 뻗어 나간 신성력이 그녀의 몸 주위를 점거한 순간, 에키드나의 계약자가 시간이 멈춘 듯 정지했다.

"처음부터 죽일 생각은 없었어."

운 좋게 얻게 된 소중한 정보원인데 죽일 수야 있나. 심문을 위해서라도 살려 둬야지.

분명히 마족과 계약한 존재다.

아는 게 없어서 답답한 이 상황에서 꽤 쓸모 있는 정보를 뽑아낼 수 있을 것이다.

"레오에게 부탁하면 되겠지?"

내가 직접 심문하는 것도 가능하다만, 아무래도 그쪽으론 익숙지 않았다.

게다가 내 신성력은 마기를 보유한 놈들에게는 극독에 가까운 수준이라 자칫하다가는 상대를 죽여 버린다.

그렇기 때문에 이단심문 같은 건 전문가에게 맡겨야 하는 법이다.

약은 약사에게, 이단심문은 이단심문관에게.

한때 이단심문관으로 유명했던 레오니까, 심문에 있어서 만큼은 나보다 훨씬 스페셜리스트라고 할 수 있다.

아마 레오한테 맡겨 두면 필요한 정보는 다 뽑아내 주겠지.

나는 가볍게 고개를 끄덕인 다음, 밀실 구석에 있던 상자를 바라보며 가볍게 손을 튕겼다.

화르르륵-.

그러자 곧 바닥에서부터 성화가 피어오르며, 순식간에 박스들을 집어삼킨다.

저것들은 지구에 있어서 좋을 게 없는 약이다.

성분이나 제조법을 분석할 필요는 있었으니, 한 박스만 빼고 싸그리 태워 버리도록 하자.

"이쪽은 대충 정리한 것 같고."

퀘스트 〈급습〉을 완료하셨습니다!
보상으로 신성 점수 2,000점이 적립됩니다!

퀘스트 완료 창이 뜬 걸 보면 상황은 얼추 정리된 셈이다.

나는 가볍게 고개를 끄덕인 다음, 아까 전부터 형편없이 바닥에 쓰러져 있던 남자를 쳐다보았다.

남자는 나와 눈이 마주치자마자 몸을 벌벌 떨어 댔다.

그러나 그는 그 와중에도 변명을 떠올린 모양이다.

"저, 저는 피해자입니다!"

"뭐?"

"저랑 제 조카는 이곳에 강제로…… 강제로 끌려왔습니다. 이런 곳인지 전혀 몰랐습니다."

"……안 물어본 것 같은데?"

"김시우 님! 대한민국의 떠오르는 영웅, 김시우 님 아니십니까? 저랑 제 조카를 구해 주셔서 감사합니다."

본인의 입으로는 평범한 시민이고, 조카랑 같이 있다가 잡혀 왔다고 주장하는데.

패시브 스킬 〈멸악의 의지〉가 상대방을 악인으로 규정합니다!
플레이어 〈김건철〉의 악행을 나열합니다.
〈살인〉, 〈납치〉, 〈마약 유통〉 등 342건

내 눈을 속일 수 있을 리가 없지.

게다가 이 녀석이 조카라고 말한 저놈은 마기에 취해서 침을 질질 흘리고 있는데 말이야.

그래도 나름 열심히 머리를 굴린 성의가 있으니, 그에 걸맞은 대우를 해 줘야겠다.

나는 나를 향해 넙죽 엎드린 김건철의 어깨를 툭툭 두드리면서 물었다.

"건철아."

"제 이름은…… 어떻게?"

"혹시 진서준 씨라고 알아?"

"모……릅니다."

"아, 그래? 그렇다면 어쩔 수 없지."

파지지지직-!

"끄아아아아아아아악!"

녀석에게는 불행한 일이겠지만, 김건철의 몸에서는 마기가 느껴지지 않았다.

한마디로 신성력을 마음껏 사용할 수 있다는 뜻.

나는 녀석의 어깨를 잡은 채로 조용히 말했다.

"걱정하지 마. 내가 꼭 기억나게 해 줄게."

퀘스트가 성공적으로 완료된 것에서 알 수 있었다시피, 상황은 꽤 깔끔하게 종료되었다.

　　김건철은 내가 생각했던 것보다 훨씬 많은 것을 알고 있었다.

　　각성의 비약의 중독성부터 시작해서, 각성의 비약을 생산하고 있던 장소, 그리고 그들과 관련되어 있던 공무원들까지.

　　영화나 드라마에서나 들어 볼 법한 이야기를 직접 들으니 감회가 꽤 새롭기는 했다.

　　그렇다고 크게 놀라웠던 건 아니다.

　　지구에 비해서 꽤 단순한 사회구조를 지니고 있던 에덴에서조차 혼란을 틈타 범죄 조직과 결탁한 귀족, 왕족들도 있었다.

　　하물며 더욱더 복잡한 이해관계로 얽힌 지구의 경우라고 뭐 다를까?

　　"김동식 팀장님! 총 70명의 인원을 체포하였고, 사망자는 없습니다."

　　"고생하셨습니다. 장관님께서 그들을 빌런으로 취급하고, 곧바로 본청의 조사실로 올리라고 하셨습니다."

　　"주변의 군부대와 긴밀히 협조하여 곧바로 이송 작전에 들어가도록 하겠습니다."

김 팀장에게 보고를 한 남자는 고개를 숙인 뒤, 빠르게 물러났다.

김 팀장은 그가 물러나는 것을 확인한 다음, 한숨을 크게 내쉬면서 말했다.

"시우 님이 직접 이런 일에 나서도록 만들었다는 것이 참 안타깝습니다. 죄송합니다. 저희가 그동안 일을 잘했다면 이런 일은……."

"유선호 장관님한테 이능관리부의 상황은 익히 들어 왔으니 괜찮습니다. 그리고 간만에 달밤에 체조한 기분이라 상쾌하기도 하네요."

최초의 선지자를 데리러 왔다가 에키드나의 계약자라는 거물까지 포획한 상황.

나로서도 꽤 많은 수확을 얻어 가는 셈이다.

"아침이 밝는 즉시 가용할 수 있는 모든 인원을 동원하여 대대적인 수사를 시작하도록 하겠습니다. 장관님께도 긴급 보고를 드려 재가를 받은 사항이니, 실망하시는 일 없도록 최선을 다하겠습니다."

이어진 김 팀장의 설명에 따르면 지역 경찰뿐 아니라 대형 길드, 심지어 정치권에도 닿아 있을 가능성이 높다고 했다.

내가 생각해도 그렇다.

아무리 세상이 바뀌었다지만 인간을 재료로 약을 연성하고 있었던 셈인데, 녀석들이 단독으로 일을 벌였을 리는 없다.

당연히 이것은 빙산의 일각일 것이다.

본체는 아직 수면 아래에 숨어 있을 테고.

더 깊숙하게 파고 들어가면 수많은 문제가 모습을 드러내 겠지만, 그것을 파고 들어가는 건 내가 할 일은 아니다.

그건 어디까지나 유선호 장관과 이능관리부에서 해결해야 하는 문제지, 이제 막 대한민국에서 교세를 확장해야 할 나 와 리멘 교단이 맡을 일은 아니었다.

"미리 말씀드리지만 전 되도록 정치적인 일들과 관련되기 싫습니다. 아시죠? 종교인들 그러다가 훅 가요."

정치는 정치인들이 할 일이다.

게다가 나는 유선호 장관과 이능관리부를 어느 정도 신뢰 하는 편이고.

지금으로서는 나도 마기에 대해 신경 쓰기도 바쁘다.

"되도록……이라. 여지를 남겨 두시는군요."

"혹시 알아요? 제가 갑자기 마음 바꿔서 사제복 벗어던지 고 깽판 부릴지."

"……듣는 것만으로 제 모근이 따끔따끔해지는 기분입니 다. 아, 그리고 한 가지 여쭤보고 싶은 게 있습니다."

그의 질문에 나는 물을 한 모금 마시면서 고개를 끄덕였 다.

그러자 김 팀장은 밀실 구석의 그을음을 바라보면서 말

우리 교황님좀
말려주세요

했다.

"각성의 비약이라는 마약을 전부 태워 버리신 게 상당히 아쉽습니다."

"왜요?"

"물증은 많을수록 좋습니다. 게다가 마약의 중독자를 치료하기 위해서는 최대한 많은 샘플이⋯⋯."

"그건 아직 김 팀장님께서 마기란 놈이 얼마나 지독한 놈인지 모르셔서 그렇습니다."

마기는 주변에 있는 사람을 끊임없는 욕망에 사로잡히게 만든다.

그것은 마기가 필멸자의 욕망에 맞닿아 있는 기운이라서 그렇다.

에덴에서도 마기를 취급할 수 있는 건 일정 수준을 뛰어넘은 마법사나 기사, 성직자 정도였다.

준비도 안 된 사람이 마기를 접하는 건 사실상 악마에게 영혼을 팔아넘기는 것이나 다름없는 행위인 셈이다.

"나중에 따로 시간을 내서 마기에 관해 알려 드리도록 하겠습니다. 지금 당장 설명드리기에는 워낙 말씀드릴 게 많아서⋯⋯ 유선호 장관님이 계시는 곳에서 한 번에 설명드리도록 하죠."

"알겠습니다."

"그래도 증거로 사용될 분량만큼은 제가 일부러 남겨 두지 않았습니까?"

박스 하나에는 각성의 비약이 총 30병 들어 있었고, 아까 전에 이미 그 비약들을 신성력으로 정화해 둔 상태다.

그 과정에서 당연히 일반인을 플레이어로 만드는 능력은 소실되었지만, 적어도 위험하지는 않을 것이다.

물론 그 30병 중 5병은 정화하지 않은 상태로 따로 챙겨 두기는 했다.

우리 교단도 그것이 어떻게 만들었는지 자체적으로 연구는 해야 하니까.

아무튼.

내 말에 담긴 뜻을 짐작한 김 팀장은 그에 관해서 더 이상 묻지 않았다.

대신 다시 한번 주위를 돌리면서 화제를 전환했다.

"아까 전에 레오 님도 함께 왔는데, 혹시 레오 님은 어디 가신 겁니까?"

"로켓 배송을 좀 시켰습니다."

"로켓 배송이요?"

"지금쯤이면 서울시에 들어섰겠네요."

에키드나의 계약자는 이능관리부 측에 넘겨줄 생각이 없었다.

우리가 자체적으로 조사해야 할 부분이 있었기 때문이다.

그래서 레오에게 에키드나의 계약자를 데리고 먼저 신전

으로 복귀하라고 했다.

이동 수단?

당연히 개처럼 뛰어가는 거지 뭐.

"내일 아침 괴생명체를 목격했다는 기사가 뜰지도 모르겠습니다. 하하!"

"……그 부분은 걱정 안 하셔도 될 듯합니다."

"왜죠?"

"어차피 이 연백 길드에 대한 이야기로 전국이 시끄러울 테니까요."

하긴.

역대급 정치 스캔들이 터질지도 모르는 상황인데, 한밤중에 나타난 이족보행 괴생명체 따위가 주목을 받을 리가 있겠어?

나는 김 팀장의 말에 가볍게 고개를 끄덕였다.

"좋습니다. 전 그럼 병원으로 돌아가도록 하겠습니다. 김 팀장님은요?"

"저는 현장에 남아야 할 것 같습니다. 장관님께서 직접 지시를 내리신 부분이라…… 아, 그리고 진서준 환자는 현재 VIP 병실로 이동한 상태이니, 직원의 안내에 따르시면 됩니다."

아무리 생각해도 이런 디테일 하나만큼은 기가 막히게 챙긴단 말이지. 이래서 내가 김 팀장을 좋아할 수밖에 없다니까?

자, 대충 상황도 정리되었으니 다시 우리 최초의 선지자님을 만나러 가 보자.

�֍

병원에 도착한 나는 곧바로 진서준 씨가 있다는 VIP 병실로 향했다.

똑똑똑.

문을 두드리자 안쪽에서 인기척이 들렸고, 곧 누군가 조심스럽게 문을 열었다.

"교황 성하?"

"편하게 형이라고 불러도 되는데."

지난번 입교시킨 잼민이에겐 허락해 주지 않았지만, 우리 소중한 예비 성자님께는 얼마든지 편한 호칭을 허락해 줄 수 있다.

하지만 기특하게도 승우는 고개를 가로저으면서 대답했다.

"저랑 저희 아빠를 구해 주신 은인인데 그럴 수는 없어요."

"그래? 교황 성하라는 호칭은 또 누구한테 배웠어."

"레오 대주교님께서 알려 주셨어요."

시연이 또래인데도 참 똑 부러지는 녀석이다.

아까 전까지만 해도 다 죽어 가던 표정이었는데, 웃는 모습을 보니까 기분이 좋다.

그건 아마.

"승우야?"

"아빠! 교황님이 오셨어요."

승우의 아버지인 진서준 씨가 의식을 회복했기 때문일 것이다.

승우는 내 손을 잡은 채로 병상으로 이끌었고, 나는 웃으면서 승우를 따라갔다.

병상 위에는 환자복을 입은 진서준 씨가 상체를 일으킨 채로 나를 바라보고 있었다.

그는 나를 보더니 곧장 병상에서 내려오려고 했고, 나는 재빠르게 다가가 그를 만류하면서 말했다.

"아직 몸이 편치도 않으신데 편하게 계세요."

"아닙니다. 제 목숨을 살려 주셨다 들었습니다. 그런 분께 무례를 범할 수는 없습니다."

"그럼 지금처럼 몸만 일으키는 걸로 합시다. 제가 진짜 불편해서 그래요."

"……알겠습니다."

내 말에 진서준 씨는 마지못해 고개를 끄덕였다.

그리고 나는 병상 옆에 놓여 있던 소파에 편하게 앉으면서 말을 이어 갔다.

"더 이상 연백 길드인가 뭔가 하는 놈들한테 쫓기실 일은 없을 겁니다."

"그게 정말입니까?"

"물론이죠. 제가 싸그리 증발……."

거침없이 말을 이어 가려다가 나를 똘망똘망한 눈으로 바라보는 승우가 보였다.

……음, 말을 좀 순화해야겠네.

"깔끔하게 정리하고 왔으니까 염려 놓으셔도 됩니다."

"제가 아직 그들에게 변제하지 못한 금액이 상당……."

"아, 그것 역시 신경 쓰실 필요 없습니다."

이제 더 이상 빚을 갚을 대상도 없거든요.

설사 다른 곳에 빚이 남아 있었다고 한들, 내가 전부 갚아 줄 생각이기도 했다.

승우가 우리 교단에 들어오고 말고를 떠나서, 승우네 가족에게 벌어진 불행에 대해 책임감을 느끼고 있었기 때문이다.

승우가 원인을 알 수 없는 병에 걸렸던 것도, 승우의 어머니가 2년 전 게이트에서 사망한 것도.

그리고 승우의 아버지가 질 나쁜 놈들에게 걸렸던 것도.

내가 별로 좋아하는 단어는 아니지만, 아마 그것은 승우에게 주어진 운명이었을 것이다.

지구 전체의 운명이 뒤틀렸던 5년 전 그날, 이 귀엽고 작은 소년의 운명도 함께 뒤틀렸을 테지.

그렇기 때문에 내가 책임감을 느낄 수밖에 없는 거고.

나는 씁쓸하게 미소를 지은 다음, 한껏 정돈된 목소리로 말했다.

"시간이 늦었으니 빠르게 용건만 말씀드리고 돌아가겠습니다."

"편하게 말씀하세요. 경청하겠습니다."

"아드님을 저희 교단으로 데려가고자 합니다."

내 말을 들은 진서준 씨가 부드럽게 미소를 짓는다.

그리고 그는 곧 아들의 머리를 쓰다듬으면서 고개를 끄덕였다.

"그렇군요. 아들? 아들은 어떻게 생각해?"

"나도 좋아. 교황님이랑 대주교님 두 분 다 엄청 좋으신 분들이니까!"

"그래, 우리 아들이 좋으면 아빠도 좋아."

무언가를 결심했는지, 진서준 씨는 희미하게 웃으면서 고개를 끄덕였다.

"제 아들을 잘 부탁드리겠습니다. 제 옆에 있는 것보다야 훨씬 좋은 환경이겠지요."

"아빠? 아빠는 같이 안 가는 거야?"

"승우야, 그러니까 이건……."

아무래도 오해가 좀 있는 것 같다.

빠르게 보충 설명을 해야겠군.

"말씀 중에 죄송합니다만, 저희 교단은 아버지와 아들 사이를 강제로 떼 놓을 만큼 비정한 교단이 아닙니다."

"……그럼?"

"당연히 진서준 씨도 함께 가셔야죠. 이렇게 귀여운 아들을 두고 어디 가시려구요."

이번에는 진서준 씨가 눈을 둥그렇게 뜬다.

이런 전개는 예상 못 했던 모양이다.

"함께요?"

"진서준 씨께서 저희 리멘 교단의 서울 신전 관리를 도와주셨으면 합니다. 아, 제가 마음이 급해서 가장 중요한 걸 말씀 안 드렸군요."

나는 잠시 숨을 고른 다음, 내가 미리 준비해 온 비장의 카드를 제시했다.

"주 4일 근무에 연봉은 대형 길드의 A급 헌터 수준으로 책정하도록 하겠습니다. 또한 교단 차원에서 아드님과 함께 거주하실 수 있는 주택도 마련해 드릴 예정이며, 그 밖에 다양한 복지를 약속드리겠습니다."

이건 내가 그에게 해 줄 수 있는 가장 최소한의 보답이었다.

그리고 이런 내 제의에 진서준 씨는 이해가 가지 않는다는 표정으로 질문했다.

"저에게 이렇게까지 해 주시는 이유가 무엇입니까?"

그 말에 나는 웃으면서 대답했다.

"훌륭한 아버지시니까요."

"제가…… 말입니까?"

"그럼요. 그렇지, 승우야?"

"맞아요. 우리 아빠는 세상에서 제일 훌륭한 사람이에요!"

선지자의 운명을 지녔다고 해서 모두가 선지자가 될 수 있는 건 아니다.

그들에게 주어진 운명은 신의 품에 귀의하고 나서야 비로소 실현된다.

리멘이 지난번에 말했듯, 셀 수 없이 많은 선지자가 신의 품에 귀의하기도 전에 스러졌다.

어쩌면 승우 역시 아버지의 희생과 헌신이 없었다면, 그들의 전철을 밟았을지도 모르는 일이다.

"아빠 안 가면 나도 안 갈래."

"그렇다는데요? 어떻게, 정말 함께 안 가실 생각이십니까?"

장난기 가득한 내 말에 진서준 씨는 눈물을 흘리며 웃었다.

그리고 고개를 가로저으면서 대답했다.

"그럴 리가요."

서브 퀘스트 〈작은 구원〉을 완료하셨습니다!
보상으로 교단 특성 〈계몽 Lv. 1〉을 획득했습니다!
보상으로 신성 점수 3,000점이 적립됩니다!

작은 구원이라.

처음에는 이해가 잘 안 갔지만, 완료하고 나서 보니 제법 어울리는 제목이었다는 생각이 든다.

최초의 선지자 〈진승우〉가 당신의 교단에 합류합니다.

나는 그 메시지 창들을 조용히 닫았다.

그리고 내 앞에서 서로를 껴안는 아빠와 아들을 바라보며 한참 동안이나 흐뭇하게 웃을 수밖에 없었다.

꽤 괜찮은 결말이자 출발이 아닌가, 그런 생각을 하면서 말이다.

우리 교황님 좀
말려 주세요

뉴 페이스

다사다난했던 밤이 지나가고 아침이 밝았다.

이능관리부에서는 나에게 장담했던 대로 아침이 밝자마자 대대적인 언론 보도를 시작했다.

〈속보〉

〈전국구 폭력 조직 연백파를 전신으로 하는 연백 길드, 마약 유통 혐의로 전원 입건. 마약 제조 및 유통 과정에서 인신매매를 비롯한 각종 불법행위 혐의점 발견.〉

〈이능관리부의 유선호 장관 '군경과의 긴밀한 공조를 통해 사건을 명명백백하게 밝힐 것.'〉

〈청와대 수석대변인, '빌런과의 전쟁을 선포한다.'〉

이능관리부에서 공식 성명을 발표할 것은 예상했지만, 청와대까지 나설 줄은 몰랐다.

총력을 다해서 나서겠다는 말이 마냥 거짓말은 아니었던 모양이다.

뭐, 거기서부터는 그 사람들이 해야 할 몫인 거고.

나 역시 내가 할 일을 위해서 곧장 그라운드 제로의 신전으로 돌아왔다.

레오에게 맡겨 둔 심문의 결과를 확인할 필요가 있었기 때문이다.

심문의 결론부터 말하자면.

"결국 다시 원점이네."

밝혀진 건 아무것도 없었다.

내 기대와는 달리 에키드나의 계약자, 그러니까 신예나는 알고 있는 게 딱히 없었기 때문이다.

우리가 알아낼 수 있었던 건 그저 '각성의 비약'이란 걸 어떻게 만들었으며, 그녀가 어떤 과정을 통해서 마족의 계약자가 되었는지 정도였다.

신예나는 원래 3년 전에 각성했던 마법 계열 플레이어라고 했다.

한때는 각성자 아카데미의 유망주라고 평가받았던 그녀가 에키드나의 마기를 받아들이게 된 과정은 어떻게 보면 아주 클리셰에 가깝다고 할 수 있었다.

기대만큼 성장하지 못했던 유망주가 악마와의 거래를 통해서 한계를 뛰어넘는, 에덴에서도 아주 흔한 레퍼토리에 속하는 이야기.

성장의 한계에 맞부딪힌 유망주에게 큰 힘을 선사해 주겠다는 이야기는 그 무엇보다 달콤한 유혹으로 들렸겠지.

누군가는 그녀 역시 피해자라고 생각할 순 있겠다만, 글쎄?

이 모든 것은 어디까지나 그녀의 잘못된 선택부터 시작된 비극이었다.

애초에 그녀가 에키드나와 계약을 맺지 않았다면 벌어지지 않았을 비극이었다는 소리다.

나는 고개를 작게 끄덕인 다음, 내 앞에서 조용히 나를 바라보고 있던 김 팀장에게 말했다.

"이 여자, 형량은 얼마나 나옵니까?"

"특수살인, 납치, 마약 유통 등 총 14개의 죄목으로 구속될 겁니다. 최소 무기징역, 최대 사형입니다. 저희 이능관리부의 명예를 걸고 약속드릴 수 있습니다."

심문 과정에서 이미 레오가 그녀가 지니고 있던 모든 마기를 소멸시켰고, 더 나아가 신성력으로 모든 가능성을 봉인시켜 버렸다.

즉, 이제 신예나는 더 이상 플레이어가 아니다.

앞으로 다시는 플레이어가 될 수도 없고.

그건 우리 교단에서 악마의 계약자에게 내리는 일종의 심판이기도 했다.

하지만 나는 그것만으로는 좀 부족하다 싶었기에, 내 앞에서 고개를 숙이고 있던 그녀의 귓가에 조용히 속삭였다.

"신예나 씨. 그거 알아요? 마기라는 게 있잖아요, 사실 당신에게 없던 힘을 주는 게 아니에요."

"……갑자기 무슨."

"영혼을 대가로 당신의 미래를 미리 당겨 오는 힘이랍니다. 일종의 가불이라고 해야 하나?"

마기는 필멸자에게 새로운 가능성을 열어 주는 힘이 아니다.

필멸자의 영혼을 대가로, 필멸자의 가능성을 미리 끌어다 쓰는 힘일 뿐이다.

즉.

"당신이 악마와 계약을 맺지 않고 열심히 노력했다면, 아주 뛰어난 마법사가 되었을 거란 이야기지."

그녀는 스스로의 선택으로 그 미래를 부서트린 것이다.

내 말을 들은 그녀가 흐느끼면서 대답했다.

"그딴 게, 그딴 게 지금 무슨 의미가 있어요."

"왜 의미가 없어요? 내가 해 준 말 때문에 당신이 이제 평생 후회하면서 살아갈 텐데, 당연히 의미가 있지."

평생을 괴로워하라고 해 주는 말이거든.

나는 그렇게 말을 맺은 후, 천천히 몸을 들어 올리면서 말했다.

"김 팀장님?"

"예."

"이제 데려가셔도 좋습니다. 교단의 일은 끝입니다."

그러자 김 팀장은 정중하게 허리를 숙이면서 대답했다.

"저희를 믿어 주셔서 감사합니다."

"약속했으니까요."

"그럼 이만 물러나 보겠습니다."

그 말을 끝으로 이능관리부 요원들은 신예나를 데리고 신전에서 물러섰다.

"성하께서 지난번과 같은 선택을 하실 줄 알았습니다."

레오는 신전에서 멀어지는 이능관리부 요원들을 바라보면서 조용히 말했다.

아마 그라운드 제로에서 불구로 만들어 버렸던 유세혁과 다른 빌런들에 관한 이야기인 듯했다.

나는 레오의 질문에 가볍게 기지개를 켜며 대답했다.

"그때 그놈들은 순수한 자의로 일을 저질렀던 놈들인 거고, 신예나는 뱀 새끼의 혀에 놀아났던 거고."

"그들에게 내리셨던 형벌보다는 자비롭지 않았나, 그런 생각이 듭니다."

"너 연백 길드인가 뭔가 하는 놈들 상태 보면 그런 말 못한다?"

　내가 따로 말을 안 해서 그렇지, 사실 연백 길드 놈들도 손을 좀 봐주고 왔다.

　인신매매에 마약 유통까지 하고 있던 놈들을 가만히 내버려 두고 왔을 리가 있나?

　모두 공평하게 척추를 접어 준 다음, 대충 목숨만 붙여 둔 상태로 이능관리부에게 넘겼다.

　아마 녀석들은 모두 여생을 감방에서 하반신이 마비된 채로 살아갈 것이다.

　그리고 신예나의 경우도 마찬가지다.

　"순간의 욕심 때문에 본인의 미래를 팔아넘겼다는 걸 깨달았는데, 본인 스스로가 얼마나 혐오스러울까."

　그녀는 죽기 직전까지 스스로를 용서할 수 없을 것이다. 그리고 그 자기 혐오는 죽기 전까지 끊임없이 그녀의 몸을 불태울 테고.

　그것이 그녀에게 내리는, 내 나름대로의 심판이었다.

　"애초에 유세혁과는 이야기가 다르잖아? 그 새끼는 악마가 속삭이지도 않았는데 그딴 짓을 벌였던 거라고. 어떻게 보면 유세혁 그 새끼가 진짜 대단한 새끼야."

　"……이해했습니다."

　"이해 못 하겠다는 표정인데?"

　"아닙니다. 저는 단지…… 성하께서 이단심문관이셨으면

우리 교황님 좀
말려 주세요

엄청난 악명을 얻으시지 않았을까, 그렇게 생각하고 있었을
뿐입니다."

"에이, 나만큼 자비로운 사람이 또 어디에 있다고 그래?"

"······흠."

"얼굴 안 펴? 확 그냥."

❧

우리가 이능관리부 요원들을 배웅하고 신전 안으로 들어
서자, 곧 소년 한 명이 해맑게 웃으면서 우리에게 다가왔다.

"교황님!"

소년의 정체는 우리 교단의 첫 성자, 승우였다.

나는 승우의 부드러운 머리를 쓰다듬어 주면서 미소를 지
었다.

"잘 놀고 있었어?"

오늘 아침에 서울로 올라오면서 승우도 데리고 올라왔다.
승우가 교단에 입교하기로 한 이상, 굳이 승우를 수원에 둘
필요가 없었기 때문이다.

"네! 이유는 모르겠는데, 엄청 기분이 좋아요!"

"좋아해서 다행이네."

역시 애들은 우는 것보단 웃는 게 훨씬 이쁘다.

승우는 해맑게 웃음을 짓더니, 곧 내 옆에 있던 레오에게

도 공손하게 허리를 숙이면서 인사했다.

"안녕하세요, 레오 대주교님!"

그러자 레오는 어색하게 입꼬리를 올리면서 고개를 끄덕였다.

"리멘의 품으로 들어오신 걸 축하합니다, 승우 형제님. 앞으로 잘 부탁드리겠습니다."

레오가 저렇게 어색하게 웃을 때는 딱 한 가지밖에 없다.

좋을 때.

진심으로 좋을 때 저런 표정을 짓는다. 지난번에 시연이 앞에서도 저렇게 웃었던 것만 보더라도 쉽게 알아차릴 수 있다.

"레오 네가 성자 선배잖아? 선배로서 잘 좀 챙겨 줘."

"최선을 다하도록 하겠습니다. 혹시 그럼 승우 아버님은……."

"같이 올라왔지."

진서준 씨는 그라운드 제로와 가장 가까운 곳에 위치한 대학병원에 입원했다.

내 신성력으로 인해 대부분의 부상은 치료되었지만, 이능 관리부 측에서 종합 검사를 해 주겠다는 걸 굳이 거절할 필요가 없었기 때문이다.

5년이라는 시간 동안 쉴 새 없이 일해 온 사람이다.

아들의 몸을 돌보느라 정작 제 몸을 돌보지 못했던 사람이었으니 이번 기회에 마음껏 챙겼으면 하는, 그런 마음이었다.

그런 걸 의료 관광이라고 부르던가?

"위험하지 않겠습니까?"

"너 진서준 씨 병원에 이능관리부 요원들이 얼마나 배치되었는지 모르지? 그리고 내가 축복도 걸어 두고 왔으니까, 아마 지금 거기가 세상에서 두 번째로 안전한 곳일걸."

내 말에 조용히 이야기를 듣고 있던 승우가 눈을 빛내면서 말했다.

"가장 안전한 장소는 교황님 옆이구요."

……이 녀석, 어쩌면 인생 초회 차가 아닐지도 모른다.

이것이 정녕 12살짜리의 사회생활이란 말인가?

"바로 그거지."

나는 만족스럽게 고개를 끄덕이면서 녀석의 머리를 쓰다듬어 주었다.

얼굴도 잘생겼고, 다른 사람 듣기 좋은 소리도 잘하고.

우리 교단의 첫 선지자가 이렇게 귀여운 꼬맹이라서 참 다행이다.

내가 그렇게 만족스럽게 웃고 있을 때쯤, 승우는 여전히 눈을 빛내면서 말했다.

"어제 교황님께서 제 또래의 여동생이 있다고 하셨죠?"

"맞아. 우리 시연이. 안 그래도 어제 외박했다고 혼났어."

"제가 어렸을 때부터 여동생이 있었으면 좋겠다고 생각했거든요. 꼭 한번 보고 싶⋯⋯."

"⋯⋯10점 감점."

"네?"

"그런 줄 알아."

위험한 녀석이다.

벌써부터 우리 시연이한테 관심을 보이다니, 이 여우 같은
녀석.

내 눈에 흙이 들어가기 전까진 어림도 없지.

아무튼.

우리 셋이서 도란도란 이야기를 나누고 있을 즈음이었다.

우우우웅─

당신의 주신이 〈신탁(神託)〉을 내리고자 합니다.

갑작스럽게 떠오른 메시지에 나는 잠시 자리에서 일어난
다음, 교황의 집무실에 들어섰다.

그러자 곧 귓가에 익숙한 목소리가 들려오기 시작했다.

**좋은 아침! 승우를 무사히 데려올 줄 알았어. 어때, 직접 보
니 되게 예쁜 아이지? 앞으로 잘 부탁해!**

"리멘. 에키드나의 계약자를⋯⋯."

**나도 알고 있으니까 말 안 해 줘도 괜찮아! 안 그래도 알아보
려던 참이었어. 에덴에도 꽤 미심쩍은 부분들이 있어서, 다른**

아이들을 시켜서 추격 중이거든? 단서가 나오면 곧바로 시우에게도 알려 줄게.

잠시 잊고 있었다.

그녀는 본인의 힘이 닿는 모든 것을 보고 들을 수 있다.

심문을 진행한 건 레오였으므로 그 과정에서 드러난 정보 역시 전부 파악했으리라.

그것이 그녀가 지닌 전지전능함의 원천이 되는 힘이기도 했으니까.

잠도 제대로 못 잤을 테니까, 빨리 용건만 말할게! 지난번에 말했던 대로 성기사단장 한 명을 보내 줄까 하는데, 방식은 지난번이랑 같아.

"지난번?"

응! 시우가 시스템에 대가를 지불하면, 내가 지난번처럼 게이트를 통해서 보내 주는 방식이야. 아마 지금쯤이면 눈앞에 보일 텐데…… 안 보여?

그녀가 그렇게 말하자마자 눈앞에 새로운 메시지 창이 떠올랐다.

DLC 상점의 품목이 갱신됩니다.
특수 직분 〈성기사단장(★★)〉을 구매할 수 있습니다.

"……가격 실화냐."

확인된 〈성기사단장〉의 가격은 무려 5,000점.

신전에다 축성소급의 시설을 하나 더 만들 수 있을 정도로 큰 점수였다.

이번에 내가 서브 퀘스트 두 개를 연달아 깨면서 얻은 점수가 5,000점이었으니, 벌어들인 점수를 그대로 헌납하는 것이나 다름없었다.

하지만 어쩌겠어?

"구매한다."

신성 점수 5,000점을 사용하여 특수 직분 〈성기사단장(★★)〉을 구매하였습니다.
당신이 합당한 대가를 지불하였기에 인과율이 〈차원계: 에덴〉의 주신좌 〈리멘〉의 개입을 묵인합니다.

알고도 당해 주는 수밖에.

이미 승우를 교단에 데려오면서 〈계몽〉이라는 말도 안 되는 특성도 얻었다.

그렇기 때문에 지금 우리에게 급한 건 첫째도 인재, 둘째도 인재였다.

인력난에 허덕이고 있단 말이다.

"된 건가."

응!

"지난번처럼 보내 주는 거면 게이트 위치랑 날짜 좀 말해 줄래? 저번에 그것 때문에 꽤 고생했어."

덕분에 도깨비 길드의 최 대표와 인연을 맺기는 했지만, 그건 어디까지나 운이 좋았던 거고.

미리 위치를 알고 대비를 해야…….

어? 바로 보냈는데?

"……뭐?"

아니이. 지난번에 너무 늦게 보내 준 것 같아서 미안했거든. 그래서 이번에는 그냥 바로 보냈어. 마침 연결되어 있던 통로도 하나 있더라구. 헤헤.

그때였다.

우우우우우우웅―!

주머니에 넣어 두었던 핸드폰이 진동했다. 인욱이의 톡이었다.

−동생놈: 〈링크〉

−동생놈: 하이브 길드 놈들 라이브 방송 중인데 갑자기 이상한 사람 등장했거든?

−동생놈: 빨리 확인해 봐 봐. 난리 났어 지금.

−동생놈: 지난번에 형 전각련 놈들이랑 싸웠다고 그랬잖아. 혹시 형이 보낸 건 아니지?

인욱이가 보내 준 링크를 타고 들어간 곳에서는.

-?
　-왜 게이트에서 사람이 나옴?
　-몬스터들을 죽이는 거 보면 플레이어 아니냐?
　-뭐지
　-하이브 길드에서 키우는 괴물 신인 뭐 그런 거냐?

　익숙한 갑옷을 입은 성기사 한 명이 제 몸보다 거대한 철퇴를 휘두르면서 몬스터들의 대가리를 부수는 중이었다.
　카메라는 곧 그녀의 얼굴에 초점을 당겼다.
　그러자 철퇴와 함께 휘날리는 그녀의 붉은색 머릿결이 화면에 송출된다.
　본인의 모습이 화면으로 나가고 있다는 걸 알고 있는지, 그녀는 카메라를 바라보면서 미소와 함께 윙크 세례를 퍼붓는다.
　아니, 윙크하는 것까지 괜찮다고 치자.
　그런데 도대체 왜.

　-?
　-방금 뭐임?
　-저 사람 하이브 길드원 아닌가 본데? 방금 하이브 길드원들이 먼저 공격한 거 아니냐?
　-근데 왜 먼저 공격한 놈들이 오히려 저러고 있냐고ㅋㅋ

ㅋㅋ

　　─설명충 등판 좀

　　─설명충) 나도 모름 ㅅㄱㅋㅋㅋㅋ

　　윙크하면서 하이브 길드원들을 하늘로 쏘아 보내냐 이 말이야.

　　나는 그 아찔하고도 어지러운 장면을 바라보면서 이마를 짚었다.

　　그리고 급히 리멘에게 물어보려던 찰나.

　　질문은 나중에! 배송 완료해 드렸으니 저는 이만 가 보도록 하겠습니다! 바쁘다 바빠.

> 신탁이 종료되었습니다.

　　리멘도 호다닥 도망가 버렸다.

　　그렇게 남겨진 나는 다시 핸드폰 속의 라이브 방송을 바라보았다.

　　도대체 이 상황을 어떻게 수습해야 할지 머리를 굴리려던 찰나, 화면 속의 그녀가 쩌렁쩌렁한 목소리로 소리쳤다.

　　[나는 리멘 교단의 세 번째 성기사단인 팔마 기사단을 이끄는 수장, 루나 레벤톤이라고 해. 자기들, 진짜 뒈지기 싫으면 그만 덤비는 게 어때?]

그야말로 핵폭탄이나 다름없는 발언에, 나는 손으로 얼굴을 쓸어내리며 중얼거렸다.

　"……이번에도 X 됐다."

　이건 어디서부터 주워 담아야 하는 걸까.

⚜

　루나 레벤톤.

　루나는 우리 교단의 세 번째 성기사단인 팔마 기사단의 기사단장이자, 교황청을 대표하는 전력 중 하나였다.

　레오가 교황청의 광견이라는 별칭을 지녔듯, 루나 역시 별칭을 지니고 있었다.

　핏빛 성녀.

　전장의 최전선에서 적들의 피를 뒤집어쓴 채로 철퇴를 휘둘렀던 그녀에게는 꽤 잘 어울리는 별칭이 아니었을까 생각한다.

　루나는 모든 무기를 잘 다뤘지만, 유독 철퇴란 무기를 좋아했다.

　그래서 이유를 물어봤는데.

　-대가리를 박살 내는 맛이 있거든요. 성하께서도 한번 맛보시면 제 느낌 이해하실걸요? 그나저나 혹시 오늘 저녁에

시간 있으세요? 괜찮으시면 저랑 교황청 앞에서 한잔…….'

……라고 대답했다.

그녀는 보유한 전투력과는 별개로 교단 내에서 상당한 영향력을 지녔던 인물이다.

성녀 출신이라는 정통성과 누구라도 한 번쯤은 돌아보게 만들 법한 외모.

거기에 털털한 성격까지 더해지니 남녀를 가릴 것 없이 그녀를 흠모했던 사람들이 많았다.

지구의 표현을 빌리자면 그야말로 아이돌 같았달까.

교세를 넓혀야 하는 지금 같은 시기에 루나 같은 인재가 넘어와 준다면 쌍수를 들고 환영할 일이다.

하지만 지난번에 레오도 그랬고, 이번에 루나도 그렇고, 왜 하필이면 게이트로 넘어오자마자 싸움을 벌이냔 말이지.

물론 두 경우 다 상대 쪽에서 먼저 선공을 가한 거지만, 레오나 루나의 실력이라면 충분히 요령 좋게 회피할 순 있었을 거다.

그게 하도 속상해서 현장으로 가는 도중에 레오에게 이유를 물었다.

그러자 레오는 아주 당연하다는 듯이 대답했다.

"저와 레벤톤 경은 그저 가르침을 받은 대로 했을 뿐입니다."

"도대체 어떤 새끼가 성직자에게 저딴 가르침을 내렸냐?"

내 반문에 레오는 아무런 대답 없이 그저 나를 뻔히 쳐다볼 뿐이었다.

……난가?

아무튼.

그렇게 우리는 사건이 발생한 지 20분 만에 인천 월미도 게이트의 현장에 도착할 수 있었는데, 현장의 상황은 내가 생각했던 것보다 심각했다.

콰아아아아아앙!

폭탄이 터지는 듯한 굉음이 울려 퍼지는 것은 물론.

"기자들 통제 제대로 하라고!"

"현재 이곳은 게이트 토벌 작전이 진행 중입니다! 허가받지 않은 인원들 말고는 입장하실 수 없습니다!"

"리멘 교단과 전투를 벌이고 있다는 이야기가 사실입니까?"

"사실 관계를 명확하게 해 주십시오!"

게이트로 향하는 임시 결계의 입구에는 수많은 기자가 몰려들어 소란스러운 상태였다.

게다가 저 멀리서 하이브 길드의 플레이어들이 탑승한 차량들이 계속 오고 있는 거로 봐서는 하이브 길드 측에서도 쉽사리 물러날 생각이 없어 보였다.

"저희 교단과 전쟁이라도 불사를 듯한 분위기로군요."

"자존심이 걸린 문제잖아."

하이브 길드는 대한민국 2위 길드다.

S급 헌터를 무려 네 명이나 보유했으며, 수많은 재벌 기업들을 스폰서로 둔, 명실상부한 거대 길드.

그런 길드가 라이브 스트리밍에서 일방적인 굴욕을 당했고, 자존심에 상처를 입었다.

눈이 안 돌아가는 게 더 이상한 상황.

이런 상황에서 내가 저 입구로 당당하게 걸어 들어가면 진짜 유혈 사태가 벌어질지도 모른다.

루나가 리멘 교단 이야기만 안 꺼냈어도 이런 상황까진 안 왔겠다만, 뭐 어쩌겠어? 이미 엎질러진 물인걸.

지금으로서는 루나가 더 큰 사고를 안 치도록 하는 것이 우선이었다.

하이브 길드에서 추가 병력을 투입하고, 그들과 전투를 벌이게 되면 그때는 진짜 파국이다.

"일단 결계 내로 진입해서 루나와 만나는 게 우선이다."

"레벤톤 경의 성격이라면 물러서지 않을 테지요. 한데 결계의 입구가 저렇게 막혀 있는데, 어떻게 들어가시려는 겁니까?"

"어떻게긴."

파지지지지직!

패시브 스킬 〈신성 보호 Lv. Max〉에 의해 마력 간섭이 무효화됩니다.
생성된 마력 결계에 심각한 충격이 누적됩니다! 결계의 내구도가 현저히 낮
아졌습니다.

당연히 그냥 결계를 뚫고 들어가는 거지.

레오는 그런 내 모습을 바라보면서 조용히 한숨을 내쉬더
니, 내 뒤를 따라서 결계 내부로 진입했다.

"사자성어 중에 내로남불이라는 단어가 있더군요."

"그게 뭐."

"……그냥, 그렇다는 겁니다. 가시지요."

어차피 결계 밖으로 빠져나올 몬스터는 없다.

루나와 하이브 길드 소속 플레이어들이 싸그리 정리했을
뿐만 아니라, 게이트 자체도 이미 소멸한 상태였기 때문이다.

이런 마당에 결계의 내구도쯤이야 뭐, 별일 있겠나?

"바로 앞이네."

결계 내부로 들어선 우리는 얼마 가지 않아 루나를 발견할
수 있었다.

바다를 등진 상태로 서 있는 순백의 성기사.

그녀의 붉은 머릿결이 바닷바람에 아름답게 휘날렸고, 햇
빛이 그녀의 흰 피부와 갑옷을 밝게 비춘다.

루나의 비주얼만 따로 놓고 봤을 땐 참 아름다운 장면이지
싶다.

"하아."

바닥에 널브러져 있는 하이브 길드 소속의 헌터들을 제외한다면 말이다.

나는 눈앞에 펼쳐진 참혹한 현장을 보면서 손으로 이마를 짚었다.

대략 40명쯤은 되어 보이는 플레이어들이 이곳저곳에 볼품없이 쓰러져 있었다.

그래도 그나마 다행인 점은.

콰아아아아앙!

하이브 길드 소속의 헌터 한 명이 아직까지 버티고 있었다는 점이다.

즉, 마지막 자존심까지는 꺾이지 않은 셈이다.

딱 보니 하이브 길드가 보유한 4명의 S급 헌터 중 한 명인 것 같았다.

물론 그의 상태도 썩 좋아 보이진 않았다.

"레벤톤 경이 일부러 상대를 시험하고 있는 듯합니다."

"레오야."

"예, 성하."

"보통 저런 걸 보면 상대를 농락하고 있다고 말한단다."

얼핏 보면 호각을 이루면서 공방을 주고받고 있는 듯하지만, 실상은 전혀 그렇지 않았다.

하이브 길드의 S급 헌터는 단 한 번도 반격에 나서지 못하고 있었다.

그는 그저 루나의 움직임을 따라가기도 바빴을 뿐.

승부를 결정지을 수 있는 틈이 곳곳에서 보임에도 승부가 결정 나지 않는다는 것은, 루나가 일부러 상대를 가지고 논다고밖에 볼 수 없었다.

그러나 그것도 잠시였다.

"성하!"

나를 발견한 루나가 환하게 웃음을 짓더니, 곧 기세를 올린다.

단번에 승부를 결정지을 셈인 것이다.

나는 그 장면을 목격하자마자 곧장 둘의 사이로 끼어들었다.

쿠우우우웅―!

그리고 루나의 철퇴와 남자의 검을 동시에 튕겨 내면서 나지막하게 말했다.

"오해가 있는 것 같으니 여기까지만 합시다."

엎질러진 물은 주워 담을 수 없다지만, 적어도 물이 더 흘러내리는 건 막아야 하지 않겠어?

❧

인생이란 언제나 계획대로 흘러가진 않는다.

하지만 때로는 계획대로 흘러가지 않은 것이 오히려 좋은 경우도 존재하는 법이다.

"오준우 팀장님, 지금 그게 무슨 소리입니까?"

"저희에게도 책임이 있다고 말씀드리는 겁니다. 저쪽에서 수 차례 경고를 했음에도 먼저 공격한 것은 저희입니다."

마치 지금처럼 말이다.

나는 내 눈앞에서 펼쳐지는 기이한 상황에 당혹감을 감출 수가 없었다.

루나를 데리러 이 결계 안으로 들어설 때만 해도 하이브 길드와 정면으로 충돌할 것은 각오했다.

내가 봐도 저쪽에서 오해를 하기에 충분한 상황이었기 때문이다.

하지만 이후의 상황은 내가 예상하지 못한 방향으로 흘러 갔다.

내가 전투를 멈추게 하자마자 뒤에서 대기하고 있던 하이 브 길드의 병력이 현장에 도착했다.

그때까지만 해도 당연히 저쪽에서 본격적인 항의를 할 것 이라 예상했지만, 내 예상은 보기 좋게 빗나갔다.

"오준우 팀장님!"

"그리 말씀하셔도 아닌 건 아닌 겁니다. 오히려 저희가 먼 저 사과를 해야 할 상황이라 생각합니다."

방금 전까지만 해도 루나와 싸우고 있던 하이브 길드의 S

급 헌터, 오준우가 갑자기 적극적으로 우리를 옹호하기 시작한 것이다.

게다가 그가 우리를 막무가내로 옹호하는 것도 아니었다.

"팀장님은 이능특별법에 의거하여 게이트에서 나온 존재들을 적으로 규정, 합법적인 토벌에 들어갔을 뿐입니다. 그런데 왜 자꾸 책임이 우리에게 있다고 주장하시는 겁니까?"

"게이트에서 나온 존재가 스스로 전투 의사가 없음을 밝혔습니다. 그것도 우리들이 알아들을 수 있는 한국어로 말입니다. 충분한 대화의 여지가 있었음에도 불구하고 전투 지시를 내린 것은 우리 쪽입니다."

내가 준비해 왔던 대사들을 본인의 입으로 말하고 있던 것이다.

도무지 이해를 할 수 없는 상황.

그리고 그를 이해할 수 없던 건 비단 나뿐만은 아니었다.

"아니 진짜 왜 이러십니까, 오 팀장님! 예? 팀장님의 부하들이 처참하게 깨졌잖습니까. 아무리 오 팀장님이 대표님께서 아끼시는 분이라 하셔도, 이러시면 징계를 피하실 수 없습니다."

"징계는 달게 받겠습니다. 하지만 저분께 피해가 가는 건 좌시할 수 없군요."

지원 병력을 이끌고 도착한 하이브 길드의 또 다른 책임자조차 답답하다는 듯이 언성을 높이기 시작한다.

우리 교황님 좀
말려 주세요

나는 그 둘의 언쟁을 지켜보면서 루나에게 은근슬쩍 물었다.

"루나야, 네가 혹시 저 오준우라는 사람 세뇌한 건 아니지?"

"에이, 저한테 그런 능력이 있겠어요? 그리고 세뇌할 수 있는 능력 있었으면 성하부터 세뇌했겠다. 후후."

"그럼 도대체 쟤는 왜 저러는 거야?"

"저도 잘 모르겠는데요. 성하께서 정 궁금하시면 싹 다 눕힌 다음에 물어봐도 되지 않을까요? 말씀만 하세요."

"……넌 그냥 가만히 있는 게 도와주는 거야. 그냥 닥치고 있으렴."

루나는 어깨를 으쓱이더니 곧 시선을 돌려서 내 뒤에 서 있던 레오를 바라보았다.

그리고 곧 레오의 등짝을 시원하게 후려치면서 말했다.

"레오! 잘 지냈어? 누나가 보고 싶지는 않았고?"

"……레벤톤 경, 여기서 이러시면……."

"남매끼리 재회의 기쁨을 누리겠다는데, 뭐 어때?"

당연히 저 둘은 친남매가 아니다.

하지만 '성자와 성녀 둘 다 리멘을 기원으로 하는 존재들이니, 당연히 남매 사이가 아니냐?'라는 것이 루나의 논리였다.

……뭐, 에덴에서도 자주 저랬으니 신경 쓰지 말자. 지금 당장 중요한 건 이곳을 빠져나가는 것이다.

나는 둘의 모습을 바라보면서 한숨을 내쉰 다음, 다시 시선을 앞으로 돌렸다.

어느새 하이브 길드 간의 언쟁은 막바지에 다다른 모양이었다.

뒤늦게 온 책임자가 얼굴을 잔뜩 붉힌 채로 입을 다물고 있었고, 오준우 헌터 역시 붉게 상기된 표정으로 우리 쪽을 바라보고 있는 중이었다.

정확히 말하자면 루나 쪽을.

나는 오준우의 그 표정을 보고 나서야 이게 어떻게 된 상황인지를 정확하게 파악할 수 있었다.

"리멘 교단분들께서는 돌아가셔도 좋습니다."

붉게 상기된 얼굴.

루나에게서 떨어지지 않는 시선.

거기에 쉴 새 없이 떨리는 목소리까지.

그 모든 것은 딱 한 가지 사실을 가리키고 있었다.

"저…… 루나 레벤톤 님이라고 하셨습니까?"

"어, 맞아."

"루나 레벤톤 님 덕분에 큰 깨달음을 얻었습니다."

저 오준우라는 헌터, 루나에게 반했다.

그것도 아주 제대로.

루나는 오준우의 말에 털털하게 웃으면서 대답했다.

"너 생각보다 괜찮은 놈이었네? 네 검술도 나쁜 버릇 몇 개만 고치면 아주 괜찮아지겠더라."

"그렇습니까?"

"당연하지. 나는 이런 걸로 거짓말 안 해."

루나의 말에 오준우는 잠시 머뭇거리더니, 떨리는 목소리로 물었다.

"혹시 나중에 따로 찾아뵙고 더 가르침을 청해도 되겠습니까?"

"교황 성하께서 허락만 하신다면야 어려울 것 없지?"

루나는 그렇게 말하며 나에게 살짝 윙크했다.

가끔 보면 루나 이 녀석도 본인이 예쁘다는 걸 아주 잘 이용해 먹는다니까?

이런 요물 같으니라고.

나는 어깨를 으쓱인 다음, 오준우를 바라보면서 말했다.

"시간 괜찮으실 때 신전에 한번 들르세요. 오셔서 우리 레벤톤 경에게 검술을 사사하시고, 좋은 말씀도 나누고 가시면 될 것 같습니다."

내가 봐도 진짜 사이비 종교라고 해도 과언이 아닌 멘트였지만, 그딴 건 사랑에 빠진 남자에게는 딱히 중요하지 않은 듯했다.

내 대답에 오준우 헌터는 공손하게 허리를 숙이면서 파이팅 넘치게 대답했다.

"배려해 주셔서 감사합니다!"

"에이, 저야말로 감사하죠."

덕분에 골치 아픈 일이 해결되었는데, 당연히 내가 더 고맙지.

여차하면 확 우리 쪽으로 끌어당길 수도 있을지도 모른다.

실제로 에덴에서도 그런 경우가 몇 번 있었기도 했고 말이다.

"그럼 저희는 오준우 헌터만 믿고 돌아가 보겠습니다."

"예!"

그때까지만 해도 몰랐다.

그 일이 가져올 파급효과를.

⚜

2시간.

그것은 막 지구에 도착했던 루나가 대한민국에서 가장 뜨거운 감자가 되기까지 소요된 시간이었다.

〈리멘 교단과 하이브 길드의 정면충돌? 인천 C-57 게이트에서 분쟁이 발생하다! 전문가들, '루나 레벤톤은 이계의 존재가 확실하다.'〉

〈전국 각성자 연합, 리멘 교단에 해명과 사과를 요구.〉

〈(PHOTO) 카오스 게이트에서 등장한 리멘 교단의 루나 레벤톤.〉

-누나ㅏㅏㅏㅏㅏㅏㅏㅏㅏ

-와ㅋㅋㅋㅋ 진짜 왜 이렇게 예쁘냐?

-누나 나 죽어~

-게이트에서 나온 거면 100프로 이계의 존재 아니냐? 근데 어케 한국말 씀?

-이계인이든 외계인이든 그게 뭐가 중요함? 예쁘면 된 거지ㅋㅋㅋㅋ

-리멘 교단 입교 신청서 작성 어디서 하냐?

〈이능관리부 공식 성명 '우리는 이미 우호적인 이계의 존재들을 인정할 준비가 끝났다. 대한민국이 새로운 시대의 선두 주자가 될 것.'〉

하이브 길드에서 라이브 스트리밍을 진행하고 있었던 것이 굉장히 크게 작용했다.

하이브 길드 측에서는 영상의 다시 보기도 곧바로 비공개 처리를 했지만, 이미 많은 숫자의 네티즌들이 영상 속의 루나를 캡처해서 퍼뜨리기 시작했던 것이다.

누구라도 인정할 수밖에 없는 아름다운 외모에, 하이브 길드의 에이스들과 단신으로 맞서도 밀리지 않는 전투력까지.

짧은 시간 동안 루나가 방송에서 보여 줬던 매력들은 그녀를 스타로 만들기에 충분하고도 남았다.

당장 우리 교단의 공식 미튜브 영상에 루나가 등장하는 영상은 언제 올라오냐는 댓글이 달리고 있는 것만 보더라도 루나를 향한 대중들의 관심도를 짐작할 수 있었다.

평범한 사람이라면 대부분 이런 관심을 부담스러워하기 마련이었으나.

"나는 우리 성하가 내가 아무리 꼬셔도 안 넘어오길래 지구인들의 미적 취향은 다른 줄 알았거든요? 그런데 이렇게 보니까 또 아니네. 역시, 우리 성하만 좀 특이했던 건가?"

우리의 루나 레벤톤 경께서는 굉장히 흡족하신 모양새였다.

루나는 신전에 도착하자마자 레오의 스마트폰을 통해서 인터넷의 반응을 살피는 중이었다.

본인의 데뷔 반응을 모니터링해야 한다나 뭐래나.

"스마트폰 사용법은 또 어떻게 알아 왔냐?"

"에이, 아시면서. 전부 리멘께서 주신 사용의 은총 덕이죠."

"사용의 은총이 스마트폰에도 적용이 돼?"

"그렇던데요?"

리멘이 루나에게 내려 준 사용의 은총.

이름에서 알 수 있듯이, 은총을 받은 자는 무엇이든지 '사용'할 수 있게 된다.

말 그대로의 은총이다.

작게는 도구나 무기들부터 시작해서, 넓게는 더 큰 범위의 기계들까지.

루나는 손에 닿는 그 어떤 것이든지 사용할 수 있었다.

개인적으로 리멘 교단의 선지자들에게 내려진 은총들 중, 가장 먼치킨적인 은총이라고 생각했다.

실제로 루나는 그 은총을 통해서 모든 무기에 통달했으니, 효과 한번 탁월한 셈.

그 은총이 스마트폰에도 적용될 줄은 몰랐다.

에덴에 비해 압도적으로 공학이 발달한 지구에는 수많은 기계가 존재한다.

무기 역시 마찬가지고.

언제 한번 시간 내서 루나를 데리고 군부대라도 방문해 봐야겠다. 헬기나 전투기 같은 병기에도 은총이 적용되나 실험해 봐야지.

"솔직히 성하도 제가 와서 엄청 기쁘시죠?"

"……일단 그렇다고 치자."

"후후, 부끄러워하시기는. 여전히 귀여우셔라."

루나가 등장부터 사고를 쳐서 그렇지, 따지고 보면 루나의 합류는 교단에 있어서 큰 호재였다.

루나의 엄청난 전투력과는 별개로, 루나는 우리 교황청을 상징하는 마스코트 중 하나였다.

한마디로 엄청난 스타성을 지니고 있었다는 뜻이다.

전파 수단이 제한적이었던 에덴에서조차 그랬는데, 하물

며 대중매체가 발달한 지구에서는 어떻겠는가?

장담컨대.

"벌써부터 즐거운데요? 이럴 줄 알았으면 내가 첫 번째로 넘어올걸."

루나는 에덴에서 그러했듯, 지구에서 역시 우리 교단을 상징하는 아이콘 중 하나가 되어 줄 것이다.

그리고 우리가 미튜브를 주요 홍보 수단으로 삼은 지금, 관심을 받는 것이 천직인 루나의 존재만큼 든든한 것도 없었다.

어떤 세계에서도 반짝반짝 빛나는 스타가 될 운명을 지녔다고 해야 할까?

아무튼.

그렇게 루나가 스마트폰을 능숙하게 사용하고 있을 때였다.

가만히 서서 우리의 대화를 듣고 있던 레오가 무뚝뚝한 목소리로 말했다.

"레벤톤 경. 교황청에는 별일 없습니까?"

아무래도 에덴의 소식이 궁금했던 모양이다.

사실, 나 역시 궁금하기는 했다. 안 그래도 리멘이 에덴에 일이 있다고 말해 줬는데, 정작 그 일이 무슨 일인지는 말을 안 해 줬기 때문이다.

루나는 레오의 질문에 들고 있던 스마트폰을 내려놓았다.

그리고 어깨를 으쓱이면서 말했다.

"별일이야 있지."

"무슨 일인데."

"성하께서 지구로 돌아가시자마자 대륙 북부에서 숨어 있던 마물들이 준동했거든요. 게다가 남부의 군도에서 악마와 관련된 의식이 진행 중이라는 첩보도 들어오고…… 뭐, 이래저래 정신없었어요."

마물이란 마물은 싸그리 절멸시킨 줄 알았는데, 대륙 북부의 험준한 산맥에 숨어 있었던 건가?

리멘이 바쁜 이유가 있었던 것 같다.

나는 루나의 말에 미간을 찌푸리면서 한숨을 내쉬었다.

"그런 상황이면 추가 파견을 요구하는 것도 실례겠네."

"안 그래도 바예르 총대주교님께서 속상해하시더라구요. 성하도 지구로 돌아가셨지, 레오도 지구로 향했지…… 그래도 최악의 상황은 아니었으니까 걱정하실 필요는 없어요."

바예르 총대주교는 내가 지구로 귀환하기 전, 내가 대리인으로 임명한 인망 좋은 할아버지다.

원래는 교황의 자리까지 넘겨주고 싶었지만 그건 주교회에서 결사반대했다.

리멘께서 직접 임명한 사도는 죽기 직전까지 교황의 자리를 내려놓을 수 없다나 뭐래나.

"흐음."

마왕들을 제거하면서 평화가 찾아올 거라 생각했던 건 내

기대에 불과했던 것 같다.

이야기를 들으니 미안한 기분인걸.

"성하."

내 표정을 살핀 루나는 부드러운 목소리로 말을 이어 갔다.

"저희가 성하를 돕는 건 아주 당연한 일이에요. 성하께서는 에덴을 구원해 주신 분인걸요. 그러니까 미안해하실 필요는 없어요."

눈치 한번 빠르기는.

나는 루나의 말에 피식 웃으면서 고개를 끄덕였고, 루나는 나를 따라 웃으면서 말했다.

"그런 의미에서 저녁에 술 한잔 하실까요? 지구의 술은 무슨 맛일까 진짜 궁금했거든요?"

"루나야."

"네."

"내가 교리에 문외한이긴 한데, 성녀가 그렇게 술을 좋아해도 되나?"

얘는 뻑 하면 술이야.

그러나 루나는 내 질문에 아주 당연하다는 듯이 고개를 끄덕이며 대답했다.

"술에 빠져 본 자만이 술에 빠진 사람들을 바른길로 이끌 수 있는 법이죠."

"……미치겠네 정말."

뻑 하면 사고 치고 다니는 스타를 보유한 기획사 사장이
나와 같은 마음일까?

※

"다녀왔습니다."

사실상 2일 만에 집에 돌아왔다.

레오는 승우를 데리고 신전에 남아 있겠다고 했지만.

"지구의 집은 참 신기하네요. 어떻게 마법의 힘도 없이 이
런 건물들을 지어 내지? 진짜 대단하다."

루나는 기어코 나를 따라왔다.

2일 만에 집에 들어가는 셈이라 눈치가 살짝 보이는데, 거
기에 입까지 달고 왔으니 인욱이와 시연이가 싫어할 것이라
생각했건만.

"갇, 같이 오신 거야? 오기 전에 나한테…… 말이라도 좀
해 주지."

"우와아! 엄청 이쁜 언니다!"

외모지상주의 앞에서 내 예상은 보기 좋게 빗나갔다.

나는 우리를 맞이해 주는 인욱이와 시연이를 바라보면서
한숨을 푹 내쉬었다.

"어째 레오가 왔을 때보다 훨씬 반응이 격하다? 특히 인욱

이 너."

"······오해야, 형."

"아, 이 귀여우신 분이 성하의 남동생?"

"내 앞에서 인욱이한테 귀엽다고 하지 마. 구역질 나려고
그러니까."

"어머, 지금 질투하시는 거? 성하도 귀여우니까 질투하지
마세요. 형제끼리 저를 두고 싸우는 건 곤란해요."

"그게 무슨 개······."

심한 말을 하려다가 시연이의 똘망똘망한 눈빛을 봐 버렸
다.

그래서 나는 그저 한숨을 내쉬면서 고개를 가로저었다.

어그로 종자는 무관심이 답이다.

그냥 먹이를 주지 말자.

루나는 내가 한숨을 쉬든 말든, 내 동생들에게 웃으면서
인사를 건넸다.

"반가워요, 우리 귀여운 남매님들. 루나 레벤톤이라고 해
요. 앞으로 편하게 누나, 언니라고 불러 주세요. 말도 편하게
해 주시면 더 좋고."

그러자 인욱이가 조심스럽게 묻는다.

"그래도······ 될까요?"

"당연하지, 인욱아. 앞으로 이 누나한테 편하게 말해. 성
하한테 들었는데, 인욱이 네가 그렇게 영상 편집을 잘한다면

서? 앞으로 이 누나가 신세 좀 질게?"

"제, 제가 더 신세를……."

"언니! 저도 언니라고 불러도 돼요? 저 어렸을 때부터 언니가 있었으면 좋겠다고 생각했거든요!"

"나도 이쁜 여동생 있으면 좋겠다고 생각했었는데! 우리 운명인가?"

"헤헤."

레오와 루나의 공통점이라면 둘 다 아이들을 참 좋아한다는 점이다.

물론 무뚝뚝한 레오와 달리 루나는 어릴 적 혼자서 네 명의 남동생을 길러 냈던 경험 덕분에 레오보다 아이들을 훨씬 잘 다루는 편이다.

나는 루나를 향해 함박웃음을 짓는 시연이를 바라보면서 씁쓸하게 미소를 지었다.

역시, 잘생기거나 이쁜 게 최고다.

"시연아."

"응!"

"왜 지난번 레오한텐 아저씨라고 부르고, 루나한텐 언니라고 불러? 루나가 레오보다 1살 더 많아."

레오가 29살, 루나가 30살이다.

레오에게 아저씨라고 부른다면, 응당 루나도 아줌마라고 부르는 게 맞다.

하지만 내 질문에 시연이는 아주 당연하다는 듯이 대답했다.

"그야……."

"그야?"

"언니는 엄청 예쁘니까? 레오 아저씨도 잘생겼지만……
음, 아무튼 그래!"

대충 뭔 뜻인진 알 것 같다.

레오도 남자답게 잘생기긴 했지만, 루나의 미모는 그것과
궤를 좀 달리한다.

레오가 일반인의 수준에서 잘생긴 거라면, 루나는 연예인
들을 기준으로 삼아도 밀리지 않을 거다.

내가 비록 연예인들을 직접 만나 본 적은 없지만, 장담할
수 있다.

잘생기면 형이나 오빠고, 이쁘면 누나나 언니.

그 불변의 진리는 남녀노소를 불문하는 법.

띠리리리링-.

그렇게 루나가 내 동생들과 친분을 쌓고 있을 때쯤이었
다.

[이능관리부 유선호 장관]

전화 한 통이 걸려 왔다. 수신자는 보다시피 유선호 장관.

이 양반이 늦은 저녁에는 어쩐 일이실까.

어지간하면 낮에 전화하는 사람인데, 밤에 전화했다는 건 그만한 일이 있다는 소리.

혹시 루나와 관련된 일인 걸까?

"여보세요."

전화를 받자마자 전화기 너머로 정중하고도 중후한 목소리가 들려왔다.

─시우 님, 혹시 괜찮으시면 잠시 산책이라도 같이하시겠습니까?

아무래도 우리 집까지 직접 찾아온 모양인데, 그만큼 급한 일이라는 뜻이겠지.

장관이나 되는 사람이 직접 찾아왔는데 무시할 수도 없는 노릇이었다.

나는 혀를 찬 다음, 루나와 동생들을 바라보면서 말했다.

"나 잠시 앞에 좀 다녀올게. 배고플 테니까 밥들 먼저 먹고 있어."

"어지간하면 같이 먹지?"

"이야기가 길어질 수도 있어서. 루나 너도 따라 나오지 말고 애들이랑 같이 밥 먹고 있어라."

"알겠습니다아. 애들아, 나 배고프다. 빨리 밥 먹자!"

눈치 빠른 루나가 애들을 데리고 식탁으로 향했고, 나는 조용히 엘리베이터를 타고 1층으로 향했다.

그리고 현관을 나서자마자, 정장에 회색 코트를 걸치고 있는 유선호 장관의 모습이 눈에 들어왔다.

　일흔이 넘은 사람이라고는 도저히 믿을 수 없는 기골과 기세.

　그 노익장은 나를 보자마자 정중하게 고개를 숙이면서 인사를 건넸다.

　"잘 지내셨습니까? 늦은 시간에 불쑥 찾아와서 죄송합니다. 가족들과의 행복한 시간을 방해한 것 같아 마음이 무겁군요."

　"괜찮습니다. 식사하기 전이라서요. 말씀하신 산책이나 좀 하실까요?"

　"좋습니다."

　나와 유선호 장관은 예전에 걸었던 아파트 산책로로 향했다.

　이능관리부 요원들이 미리 통제를 한 건지, 산책로에는 아무도 없었다.

　그 한적한 산책로를 얼마나 걸었을까.

　유선호 장관이 드디어 입을 열었다.

　"도움이 필요합니다."

　처음에는 루나에 관한 문제를 논의하기 위해 찾아왔다고 생각했건만, 아무래도 그게 아니었던 모양이다.

　"부산 그라운드 제로에 문제가 발생했습니다."

이 빌어먹을 인과율은 내가 쉬는 꼴은 못 보겠다는 건가?

나는 유선호 장관의 말에 작게 한숨을 내쉬면서 대답했다.

"……이야기나 들어 봅시다."

스러진 믿음의 성지

현재, 대한민국에는 총 세 곳의 그라운드 제로가 존재한다고 했다.

하나는 우리 교단에서 정화하고 있는 서울 그라운드 제로, 또 다른 하나는 대전.

그리고 마지막으로 부산.

마력 오염의 정도로 따지면 서울 쪽이 압도적이었고, 나머지 두 지역은 일반인들도 보호구 없이 3시간 정도 활동할 수 있는 정도의 오염 수치라고 했다.

따라서 나머지 두 곳의 그라운드 제로는 각종 연구나 실습이 이루어지는 장소기도 했는데, 그 두 곳 중 부산의 그라운드 제로에 문제가 발생한 것은 지금으로부터 2일 전이라고 한다.

"이계와 연결되어 있는 것으로 판단되는 어비스 던전이 등장하였고, 관련 협약에 따라 저희는 도깨비 길드에 우선탐험권을 부여하였습니다."

"협약?"

"3년 전, 부산에서 돌발 게이트가 생성되었다는 것을 아실 겁니다. 부산 그라운드 제로는 그 돌발 게이트의 잔재입니다. 그리고 그 돌발 게이트에서 가장 돋보이는 활약을 펼쳤던 것이 도깨비 길드였습니다."

한마디로 게이트를 토벌한 대가로 일종의 보상을 받아 간 셈인 거다.

우리 교단이 서울 그라운드 제로를 정화하는 대가로 그 땅의 소유권을 받아 갔듯이, 그들 역시 비스무리한 권리를 챙겨 간 모양이다.

나는 고개를 가볍게 끄덕인 다음, 의자에 잠시 몸을 기대면서 말했다.

"도깨비 길드가 나선 일이면 도움이 필요 없는 거 아닙니까?"

도깨비 길드는 나에게 유난히 호의적이었던 최서진 대표가 이끄는 길드다.

그리고 최서진 대표는 레오와도 몇 번 공방을 주고받았을 정도로 강한 사람이다.

대한민국의 S급 헌터 중에서 최상위에 속한 사람이라는 평가가 과언이 아닐 정도였으니까.

하지만 김 팀장으로부터 돌아온 대답은 예상외였다.

"이번 요청은 최서진 대표로부터 직접 들어온 요청입니다."

"예?"

"최서진 대표는 2시간 전, 어비스 던전을 탐험하던 도중에 연락이 두절되었다고 합니다. 연락이 끊기기 전, 시우 님께 도움을 요청하라고 했다더군요."

그가 다른 대형 길드의 대표들과는 사이가 안 좋다는 건 대충 눈치채고 있었다.

그런데 왜 하필이면 나였을까?

던전을 탐험하는 일 같은 건 내가 아니라 다른 길드들이 훨씬 잘할 텐데 말이다.

"도착했습니다."

그러거나 말거나, 나와 김 팀장이 타고 있던 차는 현장에 도착했다.

부산광역시 해운대구.

그중에서도 한때 센텀시티로 불렸던 곳.

예전에 부산에 살던 군대 동기가 '부산 풀코스'라며 데리고 다녔던 장소 중에 하나였는데, 다시 와 보니 감회가 새로웠다.

아니, 생각해 보면 감회가 새로운 게 당연했다.

"몰라볼 뻔했네."

멀쩡한 건물들이 없었거든.

그래도 서울 그라운드 제로의 첫인상에 비해서 꽤 상태가 양호해 보이긴 한다.

고층 아파트 몇 개는 형체가 멀쩡했으니 말이다.

마력 오염도 서울 그라운드 제로에 비해서 진짜 양호한 편이었다.

신성석을 이용하면 꽤 빠른 속도로 정화가 가능한 수준.

대전도 이곳과 상황이 마찬가지라면 정화는 크게 어렵지 않을지도 모른다.

"지구인들은 꽤 신기한 마차를 타고 다니네요? 마법으로 움직이는 건 아닌 것 같은데. 나중에 한번 몰아 보고 싶다."

잠시 주변의 황량한 스카이라인을 감상하고 있는 사이, 우리 뒤 차에서 한 여자가 기지개를 켜면서 내렸다.

그녀는 당연히 루나였다.

루나는 지구에 입고 왔던 순백색의 갑옷이 아니라 청바지에 검은색 라이더 재킷을 입고 있었다.

참고로 저 옷들은 전부 신성력으로 구현해 낸 것들이다.

창조보다는 모방에 가까운 능력이긴 한데, 루나가 지닌 고유한 능력 중 하나다.

여러모로 편리한 능력이라 나조차도 부러워했던 능력이기

도 했다.

"잘 어울리네."

확실히 루나의 하드웨어가 사기적이라서 그런지, 뭘 입어도 비주얼이 빛난다.

내 칭찬에 루나는 웃으면서 대답했다.

"성하의 관심이라면 언제나 좋아요. 저 여기까지 오면서 폰으로 옷 여러 가지 봤거든요? 나중에 성하랑 단둘이 있을 때 다른 거 더 보여 드릴게요."

"다른 거?"

"돌핀 팬츠, 비키니, 지구 남자들은 그런 거 되게 좋아한다던데, 성하 취향은 어느 쪽? 아, 혹시 검은 스타킹?"

"그래, 칭찬해 준 내가 잘못이지."

가끔 루나가 정말 성녀가 맞는지 진지하게 궁금할 때가 있다.

가만히 생각해 보면 내 주위에 있는 선지자라는 놈들은 하나같이 이상한 놈들 뿐이다.

설마, 승우도 나중에 크면 저렇게 되려나?

녀석에게 시연이를 보여 주지 말아야 할 이유가 하나 더 늘었다.

그렇게 내가 루나와 가볍게 이야기를 주고받고 있는 사이, 저 앞에 설치되어 있던 군용 천막에서 사람들이 걸어 나왔다.

그들은 지체 없이 우리에게 다가왔고, 현장의 책임자로 보이는 남자가 곧 정중하게 고개를 숙이면서 말했다.

"다시 뵙습니다, 김시우 교황님. 갑작스러운 요청에 응해 주셔서 정말 감사합니다. 도깨비 길드의 한시현이라고 합니다."

"저희 구면인가요?"

"지난번 안양시에 생성되었던 C-51 게이트에서 뵌 적이 있습니다."

C-51 게이트라면 내가 도깨비 길드와 처음 연을 맺었던 장소다.

내가 에덴에서 넘어온 레오를 픽업했던 곳이기도 하고.

나는 그를 향해서 가볍게 고개를 끄덕이며 대답했다.

"다시 만나서 반갑습니다, 시현 씨. 자세한 이야기는 오면서 우리 김동식 팀장님으로부터 전해 들었어요. 최 대표님께서 직접 부탁하셨다구요?"

"예, 그렇습니다. 오직 김시우 교⋯⋯황님만이 해결할 수 있다는⋯⋯."

교황이라는 호칭이 입에 잘 안 달라붙는 모양이다.

"교황이라는 호칭은 빼셔도 됩니다."

"그럴 수 없습니다. 교황님께 예의를 갖추라는 대표님의 명령이 있었습니다."

지난번에도 느꼈지만 이 도깨비 길드라는 집단은 회사보

다는 차라리 군 조직에 가까운 느낌을 준다.

상관에 명령에 절대복종하는 집단이라고 해야 하나.

그런 점이 싫다는 건 아니다.

오히려 마음에 든다. 내 경험상 이런 부류의 사람들은 배신하는 경우가 드물기 때문이다.

"다들 피곤하실 텐데 일부터 끝냅시다."

"알겠습니다. 그럼 곧바로 현장으로 모시겠습니다."

그러자 시현 씨는 나와 루나를 이끌고 천막 뒤쪽으로 향했다.

그곳에는 이질적으로 생긴 구덩이가 하나 있었는데, 구덩이의 중심에 이상한 문양이 각인되어 있는 문 하나가 자리 잡고 있었다.

"저곳이 어비스 던전의 입구입니다."

그와 동시에 느껴지는, 익숙하면서도 낯선 기운.

그것을 확인한 순간 어째서 최 대표가 나에게 도움을 요청했는지 깨달을 수 있었다.

"성하, 이 느낌은 아무래도……."

루나의 말에 나는 미간을 찌푸리면서 고개를 끄덕였다.

"이교도의 성지인가."

문 너머에서 느껴져 오는 기묘한 신성력.

그리고 그것을 확인한 순간, 눈앞에 새로운 메시지 창 하나가 떠올랐다.

어비스 던전 〈스러진 믿음의 성지〉를 발견하셨습니다.
해당 던전의 폭주까지 남은 시간: 11시간 52분 12초

아무래도 오늘 밤도 길어질 모양이다.

❧

[스러진 믿음의 성지]
●종류: 서브 - 어비스 던전
●설명: 당신은 어비스 던전에 입장하였습니다. 해당 던전에서 알 수 없는 신
성력이 느껴지고 있습니다. 던전을 클리어하여 폭주를 막아 내십시오.
●완료 조건
-던전의 코어 파괴
●보상: 〈???〉, 〈신성 점수 3,000점〉

"나야 좋지."

나는 눈앞에 떠오른 메시지 창을 닫으면서 어깨를 으쓱였다.

서브 퀘스트들은 대부분 이런 식이다.

내 선택에 따라서 생성되며, 강제되진 않는 형식.

어차피 클리어할 생각이었는데 보상까지 준다니 거절할 이유가 없다.

서브 퀘스트를 수락하셨습니다.

던전의 내부는 내가 생각했던 것과는 분위기가 영 달랐다.

"여긴 아예 다른 세상 같네. 신기하다. 안 그래요 성하?"

지난번 여주의 던전은 산속에 생성된 동굴이었다면, 루나의 말대로 이곳은 아예 다른 세상 같았다.

잿빛의 하늘과, 그 하늘 아래 자리 잡은 넓은 신전의 폐허.

지구의 풍경이라고 보기에는 너무나도 이질적인 모습.

멸망이라는 단어로 세계를 만든다면 이런 느낌이지 않을까?

확실히 내가 아직까지도 지구에 일어난 현상들에 무지한 것 같긴 하다.

당황스러운 기색을 풍기는 나와 루나와는 달리, 우리와 함께 던전으로 들어온 도깨비 길드의 플레이어들은 침착함을 유지하고 있었다.

그건 그들로서는 이 던전의 구조가 익숙하다는 이야기였다.

"전문 용어로 개방형 던전이라고 부릅니다. 흔한 형태는 아니지만, 몇 번 경험해 본 적이 있는 형태입니다. 던전들 중 가장 넓은 크기를 지닌 것으로 유명합니다."

길잡이가 필요할 것이라고 말했던 이유가 이거였나 보다.

나는 시현 씨의 설명에 고개를 끄덕였다.

"확실히 넓기는 넓네요."

이곳은 눈으로 인지하는 범위보다 훨씬 더 넓은 것이 틀림없었다.

그것은 이곳을 뒤덮고 있는 저 기묘한 신성력만 보더라도 쉽게 짐작할 수 있었다.

만약 이곳의 신성력이 리멘의 신성력이었다면 이곳 어딘가에 있을 최 대표를 찾는 건 일도 아니었겠다만.

"최악이네."

이곳의 상황은 썩 좋지 않았다.

이곳이 차라리 마기나 마력에 의해 통제되고 있는 상황이었다면 훨씬 나았을 것이다.

그 두 가지 기운이라면 강제로 밀어 버릴 수라도 있었을 테지만, 이 신성력이라면 이야기가 달라진다.

던전의 이름에서도 알 수 있듯이 이곳은 한때 어떤 교단의 성지였던 것이 틀림없다.

내가 통제할 수 있는 신성력은 어디까지나 〈리멘〉에 대한 믿음을 공유하는 자들의 신성력일 뿐.

당연하게도 이교도들의 신성력은 내 마음대로 할 수 없었다.

"에덴의 이교도들은 확실히 아닌데⋯⋯ 혹시 성하는 짐작이 가시나요?"

"네가 모르는데 내가 알 리가 있겠니, 루나야."

"혹시나 해서요. 지구의 신격일 수도 있으니까."

"지구의 신격은 아니야."

지구에 신성력이 열린 지 한 달이 채 되지 않았다. 신격이 등장하기조차 빠듯한 시간.

따라서 나는 한 가지 결론에 도달할 수 있었다.

"이계의 신격이라."

지구도, 에덴도 아닌 제3 세계의 신격.

이곳은 지금으로서는 이름조차 알 수 없는, 그 이계의 신격의 성지였던 것이 틀림없었다.

일이 생각했던 것보다 훨씬 귀찮게 흘러가게 생겼다.

나는 손으로 머리를 살짝 긁적거린 다음, 가만히 대기하고 있던 시현 씨를 바라보면서 말했다.

"최 대표의 흔적을 찾을 수 있겠습니까?"

"물론입니다. 저희 길드는 던전을 공략할 때 항상 후발대들이 찾아올 수 있도록 표식을 새겨 둡니다."

"신세 좀 집시다."

"아닙니다. 저희가 당연히 해야 할 일입니다."

내 능력만 믿고 루나랑 단둘이 들어왔으면 훨씬 더 귀찮을 뻔했다.

그렇게 본격적인 탐색이 시작되었고, 나와 루나는 그들의 뒤를 조용히 따랐다.

폐허에는 수많은 기둥이 자리 잡고 있었다.

하늘 높은 줄 모르고 뻗어 있는 기둥들에선 한때 신전의 일부였다는 것을 증명하듯, 미약하게나마 신성력이 느껴지는 중이었다.

루나 역시 내 옆에 붙어서 나를 따라 그 기둥을 주시했다. 그리고 아까에 비해 다소 경직된 목소리로 말했다.

"말도 안 돼. 저희 교황청의 대신전보다 더 거대했겠는데요?"

나는 그녀의 말에 담담히 고개를 끄덕이면서 대답했다.

"대신전들은 그 교단의 교세를 판가름하기 좋은 건축물 중에 하나지. 모르긴 몰라도 이 정도 수준의 폐허라면…… 교세가 엄청났던 교단이었을 거야."

남아 있는 흔적만 보더라도 알 수 있었다. 어쩌면 이곳은 한때 교황청에 있는 우리 교단의 대신전보다도 훨씬 거대했을 것이다.

그리고 그 거대함만큼이나 융성했으리라.

그러나 그때의 영광은 온데간데없었고, 이곳에 남은 건 오로지 폐허뿐.

폐허 사이에 스며들어 있는 미약한 신성력만이 이 이름 모를 신격의 존재를 증명……

"……잠깐만."

나는 발걸음을 잠시 멈춰 세웠다.

아까 전부터 느꼈던 불쾌감의 원인을 깨달았기 때문이다.

신성력은 자연히 발생하지 않는다. 지난번에 리멘이 말해 주었듯, 생명이 무언가를 간절하게 믿을 때 발생하는 힘.

다시 말해서 '생명'의 '믿음' 없이는 존재할 수 없다는 뜻이다.

그 공식을 현 상황에 대입하면 다음과 같은 답이 도출된다.

"이계의 신격을 믿는 생명이 아직도 이곳에 살아 있다?"

안타깝게도 그것은 정답이었다.

카드드드득─!

폐허 틈 사이에서 셀 수 없이 많은 그림자가 몸을 일으키기 시작했고, 곧 얼굴이 기괴하게 비틀린 괴물들이 서서히 모습을 드러냈다.

녀석들의 등장에 루나는 입고 있던 옷을 갑옷으로 변형시키면서 한숨을 내쉬었다.

"성하."

"어."

"제가 말했죠. 성하는 항상 혀가 화근이라고."

나는 그 말에 반박을 하려다가 포기할 수밖에 없었다. 그러자 루나가 철퇴를 소환하면서 능글맞게 이죽거렸다.

"그것도 어떻게 보면 매력일 수도 있어요. 같이 있으면 적어도 심심하진 않거든요. 항상 나를 짜릿하게 해 준달까."

"루나야."

"네에."

"좀 닥쳐."

나도 슬슬 화가 올라오려던 참이니까.

* * *

내가 에덴에 도착한 지 3년 차였을 것이다.

끝도 없이 이어지는 전투와 가족들을 보고 싶었던 그리움에 지쳐서 내가 잔뜩 삐뚤어졌던 시절.

나는 나에게 항상 미안해하던 리멘에게 상당히 불경한 질문을 던졌던 적이 있다.

신이라는 존재들도 죽을 수 있냐고.

한창 악에 받쳤던 시절이었고, 나를 그렇게 만든 리멘을 원망하던 시절이기도 했다.

무시해도 되는 질문이었으나 리멘은 그 질문에 아주 친절하게 대답해 주었다.

―신격은 믿음으로부터 피어올라서, 잊혀짐으로써 사그라들어.

―잊혀지면 어떻게 되는데?

―비로소 완성되는 거지. 언젠가 시우도 그게 무슨 뜻인지 알 수 있을 거야.

그때로부터 7년이나 지난 지금조차도 그 '완성'이란 게 무슨 뜻인지 깨닫지는 못했다.

그러나 내 눈앞에서 벌어지고 있는 저 끔찍한 것들이 '완성'이 아니란 것만큼은 확신할 수 있었다.

"저딴 게 완성일 리가 없잖아."

나는 우리 앞을 가로막고 있는, 저 비틀린 괴물들을 바라보면서 눈살을 찌푸렸다.

"성하. 리멘께 맹세컨대, 저딴 괴물들은 에덴에서조차 본 적이 없어요. 마물 놈들보다 더한데요? 미믹 새끼들도 저것보단 살갑게 생겼겠다."

"그건 인정."

루나는 어느새 몸에 순백색의 판금 갑옷을 둘렀다.

그리고 오른쪽 어깨 위에 철퇴의 손잡이를 올리면서 짜증난다는 듯이 말했다.

"저렇게 끔찍하게 생겨서는 신성력을 품고 있다는 거, 진짜 화가 치밀어 오르지 않으세요?"

"외모로만 평가하는 거, 그거 나쁜 버릇이다."

"알게 뭐야. 리멘께서도 저 새끼들 면상 보면 고개를 절레절레 저으시겠구만."

"그건 아닐걸."

"그럼요?"

"리멘도 화는 내겠지만, 너랑은 좀 다른 이유로 화를 내겠지."

나는 그렇게 말하며 우리를 향해 서슴없이 적의를 드러내는 그 괴물들을 바라보았다.

루나의 말대로 추악하기 그지없는 몰골들이다.

꿈에 나올까 무서울 정도로 무서운, 공포스러운 비주얼인 것도 틀림없다.

팔다리가 이상한 곳에 달려 있다든가, 머리가 수십 개 달려 있다든가, 하나같이 각양각색으로 뒤틀려 있었으니까.

하지만 리멘은 그들의 추악한 몰골에 화를 내진 않을 거다.

오히려 저들을 가엾고 불쌍하게 여길 것이다.

왜냐하면.

"신성력으로 망자들을 되살려 낸다니, 이래서야 네크로맨서 새끼들이랑 다를 게 뭐냐?"

"그러게요."

저 모든 것이 이곳을 지배하고 있는 신성력 때문에 일어난 현상이었으니까.

내 눈에는 그 괴물들과 이어진 얇은 선이 보였다.

신성력을 머금은 황량한 대지와 탯줄처럼 연결되어 있는 얇은 선.

그 선은 진작에 영면에 들었어야 할 망자들을 억지로 이곳에 붙들어 두고 있었다.

그것은 성스러운 기적이라기보다는 차라리 저주에 가까운 모습이었다.

아마도 저 괴물들은 거대한 신전이 풍화되어 폐허가 될 때까지, 아주 기나긴 세월 동안 이곳에 붙잡혀 있었을 것이다.

그리고 그 이유쯤이야 그리 어렵지 않게 유추할 수 있었다.

"이렇게라도 신격으로서 영속하고 싶었던 건가."

잊혀지면서 소멸했어야 마땅할 자신의 운명을, 신도들을 강제로 살려 둠으로써 거부한 것이다.

이 세계가 어떤 식으로 멸망했는지는 모르겠다.

하지만 한 가지는 확실하다.

"역겨운 놈이네."

이 대지에 담긴 의지는 더 이상 성스럽다고 부를 수 없는 것이었다.

이곳의 신성력을 계속 신성력이라고 부르는 게 맞는 걸까?

"아주 그냥 씹새끼네요."

루나는 내 말에 호응하면서 고개를 끄덕였고, 나는 작게 한숨을 뱉으면서 대답했다.

"넌 가끔 네가 성녀란 걸 잊는 것 같다."

"씹새끼한테 씹새끼라고 부르는데 뭐 문제라도?"

맞는 말이라서 딱히 반박은 못 하겠군.

나는 어깨를 으쓱인 다음, 주머니에서 가죽 장갑을 꺼내서 손에 꼈다.

그리고 나지막한 목소리로 루나에게 말했다.

"성지의 중심은 저 안쪽이다. 아마 최 대표도 그쪽에 있을 거야. 그만 놀고 슬슬 일하자, 루나야."

본인의 신도들을 괴물로 만들어서라도 신격을 유지하려던 놈이다.

그런 놈이 지구로 넘어온다면 어떤 짓을 벌일지는 뻔하다.

수단과 방법을 가리지 않고 신도를 늘리기 위해 발악할 것이다.

따라서 녀석은 이 뒤틀린 세계와 함께 묻혀야만 한다.

내 말에 루나는 하품을 뱉으면서 말했다.

"저 괴물들, 신성력으로 정화는 못 할 것 같은데, 제 방식대로 정화해도 되죠?"

"어차피 처음부터 그럴 생각 아니었냐?"

"어머, 제 속을 그렇게 들여다보시면 좀 부끄럽답니다."

루나는 나를 바라보며 오른쪽 눈을 윙크한 다음, 철퇴를 가볍게 휘두르면서 천천히 앞으로 나아갔다.

내 옆에서 우리 둘의 대화를 가만히 듣고 있던 도깨비 길드의 시현 씨가 조심스레 묻는다.

"저희가 어떤 식으로 전투를 보조해 드리면 되겠는지요?"

나는 그의 말에 곧장 고개를 끄덕이면서 대답했다.

"가만히 계시면 됩니다."

"예?"

"루나는 싸울 때 누가 끼어드는 거 정말 싫어하거든요."

"하지만 적의 숫자가 너무 많⋯⋯."

시현 씨의 말이 끝나기도 전이었다.

콰아아아아아아앙-!

루나의 철퇴가 대지를 강타한 순간, 폭약이라도 터진 듯한 굉음이 주위를 휩쓸었다.

그리고 나는 넋이 나간 시현 씨를 향해 부드럽게 웃어 주면서 말했다.

"여기는 우리 성기사님에게 맡기고, 저희는 최 대표님을 찾으러 가 볼까요?"

"알, 알겠습니다."

아마 내 짐작이 맞다면, 최 대표는 현재 꽤 위험한 상황에 놓여 있을 것이다.

서둘러 움직이도록 하자.

❧

도깨비 길드의 탐색 능력은 내가 기대했던 것 이상이었다.

우리는 본격적인 탐색에 나선 지 약 1시간 만에 최 대표의 흔적을 발견할 수 있었다.

강력한 힘끼리 충돌한 것이 분명해 보이는 거대한 크레이터.

"여기서부터는 표식이 끊겼습니다. 크레이터에서 대표님의 마력이 느껴지는 건 분명합니다만……."

"갑자기 끊겨 버렸네요."

"맞습니다."

이곳은 정말로 부자연스러웠다.

애초에 이 던전 자체가 지극히 부자연스럽기는 했지만, 지금 내가 보고 있는 이 장면은 그중에서도 특히 부자연스러운 축에 속했다.

이 정도의 거대한 크레이터가 생성되었을 정도면 꽤 치열한 전투가 벌어졌을 터인데, 이 크레이터를 제외하고서는 아무런 흔적도 남아 있지 않았다.

"크레이터를 제외한 나머지 흔적들이 깨끗하게 지워진 듯합니다. 한 가지 의문인 점은, 저들이 흔적을 지우려고 했다면 어째서 이 크레이터를 지우지 않았는지……."

"지우지 않은 게 아니라, 지우지 못한 겁니다. 최 대표의 마력이 좀 버거웠나 봅니다."

"혹시 짐작 가시는 부분이 있으십니까?"

나는 그 말에 고개를 끄덕인 다음, 천천히 신성력을 끌어올리면서 팔을 내밀었다.

그러자.

파지지지지직-!

아무것도 없는 허공에서 새하얀 스파크가 터지기 시작하면서 강력한 반발력이 전해져 왔다.

패시브 스킬 〈신성 보호 Lv. Max〉에 의해 신성 결계가 무효화됩니다.

예상했던 대로 신성 결계였다.

상당히 묵직한 반발력에, 나는 씨익 웃으면서 말했다.

"우리 최 대표님이 안 불러 주셨으면 섭섭할 뻔했네. 시현 씨. 다른 분들 데리고 잠시 빠져 계십쇼."

"저희가 돕겠습니다."

"빠져 주시는 게 도와주시는 겁니다."

도깨비 길드의 플레이어들은 확실히 쓸모 있는 아군이다.

탐색부터 시작해서 개개인이 지닌 마력량을 보면 아마 어디에 내놓아도 부족함이 없을 것이다.

하지만 그들이 아무리 숙련된 베테랑이라고 한들, 이 결계 너머에서 벌어지고 있는 일에는 그다지 도움이 되어 주진 못할 것이다.

차라리 걸림돌이 되었으면 되었지.

"하지만 교황님, 저희는 대표님을 반드시……."

"걱정하지 마세요."

파지지지직-!

"빨리 해결하고 나올 테니까."

나는 온몸에 신성력을 두른 다음, 결계 내부로 진입하면서 조용히 말을 맺었다.

신성 결계 내부로 진입했습니다.
당신의 신성력이 왜곡 현상에 저항합니다!

결계 내부로 단 한 발자국을 내디뎠을 뿐이다.

하지만 그 한 발자국만으로 모든 것이 뒤바뀌었다.

방금 전까지만 하더라도 황량한 폐허였던 장소가, 어느새 치열한 전장으로 변했다.

그리고 그 전장의 중심에는 수많은 흉터가 새겨진 상체를 드러낸 최서진 대표가 서 있었다.

그는 포위당한 상태였다.

"쯧."

그것도 본인이 그렇게나 아꼈던 수하들에게 말이다.

대부분의 사람은 이런 상황을 맞이하면 보통 절망하곤 하는데, 최서진 대표의 표정은 전혀 그렇지 않았다.

그는 분명히 웃고 있었다.

그것도 아주 밝은 표정으로.

그는 곧 결계를 뚫고 들어온 나를 발견하더니, 사방이 쩌렁쩌렁하게 울릴 만큼 큰 목소리로 소리쳤다.

"좀 늦으셨습니다! 안 오시는 줄 알고 걱정했지 않습니까! 흐하하!"

힘들 때 웃는 자는 일류라고 했었던가.

그런 의미에서 보면 최 대표는 일류가 맞다.

나는 그의 넉살에 피식 웃음을 지었다. 그리고 곧바로 땅을 딛고 뛰어올라, 포위망을 뚫고 그의 옆에 가볍게 착지했다.

그러자 최 대표가 엄지를 치켜세우면서 말했다.

"슈퍼 히어로 랜딩! 역시, 우리 김 교황께서는 낭만을 아십니다! 역시, 제가 인정한 사나이답습니다."

"거, 꼴이 말이 아니십니다."

"크흐흐. 제 새끼들이 평소에 불만이 많았던 모양입니다. 아주 그냥 제 몸에 구멍을 놓고 싶어서 안달이더군요. 김 교황님도 저처럼 칼침 맞기 싫으시면 평소에 잘하십쇼."

그는 그렇게 말하면서 바닥에 피가 잔뜩 섞인 침을 뱉었다.

가까이서 본 최 대표의 몸 상태는 당연히 최악이었다.

그가 서 있던 바닥에 피가 고여 있을 정도로 출혈량이 엄청났고, 성하지 않은 부위보다 성한 부위가 찾기 어려울 정도였다.

솔직히 말해서 당장 혼절하더라도 이상하지 않았을 부상이다.

하지만 최서진 대표는 이런 상황에서조차 본인의 방대한

마력을 통해서 부하들을 억제하고 있었다.

"제가 조금이라도 늦었으면 진짜 죽으셨을 겁니다."

"이리 오셨으니 된 겁니다. 부하 놈들을 두고 갈 순 없잖습니까?"

"전략상 후퇴라는 말 모르세요?"

"저 멍청한 놈들이야말로 제 전략입니다. 흐흐. 그리고 후퇴가 뭔 뜻입니까? 제가 가방끈이 짧아서 영 무식합니다."

아마 최 대표의 실력이라면 혼자 이곳에서 빠져나가는 것쯤은 크게 어렵지 않았을 것이다.

그럼에도 그가 이렇게 버티고 있었던 건.

"미우나 고우나, 제가 손수 키운 새끼들입니다. 제가 어떻게 키운 놈들인데, 이놈들이 이름도 모를 씨발롬의 광신도가 되는 꼴은 볼 수 없지요."

무언가에 홀려 있는 본인의 수하들 때문이었으리라.

최 대표는 왜 이런 일이 벌어졌는지 대충 짐작하고 있는 듯했다.

그는 그들에게서 시선을 떼지 않은 채로 말을 이어 갔다.

"목소리를 들었습니다. 받아들여라, 섬겨라, 복종하라. 지랄맞게도 좆 같은 목소리였습니다. 저야 그 목소리가 워낙 좆 같아서 무시했는데, 아무래도 제 새끼들은 아니었나 봅니다. 처음에는 좀 버티는가 싶었더니만. 쓰읍."

굳이 따지자면 성지에서 신격의 권능에 저항하는 최 대표의 정신력이 괴물 같은 거다.

딱 봐도 신격이 직접 도깨비 길드의 헌터들을 세뇌시킨 건데, 최서진 대표는 오로지 의지만으로 세뇌에 저항한 것이다.

"그래서, 그 좆 같은 목소리를 같이 듣자고 저를 부른 겁니까?"

"이곳을 지배하고 있는 힘이 신성력이란 것쯤은 던전에 들어서자마자 파악했습니다. 신성력으로 인해 문제가 발생했으니, 해당 분야 전문가에게 자문을 구하는 것이 당연한 것 아니겠습니까?"

"이번 경우는 어디까지나 도깨비 길드에서 혼자 던전을 독식하려다 생긴 일입니다. 자문료가 꽤 비쌀 겁니다."

신경을 건드리는 말이었음에도 불구하고 최 대표는 거침없이 고개를 끄덕였다.

"제 남은 생을 교황님에게 드리겠습니다. 사냥개가 필요하시다면 사냥개가 되어 드릴 수도 있습니다."

"명색이 교황인데 사냥개는 좀 그렇지 않을까요."

"그렇다면 애완견 어떻습니까?"

"아니, 왜 자꾸 개냐고."

"개가 싫으시면 고양이?"

온몸을 뒤덮은 흉터에다가, 살기를 이용해서 심장마비를 일으킬 수 있는 고양이라…….

최악이군.

상상만으로도 심장이 멎어 버릴 것만 같다.

나는 내 스스로의 상상력을 원망한 후, 담담해진 목소리로
말했다.

"자문료는 후불로 달아 두겠습니다."

모든 일에는 순서가 있는 법.

"일단, 이것부터 해결하도록 하죠."

부우우우우우욱-!

내가 장갑을 낀 손으로 허공을 잡아 뜯자, 곧 기괴한 귀곡
성이 울려 퍼졌다.

끼아아아아아-!

공간의 왜곡을 방패 삼아 숨어 있던 존재.

신격으로서의 진명(眞名)조차 상실하였으며, 성스러움 대
신에 추악함을 받아들인 괴물.

어비스 던전의 보스 몬스터 〈???〉가 당신의 힘에 의해 강제로 소환됩니다!

이 비틀린 성지의 주인이, 그제야 모습을 드러냈다.

녀석은 허공에서 버둥거린다.

기껏해야 1m쯤 되어 보이는 형체.

수십 개의 팔다리를 단, 끔찍한 괴물에게서는 분명한 신성력이 느껴지고 있었다.

게다가 녀석은 지금 이 순간에도 본인의 목을 휘어잡고 있는 내 팔에다가 자신의 신성력을 흘러 넣는다.

나를 섬겨라. 나를 섬겨라. 나를 섬겨라. 나를 섬겨라. 나를 섬겨라.

그것은 사람들끼리 주고받는 대화 같은 것이 아니었다.

머릿속을 파고드는 신탁이었으며, 동시에 사악한 집념이었다.

나야말로 진정한 신. 너희가 숭배해야 할 대상. 너희의 구원자. 나를 숭배하라.

검은색으로 덧칠해져 있는 녀석의 얼굴 한가운데서 초록색의 안광이 번뜩인다.

나는 살며시 웃으면서 그 안광을 마주했다. 그리고 조롱을 가득 담아서 말했다.

"뭐라는 거야, 사이비 새끼가."

방금 전의 그 목소리들은 의심할 여지 없는, 신성력을 통해 내려진 신탁이었다.

다만, 리멘의 신탁과는 비교조차 할 수 없이 다르다.

리멘의 신탁은 단순히 본인의 의지를 전달할 뿐이지만, 이 녀석의 신탁은 대상에게 의지를 '심는다'.

최 대표를 제외한 도깨비 길드의 플레이어들이 저 모양이 된 것도 전부 그 때문이었을 것이다.

비록 잊혀지기 직전의 신격이라고 하나, 신격은 신격이다.

신성력을 경험해 보지 못한 지구의 플레이어들에게는 치명적으로 작용할 수밖에 없었다.

"김 교황께서도 그 목소리가 들리시나 보군. 참 좆 같은 목소리지 않습니까? 평생을 무신론자로 살아왔습니다. 고작 이딴 사이비 새끼한테 넘어갈 제가 아니지요. 흐하하하핫!"

물론 어디까지나 최 대표를 제외하고서 말이다.

성지에서 신격의 의지에 대항하는 것만으로도 대단한데, 그것도 모자라 본인의 마력으로 수하들을 속박하고 있지 않은가?

하여튼 괴물 같은 인간이다.

나는 너털웃음을 터뜨리는 최 대표를 향해 장난스럽게 말했다.

"종교인 앞에서 하실 말씀은 아닌 것 같은데"

"흐흐. 신이라는 새끼가 참 좆같이 생겼습니다. 어떻게, 저희 애들을 되돌릴 방법은 있겠습니까?"

최 대표는 그렇게 말하면서 내 손에 붙잡혀 있는 괴물을 노려보았다.

하긴, 의지에 대항할 정도의 실력자가 신격의 존재를 모르고 있었을 리가 없다.

나는 최 대표의 말에 천천히 고개를 끄덕이면서 대답했다.

"당연하죠."

이 괴물은 성지에 퍼져 있는 신성력을 통해서 도깨비 길드원들이 강제로 자신을 숭배하게 만들었다.

숭배를 멈추게 만드는 방법은 간단하다.

까드드드드득—!

꺄아아아아아악—!

"지워 버리면 됩니다."

숭배의 대상이 되는 놈을 소멸시키면 된다.

나는 놀고 있던 왼손을 곧장 괴물의 배 속으로 집어넣었고, 그러자 녀석은 발악하기 시작했다.

우우우우우웅—.

녀석은 대지에 깃들어 있던 자신의 신성력을 나에게로 집중시켰다.

성지를 지탱하고 있던 신성력의 힘이 오로지 나를 향해 투사된다.

폐허뿐인 성지라고 하나 이곳은 결국 녀석의 성지.

신격은 본인의 성지에서만큼은 절대적인 영향력을 발휘할 수 있다.

사라져라. 사라져라. 사라져라.

당장에라도 내 몸을 쥐어짜 낼 듯한 압력이 사방에서 몰려든다.

녀석의 신성력이 내 주위를 점거한 순간, 내 시야 전체가 신기루처럼 일렁거리기 시작했다.

그리고 그 신기루 사이로 새까맣게 물들어 있는 어떤 공간이 드러났다.

끝을 알 수 없는 깊은 무저갱.

나는 그 무저갱이야말로 이 녀석이 지금껏 몸을 숨겼던 장소라는 것을 깨달을 수 있었다.

사르르르르륵-.

무저갱에서 흘러나온 어둠이 나를 향해 손을 뻗는다. 정확히는 내 손에 붙잡혀 있는 괴물을 향해.

그러나 나는 아랑곳하지 않고 왼손을 움켜쥐었다. 그러자 손끝에서 이질적인 감촉이 전해져 왔다.

"찾았다."

그 이질적인 물건을 움켜쥔 채, 곧바로 녀석의 배 속에서 왼손을 꺼냈다.

녀석의 배 속에서 나온 물건은 다름 아닌 회색빛의 작은 돌이었다.

어린아이의 손에 딱 맞을 듯한 작디작은 돌.

얼핏 보면 평범한 돌처럼 보였지만, 그 작은 돌이야말로 이 끔찍한 성지의 근원이었다.

"······성유물."

탄생의 돌
● 아이템 종류: 성유물 - ???
● 출신 차원계: ???
● 설명: 누군가의 탄생이 담긴 돌. 한때는 간절한 소망이 담겨 있었으나, 지금은 그 모습을 찾아볼 수 없다. 알 수 없는 힘에 의해 잠식되어 있다.

이계의 성유물 〈탄생의 돌〉이 시스템에 동기화됩니다.
어비스 던전 〈스러진 믿음의 성지〉의 코어를 발견하셨습니다.

길게 끌 것도 없었다.

나는 신성력을 끌어올리면서 손아귀에 힘을 주었고.

파스스스—

곧바로 손가락 마디마디 사이로 회색 가루가 흘러내렸다.

그 순간이었다.

코어를 파괴함으로써 던전 〈스러진 믿음의 성지〉를 완료하셨습니다!

해당 던전 퀘스트를 완료합니다.

보상 〈???〉의 정체가 밝혀집니다. 〈교황 DLC – 성유물〉이 업데이트됩니다!

지금부터 〈성유물 점수〉를 사용할 수 있습니다. 이계의 성유물을 수집할 때마다 점수를 획득하며, 해당 점수로 〈리멘 교단〉의 성유물을 소환할 수 있습니다.

수없이 내려가는 메시지 창.

그러나 그것도 잠시, 곧 눈앞에 어떤 환영이 투영되기 시작했다.

한 소녀가 제 몸보다 큰 돌탑 앞에 서 있다. 소녀는 동물의 가죽을 조악하게나마 이어 붙인 옷을 입고 있었다.

소녀는 고사리 같은 손으로 돌탑 앞에 작은 돌 하나를 내려놓는다.

그리고 작게 속삭이는 목소리로 말한다.

모두가 행복하게 해 주세요.

두 손을 모아 기도한 소녀는 천천히 돌탑에서 멀어졌고,

소녀가 사라지고 나서야 돌에서 은은한 흰색 빛이 피어오르기 시작했다.

당신은 이계의 성유물 〈탄생의 돌〉에 각인된 〈신화〉를 확인했습니다.
해당 성유물의 〈신화〉를 흡수하여 〈성유물 점수〉 1점을 획득하였습니다!
〈성유물 점수〉 1점을 사용하여 교단의 성유물 하나를 소환할 수 있습니다!
다음 성유물을 해금하기 위해서는 5점이 필요합니다.

신기루처럼 일렁였던 환영은, 새로운 메시지 창이 떠오름과 동시에 눈앞에서 흩어졌다.

아마도 그건 신격이 최초로 탄생했던 순간이 아니었을까.

끼…….

그것으로 끝이었다.

사르르륵-.

내 손에 잡혀서 버둥거리던 괴물도, 신성력을 품고 있던 폐허도, 이곳을 이루던 모든 것이 신기루와 함께 흩어져 갔다.

그러자 비틀려 있던 것들이 제자리로 되돌아오기 시작했다.

"대표니이이이임!"

"내가…… 내가 왜 대표님을?"

도깨비 길드의 플레이어들이 세뇌로부터 풀려났고.

"대표님! 괜찮으십니까? 다들 빠르게 움직여! 부상자 확인부터!"

결계 밖에서 대기하고 있던 시현 씨의 팀도 빠르게 합류했다.

그리고 저 멀리서 우렁찬 하이톤의 목소리가 들려왔다.

"성하아아아아아! 몸은 괜찮으셔요오오오?"

나는 루나의 목소리를 들으면서 피식 웃었다. 그리고 장갑에 묻어 있던 회색 가루를 털어 냈다.

그런 내 눈앞에 빨간색 테두리의 메시지 창이 떠올랐다.

경고! 본 던전은 1시간 뒤에 소멸합니다. 서둘러 탈출하십시오!

"보채기는."

한때는 수많은 이의 믿음과 소망이 담겨 있었을 성지의, 지독히도 허무한 결말이었다.

꽃

던전에서 빠져나오는 건 그리 어렵지 않았다.

아이러니하게도 도깨비 길드의 플레이어들이 신격에게 세뇌되었던 것이 도움이 되었다.

성지의 주인이었던 신격이 그들을 자신의 광신도로 만들

려 했을 뿐이지, 죽일 생각은 없었을 거거든.

덕분에 사망자는 없었고, 세뇌당한 이들로부터 일방적으로 공격당한 최 대표를 제외하고선 중상자조차 없었다.

대부분이 정신적인 피로감만 호소했을 뿐.

아무튼.

이곳은 어비스 던전의 입구에 설치되어 있던 도깨비 길드의 임시 천막.

"크으으으. 한잔하시겠습니까? 피 흘리고 마시는 술맛은 세상 그 무엇과도 비교할 수 없는 법입죠."

"암요 암요. 최 대표님이 뭘 좀 아시네. 술이 입에 참 쫙쫙 달라붙네요. 지구의 술도 꽤 괜찮은데요?"

"흐하하핫! 마음껏 드십쇼, 루나 양! 얘들아! 내 차 가서 보드카 박스 좀 더 내와라!"

천막 안에선 술판이 벌어졌다.

최 대표는 온몸에 붕대를 두른 채로 간이 의자에 앉아 보드카를 벌컥벌컥 마시는 중이었고, 그 옆에서는 루나가 질세라 보드카 병나발을 불어 댄다.

나는 그 둘의 모습을 한심하다는 듯 쳐다보면서 말했다.

"중상 입고 그렇게 술 마시면 보통 뒈집니다."

"전쟁터에선 독한 술로 상처를 소독하는 경우도 있지요."

"그건 환부에다가 직접 뿌리는 거잖아, 이 양반아."

"내 새끼들에게 당한 상처는 당연히 마음에 남지 않겠습니까? 마음의 상처를 소독한다고 생각하십쇼! 흐하하하!"

"허허, 아주 그냥 지랄을……."

"성하! 이쁜 말!"

"……진짜 지랄……."

레오도 그렇고, 루나도 그렇고.

어쩨 에덴에서 넘어온 놈들은 최 대표와 쿵짝이 잘 맞는 것 같다.

나는 심드렁한 표정으로 물을 한 모금 목으로 넘겼다.

나 역시 술을 좋아하는 편이지만, 지금은 술을 마실 기분이 아니다.

기분이 심란했다.

아마도 그건.

메인 퀘스트가 발생했습니다!

[도래]

●종류: 메인 – 시나리오

●설명: 격의 시대가 도래했습니다. 앞으로 수많은 신격이 지구로 넘어올 것입니다. 그들 중에는 인류에게 호의적인 존재들도 있겠지만, 꼭 그들 모두가 인류에게 호의적이란 법은 없습니다.

그들이 지닌 신화의 힘은 당신의 교단을 강화시켜 주는 훌륭한 원동력이 될 것입니다. 그 힘을 흡수하여, 교단의 힘을 더 키워 나가십시오.

●완료 조건: 〈이계의 성유물〉 3개 흡수

●보상: 특수 스킬 〈신화 추적〉, 신성 점수 1만 점

눈앞에 떠오른 이 퀘스트 창 때문일 것이다.

던전을 클리어하고 밖으로 나서자마자 갱신되었던 새로운 퀘스트.

내용을 간단하게 요약하자면, 앞으로 계속해서 새로운 신격들이 지구에 나타날 것이란 소리였다.

"하아."

여러모로 귀찮은 일이었지만, 어쩔 수는 없는 일이었다.

게다가 신격을 상대하는 일은 이미 에덴에서 몇 번 경험했다.

에덴의 신격들 중 일부가 마왕과 힘을 합쳤었기 때문이다.

더 나아가, 신성력을 보유하고 있다는 것만으로 그들이 옳은 길을 걷고 있다고 말할 수는 없다.

〈악신〉들을 추종하는 자들도 신성력을 보유할 수 있기 때문이다.

〈악신〉이라는 것들의 정의는 간단하다.

필멸자들에게 해악을 끼치는 신격.

아까 전에 상대했던 그 녀석도 〈악신〉이라고 부르기에 충분한 녀석이었다.

"문제는 앞으로 이런 놈들이 계속 나타날 거란 건데……."

퀘스트 창의 내용을 통해 예상해 보면, 더더욱 많은 신격들이 지구에 모습을 드러낼 것이다.

그들 중에는 분명히 〈악신〉들이 섞여 있겠지.

즉, 마왕을 추적하는 것 말고도 해야 할 일이 하나 늘어난 셈이다.

짜증이 날 수밖에 없는 상황.

하지만 내 짜증은 그리 길게 이어지지 못했다.

"대표님!"

술판이 벌어지고 있던 천막 안에, 도깨비 길드 소속의 플레이어 하나가 다급하게 들어왔다.

최 대표는 자신의 수하를 바라보면서 눈살을 찌푸렸다.

그리고 오른손에 보드카 병을 움켜쥔 채로 물었다.

"귀인분들이랑 좋은 자리 하고 있는 거 안 보이냐?"

"그게…… 일이 좀 생겼습니다."

"일? 던전도 소멸했는데 무슨 일?"

"급히 나와 보셔야 할 것 같습니다."

남자는 잠시 숨을 돌린 다음, 나지막한 목소리로 보고를 이어 갔다.

"현재, 자신들을 '백명교'라고 밝힌 인원들과 대치 중입니다. 아무래도 쉽사리 물러날 생각이 없어 보입니다."

"뭐? 그 종교쟁이 새끼들이? 걔네가 갑자기 왜!"

"그건 저희도 아직……."

백명교.

그동안 잠시 잊고 있었던 놈들의 갑작스러운 등장.

"하아."

나는 루나의 손에 들려 있던 보드카를 뺏어서 한 모금 목으로 넘겼다.

오늘 밤도 잠자기 글렀다.

언제쯤 편하게 집에서 잘 수 있을까?

꽃

임시 천막에서 한 100m쯤 떨어져 있는 곳.

경계를 서고 있던 도깨비 길드의 플레이어들과 하얀색 코트를 입고 있는 인원들이 대치를 하는 중이었다.

지난번에 구로구 게이트에서 본 적이 있었던 백명교도들의 하얀색 코트.

숫자는 대략 삼십 정도였다.

전투는 벌어지지 않았지만 묘한 긴장감까지 느껴지는 현장이었다.

도깨비 길드에서 설치한 조명이 아니었다면 서로 분간할 수도 없을 만큼 깜깜한 밤이었다.

이렇게 늦은 시각에 저들이 이곳에 올 이유가 몇이나 있을까?

"이거, 이리도 야심한 시각에 귀하신 분들이 어쩐 일로 오셨습니까?"

최서진 대표는 특유의 넉살 좋은 말투와 함께 천천히 앞으로 나아갔다.

그러자 곧 백색의 코트를 입은 자들 사이에서 한 남자가 조용히 걸어 나왔다.

그는 나와 최서진 대표를 번갈아 가면서 쳐다본다. 그리고 정중하게 허리를 숙이면서 인사말을 건넸다.

"처음 뵙겠습니다, 최서진 대표님. 백명의 부산 교구를 책임지는 교구장, 심진규라고 합니다. 늦은 시간에 갑자기 찾아와서 죄송합니다. 나쁜 뜻으로 온 건 아니니, 적대를 거둬 주시면 감사하겠습니다."

"남의 작전 구역에 무단으로 침범해 놓고서 나쁜 뜻이 아니라니…… 말에 어폐가 있지 않습니까?"

"혹시나 모를 재앙을 막기 위해서 이리 무례를 범했습니다. 그 부분은 저희가 깊은 사과의 말씀을 드리겠습니다."

"모든 문제가 말로 해결될 수 있으면 전쟁이 왜 있겠소? 안 그렇습니까, 김 교황님?"

"그러게나 말입니다."

나는 고개를 끄덕이면서 조용히 그 남자와 뒤의 백명교도들을 주시했다.

지난번에는 은은한 마력이 느껴지던 집단이었는데, 어느새 그들로부터 분명한 신성력이 느껴지고 있었다.

그것도 삼십 명 모두 말이다.

게다가 개개인의 수준도 어중이떠중이 수준이 아니었다. 신성력이 개방된 지 얼마 안 된 것을 고려한다면, 개개인이 꽤 독실한 신앙심을 지니고 있다고 해도 무방했다.

이런 내 시선을 의식한 걸까?

심진규는 나를 바라보면서 부드럽게 웃음을 지었다.

"리멘 교단의 교주께서 재앙을 해결하신 듯하니, 참으로 다행입니다."

"이분은 교주가 아니라 교황이시다. 언사에 유의하라, 이 교도. 네가 함부로 말을 섞을 분이 아니다."

"루나."

"아시잖아요? 저 원래 저렇게 허여멀건하게 생긴 놈들 별로 안 좋아해요."

루나는 어느새 다시 판금 갑옷을 입고 있었다.

당장에라도 전투를 벌일 기세. 그만큼 그녀도 백명교도들을 의식하고 있다는 뜻이었다.

나는 그런 루나의 등을 몇 번 두드려 준 다음, 나지막한 목소리로 심진규에게 말했다.

"혹시나 모를 재앙이란 게 무슨 뜻입니까?"

"교황께서도 이미 인지를 하셨으리라 봅니다. 저희 예지자 중 하나가 사이한 이계의 신격이 지구로 침범하려는 것을 감지하였습니다. 따라서 대교구장께서는 급히 저희를 이곳에 파견하신 겁니다."

그 말에 최 대표가 비릿하게 웃으면서 말했다.

"돌발 게이트도 예지하고, 이계의 신격도 예지하고. 들던 대로 백명교분들의 신통력이 영 대단한 것 같습니다."

"신통력이 아니라 신성력입니다, 최서진 대표님. 저희가 모시는 분은 무고한 인류가 고통받는 걸 원치 않으십니다. 그렇기에 저희에게 이러한 예지력을 내려 주셨습니다."

"그렇게나 대의를 위하신다는 분들이 병력을 끌고 와서 무력시위를 한답니까?"

"최악의 경우를 가정했을 뿐입니다."

"교구장 양반. 당신이 잘 모르나 본데, 우리 길드의 작전 현장에 들어올 수 있는 건 어디까지나 우리 길드의 손님뿐이다. 그리고 당신네들은 우리 길드의 손님이 아니고. 무슨 뜻인지는 아나?"

콰아아아아─!

최서진 대표의 몸에서 붉은색의 마력이 폭발하듯 뿜어 나왔다.

도저히 부상자라고 볼 수 없을 정도로 거칠고 포악한 마력이었다.

아무리 내가 치유를 좀 해 줬다고 한들, 참으로 괴물 같은 회복력이었다.

"너희의 그 예지자란 놈들은 내가 화를 낼 것도 예지했겠군."

존칭은 금세 사라졌고, 그 자리를 적의가 대체했다.

그것은 흡사 영역을 침범당한 맹수의 표정과 비슷했다.

최 대표는 주먹을 당장에라도 뻗을 기세로 마력들을 끌어모은다.

평범한 사람이었다면 잔뜩 질렸을 테지만, 저 심진규란 놈도 여간내기는 아닌 것 같았다.

"최서진 대표님의 상태를 보아하니 리멘 교단의 교황께서 제때 도착하지 않으셨다면 좋지 않은 일을 겪으셨으리라 사료됩니다만."

"그래서?"

"어비스 던전의 폭주를 대비하여 미리 병력을 파견한 것인데, 이것은 오히려 칭찬받아 마땅한 일 아닙니까? 어떻게 생각하십니까, 이능관리부의 김동식 팀장님."

그러자 살짝 떨어진 곳에서 대기하고 있던 김 팀장이 난처한 표정으로 대답했다.

"……법적으론 문제없습니다. 어비스 던전으로 지정된 장소기도 하고, 무엇보다 저들은 던전에 입장하지 않았습니다."

그 말을 들은 최서진 대표가 거칠게 으르렁거리더니, 심진규를 노려보면서 말했다.

"어비스 던전이 소멸된 걸 확인했으면 닥치고 돌아가면 되는 거 아닌가?"

"저희는 그저 여러분과 대화를 하고 싶었을 뿐입니다."

"지랄도 풍년이군. 우리 애들과 대치까지 하면서 도대체 어떤 대단한 말을 지껄이시려나? 김 교황은 어떻게 생각하십니까?"

나는 최 대표의 말에 천천히 고개를 끄덕이면서 대답했다.

"들어 보고 생각하시죠?"

"크흐흐. 터무니없는 소리면 저 기생오라비 같은 놈의 대가리를 바닥에 심어 버릴 겁니다."

"그, 저희는 책임에서 빼 주실 거죠?"

"좋은 건 나눠야 하는 법. 리멘 교단과 도깨비 길드는 사실상 운명 공동체 아니겠습니까!"

"그……렇죠."

"좋습니다. 아무래도 저놈들의 용무는 김 교황께 있는 것 같으니, 잠시 빠져 드리지요. 이상한 낌새가 보이면 싸그리 곤죽으로 만들어 버릴 겁니다."

역시, 최 대표도 저들의 용무가 나에게 있다는 걸 눈치채고 있었던 모양이다.

그럼에도 이렇게까지 해 준다는 건 그만큼 우리에게 힘을 실어 주고 싶은 마음이겠지.

최 대표는 주먹을 가볍게 쥐었다 펴면서 잠시 뒤로 물러섰고, 나는 루나를 대동한 채 천천히 심진규에게로 다가갔다.

심진규는 여전히 부드러운 목소리로 나에게 말을 건넸다.

"대교구장께서 교황님께 관심이 참 많으십니다."

"혹시 대교구장이시라는 분, 젊은 미녀분이신가?"

"그렇진 않습니다만, 그 누구보다 신실하시며 현명하

신······."

"음, 저희 교단이 이교도에 호의적인 편은 아니라, 관심은 사양하겠습니다."

"그렇군요. 아쉽습니다."

"제가 이틀째 제대로 잠을 못 자서 예민합니다."

나는 목을 가볍게 풀어 준 다음, 심진규의 눈을 마주하면서 입꼬리를 올렸다.

"그러니까 빨리 본론만 이야기하고 꺼져. 이교도들."

이 녀석들이 정말로 다른 사람들을 위해서 이곳에 왔으리라곤 생각하지 않는다.

녀석들은 이곳 어비스 던전에 이계의 신격이 있었다는 걸 알고 있었다.

즉, 백명교는 애초에 이계의 신격을 노리고 이곳에 온 셈이다.

지난번에 구로구 게이트 때도 그랬고, 이 녀석들과는 항상 좋지 않은 장소에서만 마주하게 된다.

그러니 내가 녀석들에게 호감을 가지려야 가질 수가 있나.

내 뚜렷한 적의에도 불구하고 심진규는 부드럽게 미소를 지었다.

그리고 다시 한번 정중하게 고개를 숙이면서 말했다.

"대교구장께서 가까운 시일 내에 만나 뵙기를 원하십니다."

"나를? 왜?"

"대교구장께서는 리멘 교단을 포함하여 개신교, 불교, 가톨릭, 원불교. 즉, 4대 종단의 종교인들과도 자리를 마련해 보고자 하십니다."

백명교 이 새끼들.

그동안 조용하다 했더니, 도대체 무슨 일을 벌이고 있는 거야?

⚜

길었던 밤이 지나간 후의 아침.

아침이 되자마자 꽤 큼지막한 뉴스들이 일제히 보도되기 시작했다.

그리고 그 뉴스들은 하나같이 백명교에 관한 것들이었다.

〈전국 각성자 연합, 신흥 종교 '백명교'와 업무 협약 체결!〉

〈'백명교'를 신앙으로 채택한 신성 계열 플레이어들에게 전각련 소속 대형 길드 지원 시 가산점을 비롯한 다양한 혜택이 주어질 예정.〉

백명교는 전각련과 아주 완벽하게 붙어먹었다.

근래에 좀 조용한 것 같아서 잠시 잊고 있었지만, 녀석들은 가만히 있었던 게 아니다.

물밑에서 계속 전각련 쪽과 접촉을 한 모양이다.

솔직히 말해서 둘이 이런 식으로 대놓고 붙어먹을 줄은 몰랐다.

적의 적은 동료다, 뭐 이런 논리 아니었을까?

"날로 먹는 건 글러 먹었다."

나는 한숨을 내쉬면서 고개를 가로저었다.

지금 이곳은 리멘 교단 신전의 교황 집무실.

어젯밤에 심진규라는 놈이 했던 이야기도 그렇고, 오늘 아침에 보도된 백명교와 전각련의 이야기도 그렇고.

앞으로의 계획에 대해 이야기를 나눌 필요가 있었기 때문이다.

이곳에 모인 인원은 나를 포함해서 총 다섯.

나, 레오, 루나, 민수 씨, 마지막으로.

"한배를 탔으니 이런 일도 함께 헤쳐 나가는 것이 맞지요. ㅎㅎㅎ."

"부상도 입으셨는데 좀 쉬시지."

"밥 든든하게 먹으면 금방 낫습니다. 그리고 앞으로 신전의 경비견이 되기로 마음먹었는데, 미리 눈에 익혀 둬야 합니다."

신전의 경비견을 자처하는 남자, 최서진 대표도 함께였다.

"경비견을 해 달라 말씀드린 적은 없는데……."

"그럼 정말 애완견 해 드립니까?"

"아니 글쎄, 왜 자꾸 개냐구요."

"개는 충직한 동물입니다. 주인을 배신하지 않지요."

"······어지럽네, 정말. 그냥 개 말고, 친구. 친구로 합시다."

"친구라! 최고의 표현입니다. 저희 도깨비 길드는 앞으로 리멘 교단에게 부끄럽지 않은 친구가 될 수 있도록 노력하겠습니다."

안 그래도 심란한데, 최 대표 때문에 더 심란하다.

원래는 도깨비 길드와의 동맹도 상황을 좀 두고 볼 생각이었다.

그래서 다른 인원들이 반대한다는 명분으로 뒤로 미뤄 둘 생각이었는데, 레오와 루나, 거기에 민수 씨마저도 도깨비 길드와의 동맹에 적극적으로 찬성해 버린 것이다.

다른 사람은 최 대표에게 호감이 있으니 그렇다고 쳐도, 민수 씨가 의외였다.

하지만 나는 곧 민수 씨가 적극적으로 동맹에 찬성했던 이유를 알아차릴 수 있었다.

"도깨비 길드의 도움만 있다면 조금 더 수월하게 신성석 팔찌를 유통할 수 있을 겁니다."

"민수 형제님, 도깨비 길드와 유통이 무슨 상관이 있습니까?"

"도깨비 길드의 모기업은······."

민수 씨가 유창하게 설명을 이어 나가려 할 때쯤, 최 대표가 조용히 손을 들면서 말했다.

"자기소개는 스스로 하는 법이지요. 민수 군, 제가 설명을 이어 나가겠습니다."

"알겠습니다, 최 대표님."

최 대표는 씨익 입꼬리를 올리면서 민수 씨의 말을 이어받았다.

"무엇을 유통하시려는지는 잘 모르겠지만, 마약 같은 불법적인 상품만 아니라면 저희 쪽에서 도움을 드릴 수 있습니다. 혹시 유선 그룹이라고 아십니까?"·

"알죠. 전자 제품으로 유명하잖아요."

유선 그룹.

재계에서 다섯 손가락 안에 드는 재벌가로 기억한다.

"유선전자도 그룹의 계열사니까 그렇다고 볼 수 있죠. 아무튼, 유선 그룹은 유통 쪽으로도 꽤 알아줍니다. 제 친동생 놈 하나가 유선유통에 대표로 있으니, 한번 알아보겠습니다."

"아, 친동생분이 대표로…… 잠깐만요. 유선 그룹, 재벌 아니었습니까?"

"그렇습니다."

"……에이, 설마."

"생각하시는 설마가 맞습니다. 하하! 좀 부끄럽네요."

……그러니까, 이 근육질의 맹수가 재벌가의 자제라는, 그

뜻인가?

내가 혼란스러워하고 있던 찰나, 민수 씨가 내 귀에 조용히 속삭였다.

"최서진 대표는 재벌 4세입니다. 도깨비 길드가 전각련에 속하지 않았음에도 버틸 수 있는 이유지요. 포모스 선정, 세상에서 사람깨나 죽여 봤을 재벌 4세 1위로 선정을……."

"그런 건 제발 선정하지 마!"

와, 근데 진짜 어지러워 죽겠네. 내가 여태까지 편견이 있었던 걸까? 재벌 4세라는 건 정말 의외다.

내가 혼란스러워하자 최 대표는 털털하게 웃으면서 말했다.

"부모님 덕을 보지 않았다곤 말할 수는 없겠지만, 도깨비 길드는 저와 제 새끼들이 직접 키운 겁니다. 그것만큼은 오해하지 말아 주십쇼."

"아, 그런 오해는 안 합니다."

원래부터 실력 하나만큼은 확실한 사람이라고 생각했다.

그냥 뜻밖의 배경에 당황스러울 뿐이지.

천생 인간 야차처럼 살아왔을 사람이 알고 보니 다이아 수저였다니, 이 얼마나 충격적인 반전인가?

뜻밖의 곳에서 도움을 얻게 될 것 같다.

새로운 신도도 새로운 신도인데, 교단을 운영하기 위해서 안정적인 자금원이 시급한 시점이거든.

장담컨대 신성석 팔찌는 대기업의 도움까지 더해진다면 진짜 메가 히트 상품이 되어 줄 것이다.

나는 목소리를 가다듬은 다음, 고개를 끄덕이며 말했다.

"좋습니다. 자세한 건 나중에 제대로 논의를 해 보도록 하죠."

"언제든 좋습니다."

"그럼 슬슬 본격적으로 회의를 시작해 보도록 할까요?"

오늘 내가 이렇게 사람들을 모은 이유.

"백명교에서 우리에게 신성력과 관련된 협의체 구성을 제안해 왔습니다. 이에 관하여 여러분과 이야기를 나누고자 합니다."

그것은 백명교에 관한 일을 논의하기 위해서였다.

정확히는.

"저는 백명교를 교단의 적으로 지정하고자 합니다."

다음 권으로 이어집니다

엑스트라 책사의 로열로드

mensol 퓨전 판타지 장편소설

『회귀자의 그랜드슬램』의 mensol
무과금의 신을 소환하다!

실력 게임을 무과금으로 돌파하던 레전드 유저
게임 속 똥개 조연에게 빙의되다!
신묘한 계책으로 배신당해 파멸하는 결말을 피하라!

한미한 남작 가문 사남 알스
인공지능과 겨루던 체스 실력
전략 게임으로 다져진 기기묘묘한 책략
히든 피스로 얻은 무력으로
대륙을 평정하다!

삼국지를 연상케 하는 디테일한 전략!
피 끓는 전장의 광기가 폭발한다!

황태자는 은퇴가 하고 싶습니다

로튼애플 퓨전 판타지 장편소설

황제가…… 과로사?
이번 생은 절대로 편하게 산다!

31세에 요절한 황제 카리엘
개같이 구르며 제국을 지킨 대가는
역사상 최악의 황제라는 오명?
싹 다 무시하고 안식에 들어가려 했더니……

"다시 한번 해 볼래? 회귀시켜 줄게."
"응, 안 해."
"이번엔 욜로 라이프를 즐겨 보면 어때?"

사기꾼 같은 신에게 속아 회귀하게 된 카리엘
즐기며 편히 살기 위해서는
황태자 자리에서 먼저 내려와야 하는데……

제국민의 지지도는 계속 오른다?
황태자의 은퇴 계획, 과연 성공할 수 있을까?

꿈의 도약, 로크에서 하십시오
(주)로크미디어에서 신인 작가를 모십니다

즐거운 세상, 로크미디어는 꿈을 사랑하고 도전을 두려워하지 않는 작가 분들의 참신한 작품을 기다리고 있습니다. 21세기 장르 문학계를 이끌어 갈 차세대 선두 주자 (주)로크미디어에서 여러분의 나래를 활짝 펴 보시길 바랍니다.

모집 분야 판타지와 무협을 포함한 장르 문학
모집 대상 아마추어 작가, 인터넷 작가
모집 기한 수시 모집
작품 접수 시 유의 사항
1. 파일명은 작가명_작품명.hwp형식을 갖춰 주십시오.
1. 파일에 들어갈 내용은 다음과 같습니다.
   － 성명(필명인 경우 실명을 밝혀 주세요), 연락처, 이메일 주소
   － 제목, 기획 의도
   － A4용지 1장 분량의 등장인물 소개
   － A4용지 2장 분량의 전체 줄거리
   － 본문
1. 작품이 인터넷에 연재되고 있다면, 게시판명과 사이트의 구체적이고 정확한 주소를 기재해 주십시오.

선택된 작품은 정식 계약 후 출판물로 간행되어 전국 서점에 유통됩니다.
작가 분은 (주)로크미디어의 전폭적인 지원하에 전속 작가로 활동하시게 됩니다.
※ 자세한 내용은 로크미디어 홈페이지(rokmedia.com)를 참조하세요.

(03920)서울시 마포구 성암로 330 DMC첨단산업센터 3층 318호
(주)로크미디어 편집부 신간 기획 담당자 앞
전화 : 02) 3273 - 5135
www.rokmedia.com   이메일 : rokmedia@empas.com